MEU NOME É EMILIA DEL VALLE

ISABEL ALLENDE

MEU NOME É EMILIA DEL VALLE

Tradução de
Ivone Benedetti

2ª edição

BERTRAND BRASIL
Rio de Janeiro | 2025

CIP-BRASIL. CATALOGAÇÃO NA PUBLICAÇÃO
SINDICATO NACIONAL DOS EDITORES DE LIVROS, RJ

A428m Allende, Isabel, 1942-
Meu nome é Emilia Del Valle / Isabel Allende ; tradução Ivone Benedetti. - 2. ed. - Rio de Janeiro : Bertrand Brasil, 2025.

Tradução de: Mi nombre es Emilia Del Valle
ISBN 978-65-5838-382-6

1. Romance chileno. I. Benedetti, Ivone. II. Título.

CDD: C863
25-97514.0 CDU: 82-31(83)

Meri Gleice Rodrigues de Souza - Bibliotecária - CRB-7/6439

Texto revisado segundo o Acordo Ortográfico da Língua Portuguesa de 1990.

Direitos exclusivos de publicação em língua portuguesa somente para o Brasil adquiridos pela:
EDITORA BERTRAND BRASIL LTDA.
Rua Argentina, 171 — 3º andar — São Cristóvão
20921-380 — Rio de Janeiro — RJ
Tel.: (21) 2585-2000,
que se reserva a propriedade literária desta tradução.

Seja um leitor preferencial Record.
Cadastre-se no site www.record.com.br e receba informações sobre nossos lançamentos e nossas promoções.

Atendimento e venda direta ao leitor:
sac@record.com.br

EDITORA AFILIADA

A Juan Allende, meu irmão da alma

PRIMEIRA PARTE

1

No dia em que fiz sete anos, 14 de abril de 1873, minha mãe, Molly Walsh, me vestiu de domingo e me levou à Plaza de la Unión para tirar fotografia, a única que existe da minha infância, na qual apareço em pé ao lado de uma harpa, com a fisionomia espavorida de enforcado, o que se explica pelos minutos que precisei ficar sem respirar na frente de um caixote preto e pelo susto que levei com o clarão da lâmpada. Esclareço que não sei tocar nenhum instrumento, a harpa era um dos acessórios teatrais empoeirados do estúdio, junto a colunas de cartão-pedra, vasos chineses e um cavalo embalsamado.

O fotógrafo era um homenzinho bigodudo de origem holandesa, que ganhava a vida com seu ofício desde a época da corrida do ouro. Naquele tempo, os mineiros que desciam das montanhas para depositar suas pepitas de ouro nos bancos de São Francisco tiravam retratos para enviar às famílias quase esquecidas. Quando do ouro só restava a lembrança, os fregueses do estúdio eram endinheirados que posavam para a posteridade. Nós não entramos nessa categoria, mas minha mãe tinha suas próprias razões para conseguir um retrato da filha. Por princípio, mais do que por necessidade, ela regateou o preço com o artista. Pelo que sei, ela nunca comprou nada sem se dar ao prazer de pedir desconto.

— Já que estamos aqui, vamos ver a cabeça do Joaquín Murieta — disse-me ela quando saímos do estúdio do holandês.

Do outro lado da praça, aquela que dava acesso ao bairro chinês, ela comprou para mim um pãozinho de canela e depois me levou a uma taberna insalubre. Pagamos a entrada e percorremos um longo corredor até os fundos do local, onde um sujeito mal-encarado levantou uma cortina pesada e nos conduziu a uma sala com tapeçaria lúgubre, iluminada por velas de igreja. No fundo havia uma mesa coberta com panos pretos e dois grandes frascos de vidro. Não me lembro do resto da decoração, porque o pavor me paralisou. Enquanto eu tremia de medo, agarrada com as duas mãos à saia da minha mãe, ela parecia eufórica. No primeiro frasco, uma mão humana boiava num líquido amarelado, e no segundo havia uma cabeça de homem com as pálpebras costuradas, os lábios repuxados, os dentes à mostra e os cabelos em pé.

— Joaquín Murieta era um bandido. Como seu pai. Em geral, é assim que acabam os bandidos — explicou-me minha mãe.

Nem é preciso dizer que naquela noite tive pesadelos espantosos. Fiquei com febre, mas minha mãe achava que, a não ser que alguém estivesse sangrando, não havia necessidade de intervir. No dia seguinte, com o mesmo vestido e as malditas botinhas, que tinham já dois anos de uso em meu poder e estavam bastante apertadas, pegamos a fotografia e fomos andando até o elegante bairro de São Francisco onde até então eu não tinha posto os pés. Ruas calçadas, enroscadas nas colinas, casas senhoriais com roseirais e arbustos aparados, cocheiros de libré e cavalos lustrosos, e nem um único mendigo à vista.

Minha existência transcorria no bairro de La Misión, no meio da multidão variegada e poliglota de imigrantes alemães, irlandeses, italianos, dos mexicanos que sempre tinham vivido na Califórnia e de um grupo considerável de chilenos que chegaram com a corrida do ouro em 1849 e várias décadas depois ainda continuavam sendo tão pobres como quando imigraram. De ouro, nada. O que por acaso conseguiram nas minas das montanhas lhes foi tirado pelos brancos que chegaram depois. Muitos voltaram para sua terra sem fortuna, mas com histórias fabulosas para contar, e outros ficaram, porque a viagem de volta era longa e cara. Em La Misión tínhamos fábricas, oficinas, lixo, cachorros sem dono, burros magros, roupas penduradas e portas abertas, porque não havia nada valioso para roubar.

Aquela peregrinação com minha mãe ao universo inalcançável da classe alta foi meu primeiro vislumbre de que éramos pobres. Não me refiro à pobreza de passar fome entre ratos, como a vivida por meus avós maternos na Irlanda, mas à modéstia de quem vive o dia a dia. Até aquele momento eu não tinha reparado na existência de pessoas em melhor situação do que nós, porque não tinha contato com elas, só as via de longe, quando ia com meus pais ao centro da cidade, o que raramente acontecia. As carruagens com cavalos reluzentes, as damas com exagerados vestidos vitorianos com babados, franjas e rosas, os cavalheiros de cartola e bengala, e as crianças vestidas de marinheiro eram seres de outra espécie. Nosso bairro era habitado por trabalhadores, éramos todos mais ou menos iguais. Ali a maioria das casas abrigava uma ou duas famílias de crianças descalças, mulheres eternamente grávidas e homens alcoolizados que tentavam ganhar o pão em diversos ofícios. Em comparação com nossos vizinhos, minha pequena família era afortunada. Como dizia meu honrado padrasto, tínhamos trabalho, amor e dignidade, não precisávamos de mais nada. Também contávamos com uma casinha decente e não tínhamos dívidas.

Não me atrevi a perguntar à minha mãe para onde estávamos indo, portanto a segui morro acima e morro abaixo, aguentando as bolhas nos pés. Naquela época, Molly Walsh era uma jovem de rosto angelical, ou seja, com a expressão beatífica dos mártires das igrejas e uma voz cristalina de rouxinol, que ela ainda conserva e é enganosa, porque forte e mandona. Nas raras ocasiões em que menciona meu pai, muda de voz e, em vez de seu tom habitual um tanto choroso, cospe as palavras. Sem que ela dissesse, adivinhei que aquela dolorosa caminhada para o bairro dos ricos estava relacionada com ele.

Chegamos ofegantes a Nob Hill, no topo do morro, com uma vista panorâmica da cidade e da baía de São Francisco. Paramos na frente da mansão mais imponente da rua, protegida por uma grade de ferro alta, coroada por pontas de flechas, através da qual vislumbrei um jardim maravilhoso com uma fonte de pedra que vertia água pela boca de um peixe. No fundo, erguia-se uma enorme casa cor de manteiga, com um alpendre de colunas e uma porta monumental de madeira escura ladeada por dois leões de pedra. Minha mãe disse que era um monstrengo de novos-ricos, mas aquilo me deixou de queixo caído; deviam ser daquele jeito os palácios dos contos de fadas. Permanecemos na frente daquela grade durante vários minutos recobrando o fôlego, enquanto minha mãe enxugava o suor da cara e ajustava o chapéu. De repente, antes que ela conseguisse puxar o cordão da campainha, um homem de terno preto e colarinho engomado saiu de uma das laterais da casa, atravessou a vasta extensão do jardim em nossa direção e se dirigiu à minha mãe sem abrir o portão. Acho que lhe bastou um olhar para avaliar com precisão nossa classe social, apesar do esmero com que ela tinha cuidado de nossa apresentação.

— O que deseja? — perguntou em tom arrogante, com sotaque britânico tão forte que quase não o entendemos.

— Venho falar com o senhor Gonzalo Andrés del Valle — respondeu minha mãe, tentando imitar a petulância daquele homem.

— Tem horário marcado com ele?

— Não, mas ele vai me receber.

— Infelizmente ele está viajando, senhora.

— Quando volta? — perguntou minha mãe com desânimo.

— Eu não saberia dizer.

O homem abriu o portão, mas não nos convidou a entrar, deixou-nos na rua. Senti que nos examinava da cabeça aos pés e, suponho, concluiu que não representávamos ameaça ou incômodo, porque assumiu um tom ligeiramente mais amável.

— O senhor Del Valle vem visitar São Francisco de vez em quando, mas mora no Chile — esclareceu o inglês, acrescentando que a família não recebia visitas sem marcação prévia.

— Diga-me para onde posso lhe enviar uma carta. É muito importante — disse minha mãe.

— Deixe-a comigo, senhora...

— Senhora Molly Walsh — respondeu ela, sem mencionar seu sobrenome de casada: Claro.

— Cuidarei pessoalmente para que chegue às mãos dele, senhora Walsh — assegurou o homem.

Ela lhe entregou o envelope que continha minha fotografia e o bilhete em que o apresentava a Emilia, sua filha. Essa não foi a última carta que ela enviaria a meu suposto pai.

Cresci com a ideia de que meu pai biológico era um chileno muito rico e de que eu tinha direito a uma herança que o destino me havia surrupiado, mas que Deus, em sua infinita misericórdia, poria a meu alcance no devido momento. O aperto econômico do presente era uma provação enviada pelo céu para eu exercitar a humildade, mas no futuro eu seria recompensada, desde que fosse obediente e virtuosa. A virtude era medida com virgindade e recato, porque nada ofende tanto a Deus como uma moça descabeçada e insolente. Na missa e ao rezar todas as noites de joelhos ao lado da cama, minha mãe me obrigava a pedir a Deus que abrandasse o coração dos nossos devedores e que Ele os perdoasse à medida que pagassem suas dívidas. Vários anos se passariam até eu entender que aquela bizantina oração se referia a meu pai.

Na verdade, minha infância foi perfeita. Minha mãe me mimava, mas vivia muito ocupada e não tinha tempo nem disposição para me vigiar, e meu padrasto tinha certeza de que sua princesa era incapaz de maldade, então também não me vigiava. Tinha razão, eu fui uma menininha introvertida, viciada em leitura, solitária e sensível, que se entretinha sozinha e não causava problemas, até que o vendaval da adolescência me transformou numa harpia. Felizmente, essa etapa não durou demais. A pobreza a que minha mãe se referia era irrelevante, porque ninguém ao nosso redor possuía mais, e a herança hipotética era um conto de fadas, que eu me abstinha de mencionar, porque teriam zombado de mim. Assustava-me a possibilidade de aquele chileno misterioso, um bandido como Joaquín Murieta, aparecer um dia para me reivindicar como filha e me levar para longe, porque a ideia de me separar de minha mãe me apavorava e porque meu pai era Francisco Claro, que sempre chamei de Papo, e mais ninguém. Foi meu pai então e continuará sendo para sempre, embora não sejamos do mesmo sangue.

Molly Walsh, minha mãe, nasceu em Nova York, filha de imigrantes irlandeses, que chegaram fugindo da fome da batata. Ao ouvir dizer que na Califórnia o chão estava forrado de ouro, seu pai se juntou às caravanas de pioneiros que cruzaram o continente de leste a oeste em 1849 com a esperança de riqueza. No caminho morreu um de seus filhos, que ficou abandonado num pequeno túmulo sem nome. Poucos meses depois de chegar à nascente e caótica cidade de São Francisco, sua esposa morreu de consunção. Aquela mulher, minha avó, resistiu heroicamente aos terríveis meses da viagem, porque precisava cuidar dos filhos que lhe restavam, mas a coragem e a vontade não foram suficientes para prolongar sua existência na Califórnia, terra de gente ambiciosa e rude onde foram parar, e, num de seus ataques de tosse sanguinolenta, o coração parou. O viúvo, meu avô, viu-se sozinho com os filhos numa cidade inclemente e percebeu que não podia se responsabilizar por eles se pretendesse atingir o objetivo de encontrar ouro. Levou consigo para as montanhas o mais velho, que tinha doze anos, colocou o segundo para trabalhar como peão não remunerado numa fazenda e deixou Molly, de quatro anos, num orfanato fundado por três freiras mexicanas, com a promessa de ir buscá-la assim que tivesse a fortuna que ambicionava. Isso nunca chegou a acontecer.

Na infância, Molly era submissa e piedosa, parecia gostar do sofrimento. Foi o que meu Papo me contou, mas é difícil acreditar, vendo-a agora transformada na guerreira que lidera os protestos de rua e, armada com seu rolo de massa, enfrenta em pé de igualdade bêbados, bandidos, policiais e outros que costumam armar encrencas em nosso bairro. A pequena Molly passava tantas horas de joelhos, jejuava com tanto fervor e aceitava com tal resignação as zombarias e brincadeiras de suas companheiras, que ganhou o apelido de Santa Molly. As duas freiras mais jovens, mulheres simples, distinguiam-na entre a multidão de meninas, comovidas ante o possível milagre de ter em seu seio uma santa em gestação. Nos primeiros tempos, madre Rosario, diretora daquela minúscula comunidade religiosa, não deu importância à exagerada devoção de Molly e à louca esperança das outras duas freirinhas; suas pupilas eram meninas órfãs ou abandonadas, que frequentemente manifestavam comportamentos estranhos, mas ela teve de intervir quando, aos onze anos, a menina começou a ter visões e a ouvir vozes. Já era demais. Madre Rosario considerava que beatice caía bem com mulheres ociosas, mas não cabia lá, onde o amor a Deus se provava trabalhando. Decidiu que o limite entre mensagens celestiais e doenças mentais era muito tênue e se dispôs a curar a santidade na raiz com banhos de água fria e óleo de gerânio. Obrigou Molly a comer três refeições por dia, vigiada de perto, para engolir e não ir vomitar às escondidas depois, e a colocou para trabalhar no jardim com pá e picareta, nas pias da lavagem de roupa, no forno de pão e no chão com escova e água sanitária. Entre os legumes com arroz de cada dia e o suor do trabalho pesado, a menina navegou pelos anos difíceis da puberdade e da adolescência com certa normalidade, mas sempre conservou a inclinação para o drama. Como nunca teve notícias do pai ou dos irmãos, aceitou a ideia de que sua única família eram aquelas três freiras. Andava tão ocupada que lhe restava pouca inspiração para imitar os mártires do calendário, mas sua vocação religiosa se manteve intacta, e aos quinze anos ela implorou para ser aceita no noviciado.

E foi assim que Molly Walsh teve a imensa felicidade de lhe rasparem a cabeça como a um prisioneiro e de vestir o hábito branco de pano áspero das noviças. Integrou-se no pequeno grupo de mulheres entre as quais havia crescido, disposta a entregar-se de corpo e alma à caridade. Teria preferido entrar num convento com claustro, algo realmente austero e bárbaro, edifício de pedras geladas, onde fosse permitido usar cilício para castigar a carne, dormir no chão duro com um tronco por travesseiro e jejuar até desmaiar; mas teve de se conformar com uma existência mais amena no casarão de adobe do orfanato, onde os catres de tábuas tinham colchões de crina, e a comida era simples, mas abundante. A madre superiora, cujo bom apetite se manifestava no contorno da cintura e na adiposidade dos quadris, que o hábito não conseguia disfarçar, era partidária de comer bem, porque não se poderia servir o Senhor sem forças e boa saúde.

Aos dezessete anos, Molly estava apta a realizar o trabalho para o qual tinha sido formada: servir e educar. Havia muito que fazer no orfanato, mas Madre Rosario achou conveniente que sua pupila saísse para o mundo, para ver se descia das nuvens e adquiria algum senso prático, além de pôr à prova sua vocação. Desconfiava que a moça tinha por dentro uma fogueira que nenhum hábito de freira poderia conter.

O mundo ao qual a freira superiora se referia limitava-se ao distrito de La Misión, cuja origem remontava à primeira missão de frades franciscanos no século XVIII. Lá se reunia a grande população mexicana de São Francisco. Dias depois da descoberta do ouro, foi assinado o vergonhoso Tratado de Guadalupe Hidalgo, que pôs fim à guerra, com o México cedendo aos Estados Unidos mais da metade do seu território, inclusive a Califórnia. A maioria das antigas fazendas de mexicanos foi expropriada, e os camponeses que ali tinham vivido por gerações foram despedidos. Alguns perseguiram em vão o sonho do ouro, outros viraram bandidos, e os demais se viravam como podiam. Sabíamos que certos vizinhos ganhavam a vida assaltando viajantes nas estradas, mas, enquanto respeitassem o povo de La Misión, ninguém os denunciaria. Mais de uma vez aconteceu de serem escondidos pelos vizinhos durante batidas policiais, o que eles costumavam retribuir com favores e, em momentos de necessidade, emprestar dinheiro sem juros. Ninguém confiava nos banqueiros, eles sim que eram ladrões.

Molly Walsh se empregou como professora numa escolinha que tinha o nome pomposo do El Orgullo Asteca. Tratava-se de uma sala de adobe e telhado de sapê, onde os alunos se apinhavam, todos do sexo masculino entre seis e dezessete anos. As aulas eram em espanhol, mas havia dois meninos irlandeses e um negro, neto de escravos, cuja família viera para a Califórnia fugindo do Alabama durante a guerra civil. Os três aprenderam o idioma rapidamente. O modesto local contava com duas mesas compridas e vários bancos e cadeiras doados pelos moradores, um fogão a lenha num canto, para combater a umidade da neblina e fritar ovos, um armário com material escolar e uma latrina no quintal. Havia também um galinheiro que fornecia ovos para o lanche dos meninos, porque alguns deles chegavam à escola de barriga vazia. Ainda restavam algumas famílias hispânicas poderosas na Califórnia, mas seus filhos se educavam em escolas religiosas distantes de La Misión. Os alunos de El Orgullo Azteca eram pobres.

O fundador da escola, diretor e único professor até a chegada de Molly, era um mestiço, nascido na cidade de Chihuahua, chamado Francisco Claro, conhecido por todos como dom Pancho, um verdadeiro sábio, que passava a existência estudando, com a ambição messiânica de explicar o universo, a vida e a morte. Nada escapava de sua curiosidade apaixonada nem de sua memória formidável. Seu desejo de despertar nos alunos o prurido do conhecimento chocava-se com a dura realidade, porque, mal aprendiam os rudimentos de leitura, da escrita e da aritmética, os rapazinhos largavam a escola para ir trabalhar. Raramente estudavam mais um ou dois anos. Até os menores tinham de contribuir com a família e ganhar a vida.

Dom Pancho recebeu a jovem noviça com respeitosa gratidão. Precisava dela. Com ela como assistente, pôde separar os alunos. Dividiu a única sala de aula com um biombo de papel estampado com garças e imperadores, que conseguiu no bairro chinês, e se dedicou aos meninos mais velhos, enquanto ela se encarregava dos mais novos. Também delegou a Molly a ingrata tarefa de manter a escola com doações, obtidas entre os poucos mexicanos abastados e os brancos endinheirados, desejosos de apaziguar a consciência pesada que costuma acompanhar a ganância desmedida. A ela, que tinha cara de anjo, modos brandos e hábito religioso, era muito difícil negar o que era pedido por caridade. Tal como afirmava a madre Rosario, que era mestiça de pura cepa, a pele translúcida e os olhos azuis de Molly abriam muitas portas que ficavam fechadas para as pessoas de cor.

Desde os primeiros dias, a vida de Molly e de dom Pancho mudou. Para ela se abriu um horizonte insuspeitado, e ele pôde dividir com ela a paixão pelo saber e a tarefa de educar. Passavam o dia juntos, chegavam ao amanhecer para limpar o quintal, a latrina e o galinheiro; ao meio-dia prepararam o lanche de *tortillas* e ovos mexidos para a classe; davam aula até as cinco da tarde e, depois que os alunos saíam, Molly ficava para estudar sob a orientação do professor. Foi assim que aprendeu o prodigioso mundo animal, as inúmeras galáxias, os costumes de povos remotos, a infalibilidade da matemática e tudo o que ele considerava essencial. Da maldade do mundo, porém, ela continuou tão ignorante quanto tinha sido entre as freiras.

Pela primeira vez, dom Pancho tinha uma discípula com disposição e tempo para aprender. Imaginava que Molly era maleável, uma tela em branco, imaculada e lisa, na qual ele podia imprimir seu selo; não suspeitava que, sob a aparente ingenuidade, Molly escondia uma vontade inquebrantável. Talvez nem ela mesma soubesse então. Bem depressa os dois se acomodaram confortavelmente em suas rotinas e se estabeleceu entre eles uma relação de pai e filha, tão inocente que madre Rosario não se preocupou com o fato de a noviça passar tanto tempo sozinha na companhia de um homem. Não se sabia dos vícios de álcool, jogo, brigas ou mulheres por parte do diretor de El Orgullo Azteca, que também não parecia gostar de homens; na verdade, havia rumores de que tinha perdido as bolas na batalha de Chapultepec, em que lutara aos vinte e um anos, não por fervor patriótico, como ele mesmo dizia, mas por ter sido recrutado pelo Exército de Santa Anna na ponta da baioneta. Achava que só os loucos com vontade de matar se prestam voluntariamente a ir para a guerra.

O hábito que cobria Molly da cabeça aos pés escondia a forma de seu corpo, mas não cobria seu rosto de moça bonita. Minha mãe tem o tipo de pele branca que com qualquer emoção se ruboriza e na juventude é luminosa, mas não resiste bem à passagem dos anos. Tem o nariz reto das estátuas clássicas, boca pequena, covinhas infantis nas faces, queixo partido e olhos da cor intensa do lápis-lazúli, que com a idade não se descoraram. Nem um fio de cabelo se mostrava sob o lenço apertado de noviça, mas, pela cor da pele e dos olhos, podia-se imaginar que era loira. Não era. Debaixo da touca, minha mãe tinha cabelo preto cortado com tesoura. Dom Pancho, se alguma vez esteve tentado a admirar seus atributos femininos, descartou a ideia de imediato. O hábito era uma couraça, Molly Walsh era intocável. Mesmo sendo inimigo figadal da religião, considerava aquela jovem tão sagrada quanto a Virgem de Guadalupe.

E assim, entre estudo, trabalho e camaradagem, passaram-se os três anos seguintes em El Orgullo Azteca e se aproximou a data em que Molly finalmente tomaria o hábito de freira. Madre Rosario decidira que a cerimônia ocorreria em dezembro, quando da visita de um bispo itinerante que, enviado do México, andava percorrendo as igrejas e paróquias da Califórnia. Seria uma ocasião solene dentro da pobreza digna do orfanato.

Molly Walsh nunca chegou a ser freira, e qualquer ilusão de santidade que ela acalentara na juventude foi demolida em poucos dias por um mocinho chileno com boa fortuna, fina estampa e poucos escrúpulos. Seu nome era Gonzalo Andrés del Valle. Meu pai, pelo que entendi. O homem reparou na noviça, impressionado por seu rosto e pela graça de seu porte, e deduziu que por baixo do hábito horrendo que a cobria havia um corpo apetecível. Não sei onde a viu pela primeira vez, talvez ela andasse batendo nas portas das mansões de Nob Hill com sua cestinha de pedir doações para a escola e assim se conheceram. O chileno, acostumado a satisfazer seus caprichos impunemente, decidiu conquistá-la, e o hábito, em vez de freá-lo, foi incentivo.

Jamais saberei que jeito o mocinho chileno deu para vencer a resistência daquela jovem para quem quase tudo era pecado e nada escapava ao julgamento implacável de Deus, mas o fato é que ele a agarrou como a um coelho hipnotizado. Ou talvez não tenha precisado empregar estratégias complicadas, sendo suficiente despertar a ânsia de amor que ela carregava dentro de si como um vulcão adormecido. Também não sei onde cometeram o ato que deu origem à minha pessoa. Falo no singular, porque me ocorre que, depois daquela primeira vez, Del Valle perdeu interesse pela aventura. Claro, nada disso me foi contado por minha mãe, mas é fácil imaginar, pois a conheço muito bem. Sem roupa, Molly se mostrou ainda mais bonita do que o chileno havia imaginado, apesar da cabeça raspada de lunática, mas era pudica ao extremo, sentimental e melodramática; enfim, uma chatice. A moça não se prestava a aventuras eróticas, o encontro foi como um estupro, e o prazer efêmero do ato se dissipou imediatamente, e para ele restou o ressaibo de ter enganado aquela noiva de Cristo. A inocência da moça complicava sua existência; a última coisa que ele queria era uma mulher histérica que se entregava rígida como um cadáver e depois, banhada em lágrimas, murmurava pais-nossos e rogava perdão a Deus enquanto ele vestia as calças. Precisava se livrar dela, e a coisa mais piedosa era amputar a relação de uma vez por todas, como quem decapita uma galinha. Isso transformaria a paixão amorosa em ressentimento, e a moça poderia esquecê-lo facilmente. Deu um jeito de evitá-la.

Molly Walsh desconhecia os aspectos mundanos da existência, mas não era boba e logo percebeu que tinha sido usada e descartada como um trapo. Com jejum severo, pedrinhas nos sapatos e outras mortificações, tentou pagar seu pecado e arrancar pela raiz a ilusão do amor. Decidiu não voltar a pensar naquele amante fugaz e talvez tivesse conseguido se eu não tivesse existido. Várias semanas depois da apressada aventura carnal, descobriu que estava grávida. Interpretou como castigo divino, foi o que me disse muitas vezes: não sou fruto do amor, nem mesmo do prazer, sou um castigo de Deus. Minha mãe me lembra disso quando me comporto mal, mas não lhe dei ouvidos na infância e agora que sou adulta dou risada. Felizmente existia dom Pancho, que me deu a confiança necessária para permanecer à tona; segundo ele, sou um prêmio do céu. Enfim, por que desperdiçar palavras sobre esse assunto que, na realidade, não me prejudicou?

Del Valle não respondeu às cartas desesperadas que Molly fez chegar à mansão Nob Hill, mas finalmente ela conseguiu apanhá-lo na catedral da Inmaculada Concepción, aonde os católicos pretensiosos iam para serem vistos na missa do meio-dia de domingo. Do fundo da nave, ela o viu passar longe do confessionário, comungar e rezar ajoelhado com devoção teatral; esperou-o na saída, pendurou-se no seu paletó e o recriminou, vermelha de vergonha. Várias pessoas pararam para gozar o espetáculo; nada mais saboroso do que um escândalo da aristocracia. Para dizer a verdade, Del Valle nada tinha de aristocrata, era um novo-rico, como quase todos os ricos de São Francisco, cidade de aventureiros. Não era anglo-saxão nem protestante, provinha de um país que quase ninguém sabia localizar no mapa, portanto não podia aspirar ao título de aristocrata nos Estados Unidos.

Na origem da fortuna dos Del Valle, acumulada durante a corrida do ouro, estava o curioso negócio de transportar de barco produtos comestíveis do Chile para a Califórnia. A visionária matriarca da família, Paulina del Valle, teve a fantástica ideia de cobrir o fundo de um veleiro com pedaços de gelo de um glaciar do sul de seu país e sal grosso e encher o porão de legumes, frutas, ovos, carnes defumadas, embutidos da melhor qualidade, queijos frescos e outras iguarias, viajar durante dois meses de Valparaíso a São Francisco, vender a mercadoria perfeitamente preservada a preço do ouro e depois ir ao Panamá vender o gelo que tinha sobrado. Repetiu essa aventura várias vezes com imenso lucro até que outros navios mais rápidos começaram a competir com ela. Nenhum dos descendentes tinha a audácia de dona Paulina, e o espírito empresarial desapareceu na família. Se me refiro a ela é porque um dia nossos caminhos se cruzariam. Gonzalo Andrés, sobrinho e também afilhado dela, acabou por se mostrar tão preguiçoso e de poucas ideias quanto o restante dos primos e irmãos.

Naquele dia, na igreja, Gonzalo Andrés agarrou Molly por um braço e, afastando-a bruscamente do grupo de paroquianos que estava saindo da missa, acusou-a de lhe impingir um filho que não era dele. Que prova havia de que ele era o pai? De fato, ela era virgem quando foram para a cama — e, diga-se de passagem, com muita boa vontade por parte dela —, mas aquilo tinha sido mais de dois meses atrás e, nesse meio tempo, ela poderia ter tido outros amantes. Se o hábito de noviça não a impediu de foder com ele, também não a impediria de fazer o mesmo com outros, disse-lhe ele, mastigando as palavras em voz baixa, para não ser ouvido pelos curiosos que iam se aproximando disfarçadamente. Num impulso inexplicável, em vista do caráter tímido e submisso que havia demonstrado até então, Molly Walsh enxugou as lágrimas com as mãos e o ameaçou com ênfase assustadora e eloquência de oráculo.

— Nenhuma mulher vai te amar, você não poderá ter outros filhos e cairá de cabeça no inferno!

Naquele momento a verdadeira Molly Walsh, ousada e corajosa, emergiu dentre as dobras do hábito e chegou para ficar. O sedutor recebeu a sinistra profecia com uma risada zombeteira, deu-lhe as costas e foi embora. No entanto, com o tempo Gonzalo Andrés del Valle verificaria que aquelas palavras tinham se cravado em seus ossos. Não pôde esquecê-las.

Minha mãe escondeu a gravidez durante cinco meses, até que chegou dezembro e, em vez de se preparar para a cerimônia com o bispo itinerante, teve de revelar seu estado para a madre Rosario. Já não era a noiva de Cristo, mas uma futura mãe solteira, imoral, pecadora, outra prostituta da Babilônia. A superiora respondeu que a Califórnia ficava muito longe da Babilônia, que era preciso enfrentar a situação com calma. Sentia-se responsável pelo ocorrido, por ter enviado aquela inocente para o mundo, e faltou-lhe coragem de lhe fazer acusações demais. Molly tinha perdido a honra e havia sido abandonada, que Deus tivesse misericórdia dela. Deu-lhe um pouco de dinheiro da caixinha de esmolas, uma saia de pano preto e uma blusa branca séria, com mangas compridas e gola fechada, encontrada entre as roupas que as pessoas doavam para os pobres. A moça se despediu dela e das outras freiras com o compromisso de levar vida irrepreensível e educar no seio da Igreja Católica o menino ou a menina que ia ter. Depois, ela foi buscar consolo junto a seu único amigo, o professor de El Orgullo Asteca.

Dom Pancho Claro apaixonou-se por Molly assim que a conheceu, mas transformara essa atração em camaradagem, porque não se sentia digno daquela jovem que estava destinada à Igreja e, além disso, tinha o dobro da idade dela. Embora a tivesse visto todos os dias durante três anos, não reparou nas mudanças recentes em sua aparência, porque ela era muito magra, e as vestes folgadas de noviça escondiam a barriga. O professor demorou um minuto para reconhecê-la quando a viu aparecer vestida de moça em hora inesperada e não prestou atenção em sua cintura até ela confessar seu drama.

— É preferível morrer! Não há mais lugar no mundo para mim. O que vou fazer? — soluçou Molly tragicamente.

— Por enquanto, nada. Esperar é a única coisa que pode fazer, Molly — respondeu dom Pancho.

— Como vou fazer isso, professor? Não posso voltar para o orfanato e ofender as freirinhas com o meu pecado. Estou na rua!

— Venha morar comigo. Minha casa é pequena, mas há um quarto para a senhorita. Essas coisas se arranjam sozinhas, permita-me ajudá-la — ofereceu.

— Morar com o senhor? O que as pessoas vão dizer?!

— As pessoas vão falar de qualquer jeito, Molly, a menos que me dê a imensa honra de se casar comigo — disse dom Pancho com tanta timidez que ela acreditou ter ouvido mal, e o pobre homem teve de repetir a proposta.

— Casar com o senhor, dom Pancho? Mas eu não o amo...

— Nós dois sentimos respeito e carinho um pelo outro, é um bom começo. Embora eu não tenha a pretensão de merecê-la, talvez com o tempo a senhorita chegue a me amar um pouco. Não vou incomodá-la com exigências matrimoniais. Podemos nos ajudar e acompanhar mutuamente. A solidão é muito dura.

— E isto? — perguntou ela, apontando para a barriga com um gesto dramático.

— Eu assumo, não se preocupe.

— O responsável por isto se chama Gonzalo Andrés del Valle, e esse bebê vai receber o sobrenome dele — anunciou ela.

— Por quê? Esse homem lavou as mãos — argumentou o professor.

— Porque o bebê tem direito a uma herança — disse ela.

— Não vai ser necessário, Molly. Não tenho fortuna, mas garanto que nada vai faltar a esse menino ou menina.

Casaram-se na semana seguinte. Ela queria que tudo fosse estritamente reservado, dada a vergonha de sua condição, mas dom Pancho era de opinião de que falatórios devem ser enfrentados com determinação e que um casamento sem festa seria um insulto à comunidade. Tinha vivido anos naquele bairro, conhecia todo mundo, havia dado aulas para muitas de suas crianças, era árbitro de pendengas e conselheiro nas dificuldades. Ninguém iria perdoá-lo por se casar secretamente. Os moradores fecharam a rua, penduraram bandeirolas multicoloridas e prepararam montanhas de comida. Havia molho de trinta ingredientes, pimentão recheado, cabrito assado, iscas de carne, tortas de milho e tacos, *pozole* de porco e carradas de *tortilla* de trigo e milho. Não faltou ninguém; até as freirinhas, lideradas por madre Rosario, acudiram à festança com bandejas de doce. Para os menores havia orchata e ponche de frutas; para os adultos, quantidades ilimitadas de *sotol*, bebida de Chihuahua que pode conter até cinquenta por cento de álcool e também se usa para matar baratas e atenuar a dor de cirurgias. Os músicos deleitaram os presentes com rancheiras, *jaranas*, valsas e canções populares que tanto os mexicanos quanto os imigrantes de outras terras dançaram. A rua ficou coberta de lixo e de bêbados contentes. Até as freiras voltaram trôpegas para o orfanato.

No tempo devido, Molly Walsh deu à luz uma menina — que sou eu —, e ninguém comemorou tanto o acontecimento quanto dom Pancho Claro. "Igualzinha a mim!", dizem que exclamou quando me viu, e não estava errado, porque, embora fisicamente não sejamos iguais em nada, temos muitas outras coisas em comum. Fui batizada como Emilia del Valle Claro, é assim que apareço no livro de registros da paróquia de La Misión. Minha mãe insistiu no Del Valle, e dom Pancho impôs o sobrenome Claro, porque eu não era uma bastarda qualquer, era a filha que ele sempre quis ter.

Nunca lamentei o vazio deixado por meu progenitor, porque tive um pai excelente, mas aquele chileno esquivo pairava no ar de minha infância como uma varejeira insistente. Sem a ternura alegre de meu padrasto, minha mãe teria envenenado meu coração com seu despeito. Nunca conseguiu superar aquela traição que, segundo creio, minha presença lhe recordava com muita frequência. Embora tenha conservado modos suaves, vozinha de adolescente e puritanismo de noviça, endureceu por dentro. Ocorre-me que essa dureza talvez sempre tenha estado de tocaia dentro dela e que tenha aflorado com a desilusão do primeiro amor traído. Minha mãe é muito sensível, para ela tudo é pessoal, até a chuva e o vento, e, com o passar dos anos, tornou-se achacadiça. Não sofre de nenhuma doença, mas costuma manifestar os sintomas de qualquer uma que chame sua atenção; assim, passou ilesa por disenteria, cólera e malária, que dificilmente ocorrem na Califórnia, mas ela leu em algum lugar que esses males costumam dizimar os colonos ingleses da Índia.

— O que a senhora tem é lepra, mamãe — disse-lhe eu um dia em que ela foi picada por uma aranha que deixou uma mancha roxa.

— Deus é testemunha de que minha própria filha caçoa de mim! Vou me sentar nesta cadeira e esperar que todo o sofrimento de Jó caia sobre mim! — exclamou com certa ironia oculta.

A partir daí, passamos a lembrá-la de Jó sempre que ela fica histriônica demais. Em geral, isso acaba com o ataque na hora. Ela sofre de enxaquecas, que não são imaginárias, e tem o intestino delicado por ter jejuado tanto na primeira juventude, mas isso não diminui em nada sua energia nem seu ânimo para trabalhar. Minha mãe nunca descansa. Usa roupas escuras e simples, nada de enfeites nem de batom nas faces, que entrou na moda; não fosse pelo cuidado que dedica ao penteado, pareceria a freira que quis ser. A convivência com dom Pancho, agnóstico e anarquista, atenuou seu fanatismo católico, mas não conseguiu curá-lo.

Naquela época, El Orgullo Azteca, a única escola com aulas em espanhol, era o coração do bairro; de certa forma, ainda é. Molly dividia as responsabilidades com o marido no ensino e nas obras de caridade, além de realizar as tarefas domésticas, porque ele é um sábio que vive de ideias e não deve ser incomodado com assuntos prosaicos, como diz ela. A verdadeira razão é que ele não tem um pingo de senso prático. Se tiver de fritar ovos, dom Pancho perde dez minutos na frente da frigideira meditando em voz alta sobre a conhecidíssima questão filosófica de saber se o ovo vem antes ou depois da galinha. Molly não tem paciência para isso.

Nunca saberei os detalhes da intimidade de minha mãe e de seu marido, porque é um dos assuntos em que não me atreveria a tocar, mas adivinho que viveram em castidade por bom tempo. No início, a desilusão traumática de Molly, a gravidez e a maternidade se interpuseram entre eles. Durante meus primeiros cinco anos, dormi na cama da minha mãe no quarto principal, enquanto dom Pancho dormia num beliche no quarto pequeno. Acho que não tinham um casamento normal, mas se amavam muito; as pessoas comentavam que eram um casal ideal. Dom Pancho sempre foi muito amoroso, indulgente e generoso com minha mãe, e ela reserva coquetismos e brincadeiras só para ele. Essa mulher tão séria em público se transforma em garota brincalhona quando está sozinha com o marido. Ele sempre a amou, e no devido tempo a simpatia e o carinho que ela sentia por ele se transformaram naturalmente em amor e talvez paixão. Um dia eles me anunciaram que eu tinha idade suficiente para dormir sozinha e, sem mais delongas, me transferiram para o cômodo que antes era do meu Papo, e ele ocupou meu lugar na cama de minha mãe. Tenho certeza de que a espera valeu a pena. Apesar de suas grandes diferenças, dom Pancho e Molly continuaram apaixonados como um casal de namorados. Como era de esperar, nossa família cresceu, e agora tenho três irmãos.

Antes de ter outros filhos, minha mãe visitava idosos, fazia companhia a doentes, ajudava viúvas e mães abandonadas. Ainda se levanta ao amanhecer para assar o pão dos mendigos e conseguir ir à primeira missa da manhã antes de cumprir o resto de suas obrigações. A modesta casa de dom Pancho, construída no mesmo terreno da escola, consistia em três aposentos meio vazios, que ela rapidamente transformou em lar aconchegante. Empoleirada numa escada, pintou as paredes por dentro e por fora, fez colchas e cortinas de crochê e plantou um jardim com flores e várias árvores frutíferas. Ela sempre teve a incumbência de arrecadar fundos para financiar a escola e é a administradora natural das despesas familiares. Como ao marido o dinheiro serve para presentear, ela lhe dá uma mesada que mal basta para comprar cigarros. Com as economias, comprou móveis e conseguiu acrescentar à casa uma cozinha, uma sala de estar e um corredor coberto para sentar-se à tarde.

Apesar do gênio exigente, das doenças reais e imaginárias, da pressa para julgar, da vocação de diva trágica e dos longos silêncios obstinados de minha mãe, o marido a adora e vive grato pela boa sorte de ter-se casado com ela. A seus olhos, Molly sempre será a linda mocinha de dezessete anos que foi trabalhar em El Orgullo Azteca, nunca mudou. Embora seja quase vinte anos mais nova que ele, já não se nota a diferença, porque ela envelheceu prematuramente e, para ele, o relógio parou. Posso provar, porque tenho um retrato de ambos no casamento. Agora, vinte e tantos anos depois, meu Papo continua igual, com todos os dentes amarelados pelo fumo, com muito cabelo, bigode preto e a mesma expressão curiosa e travessa. Dele eu tenho o temperamento otimista, mas infelizmente tenho muito pouco de minha mãe. Dela não herdei os cabelos pretos lustrosos, a pele perolada nem os olhos lápis-lazúli; apenas a altura, que serviu para não me olharem de cima para baixo. Tenho olhos escuros e cabelos castanhos.

Sempre soube que Francisco Claro não é meu pai, mas esse é um dado abstrato e banal, porque de fato foi meu pai e muito mais. Ninguém me amou tanto quanto aquele professor bigodudo e rechonchudo, meu Papo. Ele teve três filhos com minha mãe, mas fui filha única por mais de oito anos antes de meus irmãos nascerem, e durante esse período monopolizei toda a atenção e o carinho dele. Sempre fui sua favorita, a luz dos seus olhos, como me chama quando fica sentimental, o que acontece o tempo todo. Segundo ele, pode me mimar como uma princesa porque sou sua menina, enquanto os meninos precisam ser criados com mão firme para se tornarem homens de bem. Nunca permitiu que minha mãe me castigasse com chineladas, mas admite que esse é o método mais eficiente para endireitar meus irmãos.

— Você mima demais a Emilia! Essa pirralha pretende ser servida, não sabe fazer nada. Espero que pegue sarna, para aprender a se coçar sozinha — costumava dizer minha mãe.

2

A língua dos meus primeiros anos foi o espanhol, mas qualquer um que nasça nos Estados Unidos acaba falando inglês. Adquiri as bases de minha educação em El Orgullo Azteca, como muitas crianças do bairro, mas a cultura e a insolência foram inculcadas em mim por dom Pancho Claro a cada momento de nossa convivência. Ele também alimentou minha curiosidade insaciável, que me impulsionou desde muito pequena. Segundo minha mãe, a curiosidade é perigosa nas mulheres, porque leva à infelicidade. Ela diz com frequência que a curiosidade mata o gato, e, se algum dia eu me vir em apuros, a culpa será de meu Papo. Essa característica se manifestou em mim de muitas maneiras ao longo dos anos, mas basicamente é o que me incentiva a procurar o que há depois da esquina e além do horizonte.

Enquanto outras crianças chutavam bola e pulavam corda, eu me divertia aprendendo tudo que meu Papo queria me ensinar, desde o conteúdo do dicionário e de seus textos de ciência, até jogar cartas e dançar, porque dizia que é assim que se faz amizade. Ainda hoje, já adulta com vida própria, somos amigos íntimos; conto-lhe meus segredos, compartilhamos livros e jornais, comentamos as notícias, que são sempre ruins, passeamos na natureza identificando plantas e pássaros, vamos a museus, ao teatro e, às vezes, quando vem uma companhia de Nova York ou da Europa, vamos à ópera. Minha mãe, sempre ocupada com filhos pequenos, tarefas domésticas e obras de caridade, raramente participa de nossas atividades, exceto quando se trata de planejar crimes.

Embora seja verdade que meu Papo carece dos vícios habituais, tem um ponto fraco em comum comigo: romances de dez centavos. Não há quem não conheça aqueles livrinhos que se popularizaram nos Estados Unidos durante a guerra civil, de noventa ou cem páginas, tamanho de bolso, papel ordinário, com histórias escritas ao correr da pena sobre índios, caubóis, aventureiros e soldados, fáceis de ler e divertidas. Os críticos os consideram um lixo para semianalfabetos, mas na realidade eles preenchem o vazio da vida das pessoas simples, em especial homens e rapazes, porque as mulheres se sentem muito pouco atraídas por esse tipo de leitura, a maioria não tem tempo de ler, e as senhoritas ociosas da burguesia preferem poesia e histórias de amor. Meu Papo os coleciona e os devorei todos. Aos dezessete anos, tive a ideia de contribuir para a coleção.

— O que você acha de eu começar a escrever romances de dez centavos, Papo? — perguntei-lhe um dia.

— Como você pensa fazer isso, princesa?

— É fácil. Assassinatos, ganância, crueldade, ambição, ódio... Sabe, Papo, o mesmo que na Bíblia e na ópera.

— Você é muito jovem para isso — respondeu.

— Não tenho nada a perder tentando. O senhor me ajudaria? — perguntei.

Fazia vários anos que eu trabalhava com ele na escola, porque minha mãe já não dava conta, estava muito ocupada com meus irmãos. Eu queria aliviar o trabalho de meu Papo com os alunos, mas não tenho vocação para professora, sou muito impaciente. Ele aceitava minha ajuda e agradecia, mas insistia que eu deveria adquirir uma profissão antes que aparecesse no horizonte algum pretendente mais decidido que os outros, e eu caísse na tentação de me casar. Dizia que, com uma profissão, eu poderia me sustentar sozinha e fazer o que me desse na telha, sem depender de marido nem de ninguém. Minha mãe considerava que qualquer mulher que trabalhe para se sustentar acaba sendo pobre, porque é mal paga, e acrescentava que ele queria me ver solteirona para nunca sair do lado dele. Sem dúvida tinha razão. Se a questão era ter um diploma, ela sugeria o de enfermeira, enquanto meu Papo insistia na medicina. Já havia algumas mulheres formadas nessa profissão pela Universidade da Califórnia, mas, para mim, dor, sangue, ferimentos e morte, coisas a que dei tão bom uso em meus romancinhos, não me atraem na vida real. Eu não podia imaginar então que o destino tinha reservado para mim uma boa dose dessas coisas.

Foi desse modo que começou minha carreira nas letras, se assim posso chamar esse ofício. Os romances satisfaziam meu desejo de explorar além de minha realidade limitada. Escrevendo, eu podia me mudar para qualquer lugar e fazer o que quisesse. Meu Papo quis me ajudar no começo, mas, curiosamente, foi minha mãe que imaginou o enredo do primeiro livro: uma jovem é estuprada por uma gangue de desalmados, que pagam a malvadeza com a vida. Nada muito original, exceto que a vingança não é obra de um herói de mandíbula forte e boa pontaria, mas da própria moça, que se veste de homem para matar os quatro malfeitores, um por um, da maneira mais brutal.

Nunca tínhamos visto minha mãe tão entusiasmada; quanto mais espantosos os detalhes daquela orgia de sangue, mais contente ela ficava. O melodrama lhe cai como luva. Ocorre-me que, ao despachar aqueles quatro perversos para o outro mundo, ela teve o gosto de castigar seu sedutor, Gonzalo Andrés del Valle. Queria até que a donzela castrasse os estupradores antes de assassiná-los, mas imaginei que isso seria demais para meus possíveis leitores masculinos. Os homens são muito suscetíveis em relação às suas partes íntimas.

Meu Papo poliu um pouco o manuscrito, eu o traduzi para o inglês e depois ele o levou para uma editora, porque a mim não teriam dado a menor atenção. *A vingança da donzela*, de um tal Brandon J. Price, foi publicado simultaneamente em inglês e espanhol, para competir com os romances que chegavam do México.

A emoção de ver meu primeiro livro impresso é indescritível, nunca voltei a senti-la com nenhum dos que publiquei desde então. Ao abrir o pacote embrulhado em papel pardo e encontrar os dez exemplares que o editor enviou, comecei a chorar como criança. Meu Papo pretendia convidar a vizinhança toda para comemorar, mas lhe lembrei que não podíamos divulgar que Brandon J. Price era eu. Tínhamos passado horas pensando no nome mais macho possível antes de decidir meu pseudônimo. Era um segredo que até meus irmãos, todos com menos de nove anos, teriam de guardar. Na falta de festa, ele decidiu marcar a ocasião com dois presentes duradouros: comprou brincos de filigrana e granate para minha mãe e uma medalha de ouro com a imagem da Virgem de Guadalupe para mim, ambas as joias no mais puro estilo mexicano.

Naquele verão foram vendidos nove mil exemplares em inglês em todo o país e dois mil e novecentos em espanhol no Texas e na Califórnia. Quando a editora solicitou outro, não precisou esperar, pois já estava pronto, graças ao meu entusiasmo pela escrita e à valiosa imaginação mórbida de minha mãe. O segundo se chamava *Uma mulher ruim*, e a protagonista era a mesma donzela ultrajada do primeiro romance, que se dedicou a vingar outras vítimas. A esse se seguiram muitos outros livrinhos de dez centavos e folhetins semanais nos jornais, com os quais Brandon J. Price fez nome. Tentei ampliar meu repertório com histórias românticas para o público feminino, mas não deu certo. A fórmula consiste em variações sobre o amor repletas de obstáculos entre uma mocinha boa e pobre e um nobre rico e desencantado com o amor, mas, como os editores exigem que sempre triunfem a virtude e a moral, não consegui me inspirar. Além disso, minha mãe não podia me ajudar com enredos convincentes; a dela nunca foi o romance, mas a tragédia.

Esse título de "mulher ruim" virou piada em família. Minha mãe me criou com firmes princípios católicos, semelhantes aos que as freiras lhe incutiram: muito pecado, contrição, culpa, céu, purgatório e inferno, e, quando seu marido intervinha em meu favor para abrandar as regras, ela o detinha de chofre com o argumento de que eles deveriam formar uma boa mulher. Assim resolvia a discussão. Nunca esclareceu em que consiste exatamente isso, mas, de acordo com a tradição, é uma boba que se submete às regras impostas pelos outros. Um dia lhe gritei, num surto de raiva, que queria ser uma mulher ruim. Eu tinha seis anos. É o único momento de motim infantil de que me lembre; os verdadeiros ataques de rebelião vieram depois, quando apareceram duas protuberâncias sobre minhas costelas e pelos entre as pernas. Minha mãe chegou a invocar Deus por testemunha e a levantar o chinelo no ar antes que meu Papo segurasse seu braço. Meu bom padrasto apegou-se a isso para ridicularizar o conceito de boa mulher e o fez com tanta eloquência que agora minha mãe admite que em certas ocasiões ser má é conveniente, desde que com discrição. "Não há necessidade de fazer estardalhaço", acrescenta.

Os proventos da minha aventura literária, que funcionou muito bem desde o início, serviram para ajudar em casa e para minhas próprias economias, que minha mãe sempre considerou sagradas.

— Já que não tem marido, e nesse ritmo duvido que venha a ter, você precisa cuidar do seu futuro — sempre me diz.

Juntas sustentamos a família, eu com meus livrinhos e outros escritos, ela com bom senso, espírito econômico e trabalho. O pão dos pobres, que Molly Walsh fez por caridade durante muitos anos, com o tempo se tornou uma indústria doméstica. Ela mandou construir dois fornos de barro no quintal e passou a assar pães de vários tipos, salgados e doces, primeiro sozinha, depois com a ajuda de duas garotas do bairro. Toda manhã, mesmo aos domingos, há uma fila de fregueses esperando o pão. E toda manhã acordo com a visão reconfortante de minha mãe e suas duas ajudantes fazendo a massa, com o cheiro incomparável do pão quente repousando sobre a bancada de madeira e fumegando sob panos brancos. O que não é vendido de manhã ela vai dar à tarde aos mendigos, que a apelidaram de padeira Santa Molly, sem desconfiarem que era assim que a chamavam na infância.

Minha mãe afirma que não basta ganhar dinheiro, é preciso saber manejá-lo, principalmente quando se é mulher, porque somos enganadas, mal pagas, roubadas e, se nos casamos, tudo passa para as mãos do marido. Ela não tem esse problema, porque meu Papo nem pensaria em perguntar pelo dinheiro que ela ganha ou de que maneira o administra. Ele sabe que, se não fosse pelo esforço e pelo critério de sua mulher, seríamos extremamente pobres. Também não se interessa pelo que ganho; é minha mãe quem faz as contas.

Enquanto escrevo isto, meu Papo continua ensinando na escola, embora tenha quase setenta anos, e, na idade dele, quem não morreu está cabeceando numa cadeira de vime, ruminando ar. Vive de estudar, ler e pensar, despreocupado dos assuntos materiais; não precisa de nada, não pede nada, desde que não lhe faltem cigarros. Minha mãe diz que esse temperamento de gafanhoto o mantém jovem, ao passo que ela é como as formigas da fábula, que trabalham e economizam; por isso tem rugas e cabelos grisalhos.

Desse modo, entre ajudar meu Papo na escola e escrever romances de ação e sangue, o tempo passou sem que eu percebesse. Faltava pouco para eu fazer vinte e três anos quando comecei trabalhar como colunista no *Daily Examiner*. É assim que se chama agora o antigo *Democratic Press*, que era um jornal escravista, portanto proibido em nossa casa.

Depois do assassinato do presidente Lincoln, a redação do jornal foi invadida por uma multidão furiosa que destruiu as instalações a machadadas; então ele mudou de inclinação política e de nome. Foi adquirido por um empresário de minas que lhe deu o nome atual. Dizia-se que o havia ganhado numa partida de pôquer.

Quando fiquei sabendo que o jornal havia passado para as mãos do filho desse empresário, um jovem da minha idade chamado William Randolph Hearst, ousei pedir-lhe uma entrevista, porque corriam rumores de que ele tinha ideias modernas e estava contratando ilustradores e escritores, alguns que meu Papo e eu tínhamos lido, como Jack London, Ambrose Bierce e Mark Twain. Era um sujeito ambicioso que sonhava possuir um império de imprensa, uma cadeia de jornais nas cidades mais importantes do país. Achei que naquele império poderia haver algum emprego para mim, porque estava começando a me cansar das aulas no El Orgullo Azteca e de romances de dez centavos, precisava abrir-me para o mundo e para tudo o que ele contém, em vez de me limitar a imaginá-lo. Não consegui falar com Hearst, claro, mas, depois de muito insistir, esclarecendo que não queria emprego de datilógrafa, mas de jornalista, fui recebida pelo editor-chefe.

A sala dele era separada por um vidro da sala de redação, onde uma dúzia de repórteres trabalhava na penumbra da fumaça do cigarro e no concerto estrondeante de máquinas de escrever, telefones, telégrafo e vozes. O senhor Chamberlain era um homem com longa trajetória na imprensa; dinâmico e apressado, marcou uma entrevista de exatos dez minutos, como insistiu a recepcionista. Recebeu-me em pé, disposto a me despachar em cinco, mas somos da mesma altura e, ao nos vermos cara a cara, não foi fácil me intimidar. Meu Papo me incutiu autoconfiança desde pequena. "Lembre-se de que você é mais inteligente que os outros", repetia com frequência. Além disso, fazia vários anos que eu publicava e tenho mais experiência do que qualquer um dos caras que martelam as teclas na redação do *Examiner*.

— Não temos repórteres mulheres — anunciou-me Chamberlain como saudação.

— É por isso que estou aqui. Seu jornal precisa de mim — respondi.

— Que experiência a senhorita tem no jornalismo? — perguntou, surpreso com minha audácia.

— Nenhuma, mas sei escrever.

— Prove. Dou-lhe quinze minutos para me apresentar uma página sobre a exposição de flores de São Francisco — disse-me, apontando uma mesa vazia do outro lado da janela que nos separava da sala de redação.

— Não posso, senhor. As flores me entediam, mas, se quiser, escrevo duas páginas sobre o assassinato de Arnold Cole. Me dê vinte minutos.

O editor olhou para mim fixamente por alguns segundos eternos, com a testa franzida, e por fim indicou uma cadeira, sentou-se atrás de sua mesa e acendeu pausadamente um cigarro, enquanto me observava intrigado. Percebi que estava ganhando tempo e me dediquei a examiná-lo, por minha vez. Eu tinha vinte e dois anos e parecia mais jovem, embora tivesse me vestido de matrona para aquela entrevista, com uma jaqueta de veludo azul escuro de mangas bufantes e um chapéu da mesma cor, adornado com um pássaro emplumado que minha mãe usa em ocasiões especiais.

— Vamos ver, senhorita... Como disse que se chama? — perguntou finalmente o editor.

— Emilia del Valle Claro, mas meu pseudônimo é Brandon J. Price.

— Pseudônimo? Como assim?

— Eu escrevo romances de dez centavos e folhetins de aventura para revistas e jornais. Vendem muito bem. Os editores não me conhecem, mando meu trabalho por um mensageiro ou por correio, acham que o autor é homem — expliquei, tirando alguns exemplares da bolsa.

O homem lançou-lhes um olhar enojado, como quem remexe em lixo. As ilustrações toscas das capas eram pavorosas, corpos desmembrados ou degolados, punhais, revólveres, borrões de sangue.

— A senhorita escreve isto? — perguntou, segurando-os com as pontas dos dedos.

— Todo mundo gosta de crimes, não é?

— Acho que tem razão. Mas para cobrir crimes tenho vários repórteres calejados. Esses não são assuntos para mulher. Vou lhe dar uma oportunidade na seção feminina, nas páginas sociais; não me decepcione, senhorita.

Levantei-me e alisei a saia.

— Sinto muito, senhor. Até logo.

Chamberlain me parou na porta. Estava pouco acostumado a negociar com mulheres.

— O que pode escrever sobre o assassinato de Cole que eu não saiba? — perguntou.

— Depende. Com base no que saiu hoje na imprensa, posso contar a mesma coisa em estilo arrepiante, mas, se me der alguns dias para investigar, posso lhe trazer algo novo — disse-lhe eu.

— Dou-lhe dezoito horas. Mas vou avisando que tenho Eric Whelan, encarregado do caso, é nosso melhor jornalista. Escreva uma crônica. Não me mande por mensageiro, venha falar comigo pessoalmente.

— Se for publicada, seria com meu nome? — perguntei.

— Com nome de mulher ninguém levaria a sério. Posso publicar com seu pseudônimo. Como era mesmo? Brandon J. Price?

Em São Francisco, como em quase todos os lugares, a humanidade se divide em camadas sociais. Segundo meu Papo, em alguns países, como a Inglaterra ou a França, é necessário o refinamento de gerações ou um título de nobreza para pertencer à classe alta, mas em São Francisco, cidade jovem que há apenas quarenta anos era uma aldeia de mórmons chamada Yerba Buena, basta ter dinheiro, e este em geral não provém da corrida do ouro, mas de negociatas, bancos, indústria, além da corrupção e do crime. Os homens ricos detêm o poder político e econômico, enquanto suas mulheres controlam zelosamente o acesso à boa sociedade. Para essas pessoas, entre as quais estava o infeliz Arnold Cole, o mundo da classe trabalhadora, dos imigrantes recém-chegados e dos pobres de sempre é como outro país. Duvido que algum deles tivesse posto os pés em meu bairro de La Misión, onde viviam minha família, meus amigos e muitos dos meus leitores. Por outro lado, nós, os de baixo, nos introduzimos sorrateiramente na vida deles. Somos invisíveis.

Assim que se soube do drama de Cole, acontecido fazia apenas um dia, começou a onda de boatos em La Misión. Minha mãe chegou do mercado com as verduras do jantar e os detalhes saborosos do crime, que passavam de boca em boca com a advertência de não os divulgar, para proteger uma vizinha inocente. Por sorte, entre nós ninguém sabe guardar segredo.

Naturalmente, quando o senhor Chamberlain me incumbiu do caso de Cole, a primeira coisa que me ocorreu foi mobilizar a rede de mexeriqueiros do bairro, porque então eu ainda não dispunha de nenhum dos contatos policiais que tenho agora. Em poucas horas, ajudada por meus pais, descobri a origem dos rumores e localizei Josefa Palomar, a mulher humilde que conhecia mais do que ninguém a vida privada do senador e cujo anonimato os mexeriqueiros não conseguiram proteger.

Arnold Cole era um político da Califórnia, embora tivesse nascido em Delaware; tinha oratória exaltada e iniciou a carreira como partidário da escravidão, mas, quando esta começou a ser malvista, deixou de mencioná-la e dedicou-se à defesa da superioridade da raça branca e da religião protestante. Semeava animosidade com suas diatribes contra católicos e judeus que, aumentando em número, ameaçavam a moral e o equilíbrio racial, e contra os chineses que, embora não se misturassem, segundo ele também eram um problema. "Os Estados Unidos são um país branco e protestante, devemos impedir a invasão de gente de cor, gente inferior que vem aproveitar os benefícios da América e impor seus costumes degradantes", alegava. Dizia que os negros tinham vindo como imigrantes da África, que haviam se civilizado sob a proteção dos brancos e que o melhor para eles seria a repatriação para suas tribos. Dizia-se à boca pequena que ele se casara por conveniência; sua esposa era oito anos mais velha e não se esmerava muito na aparência; de fato, estava deformada pela gordura, enquanto ele tinha reputação de dândi, com sua pinta atlética, seus ternos ingleses e seus puros-sangues. O dinheiro da mulher financiava seus caprichos e lhe garantia posição vantajosa na sociedade. Os cavalos de corrida lhe valeram alguma fama, seu retrato aparecia em figurinhas de colecionador, aquelas que vêm nas caixas de charuto e cigarros. Dizia-se que usava tanta colônia que, quando passava, as plantas feneciam. Como qualquer político, tinha o mesmo número de seguidores que de inimigos, mas ninguém o levava tão a sério a ponto de matá-lo. Tinha quarenta e sete anos quando morreu de um tiro tão bem colocado que deixou nele apenas um orifício do tamanho de meio dólar na base do crânio. Foi atingido de surpresa por trás e possivelmente não conseguiu perceber o que estava acontecendo; especulava-se que morreu em pé, antes de desabar no chão. A polícia permanecia em silêncio enquanto investigava, mas a imprensa se esbaldava com as especulações.

Josefa Palomar nasceu e cresceu numa das antigas fazendas mexicanas que foram confiscadas e divididas em meados do século. Tinha já certa idade, calculei uns cinquenta e tantos anos, e para ela o conceito de América não existia: continuava vivendo em terra mexicana. Falava pouquíssimo inglês, mas isso não lhe fazia falta, pois sua existência transcorria entre os que falavam espanhol, mas trabalhava para os brancos. Conhecia muito bem meu Papo porque seus filhos frequentaram El Orgullo Azteca quando eram pequenos, por isso concordou em falar comigo. Fui à casinha onde ela morava com a filha, o genro e três netos pequenos. Ela me ofereceu café e nos sentamos no pátio, afastadas do vozerio de sua família.

— Conte-me o que sabe sobre o senhor Cole, dona Josefa. Prometo que vou proteger seu nome — pedi.

— Não foi morto na rua, menina Emilia, isso é tudo o que posso dizer.

— A senhora trabalhava para ele, certo?

— Só fazendo limpeza. Num apartamento que ele tem na Fillmore Street — respondeu ela.

— Então o conhecia bem...

— Quase nunca o via; ele deixava o pagamento em cima da mesa e, quando eu chegava, ele já tinha ido embora. Era visitado por rapazes — esclareceu.

— Como assim? — perguntei.

— Mulheres nunca vi. Homens, sim. Jovenzinhos. Faziam porcaria e era eu que tinha de limpar — explicou.

— Por que a senhora acha que não foi morto na rua?

— Ele não chegou lá por vontade própria, menina Emilia. Foi levado. Olhe, foi encontrado ontem, que era quarta-feira, mas na terça eu o vi morto com meus próprios olhos. E não estava na rua, e sim caído no chão do apartamento. Encontrei nu o pobre coitado, com todas as vergonhas expostas, que Deus o perdoe — contou, fazendo o sinal da cruz.

— O que a senhora fez? — perguntei.

— O mais cristão seria pelo menos colocar a cueca nele, mas fiquei com medo e saí correndo, ora. Não contei para ninguém, só para minha filha, mas, como vê, tudo se sabe — respondeu com um suspiro.

— Deveria ter avisado a polícia, dona Josefa.

— Como pode pensar nisso, menina?! Não quero problemas com essa gente, são todos brancos e piores que bandidos — exclamou.

— Mais cedo ou mais tarde todos vão ficar sabendo do apartamento e que a senhora limpava. Vai ser interrogada de qualquer jeito — expliquei.

— O que vai acontecer comigo?

— Se ninguém a viu entrar nem sair na terça-feira, acho que não tem por que contar o que viu.

— E o que eu digo, então? — perguntou.

— Faça-se de boba, a senhora não sabe de nada, não esteve lá desde a semana passada. Pelo que me conta, alguém vestiu o cadáver e deu um jeito de deixá-lo na rua e fingir que tinha sido atacado — disse-lhe.

— Deve ser coisa de maricas, menina...

Meu Papo, que tinha conhecidos em todos os lugares, falou com um servente do necrotério e com a mulher que levava comida para os policiais do quartel, conseguindo assim levantar outros detalhes. Naquela noite escrevi minha crônica com o que podia revelar sem mencionar Josefa Palomar. Era um tema estupendo para meu próximo romance, como disse minha mãe, mas eu precisava reservá-lo para o *Examiner*.

Na segunda entrevista não precisei esperar na antessala, o senhor Chamberlain me recebeu imediatamente. Indicou a mesma cadeira que eu havia ocupado antes e se plantou ao lado da janela para ler minhas duas páginas. Depois foi até a porta e disse à sua secretária que chamasse Eric Whelan.

— Quer um café ou um *manzanilla*, senhorita? — ofereceu, abrindo um armário cheio de garrafas e servindo-se um copo de bom tamanho.

— Brandy, por favor — respondi para impressioná-lo.

Ele serviu e me entregou, surpreso. Nesse momento entrou Eric Whelan. Era um daqueles irlandeses sardentos, de cabelos ruivos, altos e desalinhados, que abundam em São Francisco, principalmente entre policiais; tinha a camisa e os dedos manchados de tinta, as calças amassadas e presas com suspensórios, nariz quebrado, barba curta e bigode que não eram vermelhos, mas castanhos. Não correspondia à imagem que eu tinha de jornalista, mais parecia um pugilista pobretão. Calculei que tivesse uns trinta e tantos anos. Não posso negar, achei-o atraente, apesar de não ser meu tipo; gosto de italianos de cabelos pretos. Chamberlain lhe entregou minhas duas páginas, voltou para junto da janela e ficou olhando a rua enquanto Whelan lia. Aproveitei para esvaziar o brandy na escarradeira que estava ao lado da mesa. Whelan terminou de ler com um longo assobio.

— De onde saiu isto? Quem é esse Brandon J. Price? — perguntou ao chefe.

— É o mesmo dos romances de dez centavos. Aqui presente — respondeu Chamberlain, apontando o queixo para mim.

— Não estou entendendo — disse o ruivo.

— Sou eu. Emilia del Valle Claro, a seu dispor — informei.

— A senhorita? Suponho que isto seja ficção... — disse o irlandês agitando minhas páginas no ar.

— Que parte de minha crônica lhe parece ficção? — interrompi.

Sexta-feira, 15 de fevereiro de 1889

UM HOMEM EXEMPLAR

Brandon J. Price

Amanhece em São Francisco. A cidade ainda dorme, embrulhada no espesso véu de neblina. Apenas uma carroça com uma mula e uns trabalhadores se aventuram de madrugada pelas ruas silenciosas, entre eles um padeiro alemão, de ombros caídos, chapéu abaixado, gola do casaco levantada, passo apressado. Esse é Karl Josef Meyer, dono da padaria e confeitaria Viena, na esquina das ruas Fillmore e Lombard. Faltam dois quarteirões para chegar ao destino e ainda não consegue enxergar a água da baía, que está próxima. A luz pálida do outono mal se filtra através da espessa neblina que entra pelo Pacífico.

Karl tropeça e pragueja. Um homem está deitado na calçada. Mais um bêbado das tabernas do bairro, pensa. Está prestes a passar ao largo, mas repara na postura inabitual do indivíduo: ele está escarrapachado, com uma perna dobrada num ângulo impossível. O alemão se inclina, sacode-o, acende um fósforo, observa-o de perto no brilho trêmulo da chama e constata, com um sobressalto, que o homem está morto. Sua primeira reação é evitar um problema, aquele infeliz não lhe diz respeito, ele precisa abrir seu estabelecimento e acender os fornos; vacila, põe-se a caminhar, para e finalmente decide cumprir seu dever de bom cidadão. O padeiro dá o alerta.

Logo se forma um ajuntamento, e, quando o carro da polícia chega, já há luz suficiente. O cadáver está sem paletó e descalço. É virado, e alguém que coleciona as figurinhas dos charutos o reconhece: é o político Arnold Cole. Ataque cardíaco, supõe um dos policiais, mas outro percebe respingos de sangue na camisa e então eles veem o orifício na base do crânio.

Nesse momento, enquanto os senhores leem estas linhas, o corpo de Arnold Cole jaz numa mesa de metal do legista. O primeiro exame superficial determinou que a morte ocorreu entre vinte e quatro e trinta e seis horas antes de o corpo ser encontrado. A bala incrustada no crânio provém de uma pistola Derringer que possivelmente foi disparada à queima-roupa. Isso é tudo o que vazou para a imprensa.

O que fazia aquele homem conhecido àquela hora, tão longe de casa e do escritório? É impossível que seu cadáver tenha ficado tanto tempo deitado numa esquina movimentada da cidade e não ser descoberto; sem dúvida morreu, ou melhor, foi morto em outro lugar e transportado sob a proteção da neblina. Eu me pergunto: foi atacado de surpresa? Ou talvez conhecesse o assassino — ou a assassina — e lhe desse as costas, confiante? Onde e com quem estava Arnold Cole naquela noite fatídica? Não foram encontrados vestígios de luta ou de roubo, parece uma execução limpa, uma *vendetta*. Sua esposa declarou que na terça-feira ele não foi para casa à noite; não era a primeira vez, porque com frequência ia a Sacramento para tratar de assuntos governamentais ou trabalhava até tarde. Mas ninguém o viu em Sacramento, e não há registro de que tivesse ficado em algum hotel. Um apartamento de solteiro para diversões inconfessáveis? Uma *garçonnière*? A polícia em breve vai descobrir, mas veremos se a verdade vem à tona: nesta cidade ela costuma ser escorregadia como sabão, e há muitas maneiras de sufocar um escândalo, como bem sabemos.

A imprensa publicou um obituário elogioso e declarações do governador e de alguns colegas de Arnold Cole, lamentando o trágico fim de um homem exemplar, pai de família, servidor público, respeitado por todos, até mesmo por seus adversários políticos, vítima da insegurança que devem suportar os honrados cidadãos de São Francisco, onde a delinquência tomou conta das ruas. No entanto, nós que nascemos e moramos aqui sabemos que as ruas nunca foram seguras; esta é uma cidade fundada por aventureiros, malfeitores, marinheiros de passagem, pregadores e renegados atraídos pelo ouro, é uma cidade de moral negociável.

Que segredos esse homem exemplar guardava? Por que o assassinaram? Talvez fosse de moral negociável, como São Francisco.

Eric Whelan opinou que minha crônica equivalia a acusar o falecido, sem nenhuma prova, de que levava vida dupla e era imoral. A família iria à justiça, a reação do público seria negativa, o *Examiner* não podia se transformar num pasquim de imprensa marrom disse.

— O apartamento existe — assegurei.

— Como sabe? — perguntou o senhor Chamberlain, que até então permanecera em silêncio.

— Não posso revelar minha fonte, senhor Chamberlain.

— Ele tinha uma amante? — perguntou Whelan.

— Levava rapazes lá... — respondi, corando.

— Está me dizendo que Cole era homossexual?

Eu nunca tinha ouvido esse termo em voz alta, fala-se de "amor viril" e outros eufemismos, mas em geral não é assunto de conversa entre pessoas bem-educadas, fiquei sem voz para lhes contar o que tinha ouvido. Nesses assuntos eu ainda era muito ignorante e puritana, não conseguia imaginar as supostas porcarias que Josefa Palomar havia mencionado. Agora sou uma mulher experiente, mas a verdade é que isso ainda não está muito claro para mim. Assenti, olhando para o chão.

— Sua crônica é pura especulação, mas gostei, senhorita — disse o editor.

— Obrigada. Vai publicá-la?

— Primeiro, um advogado do jornal irá revisá-la, para evitar problemas legais. Vou pôr vocês dois no caso Cole e espero que colaborem.

— Sempre trabalhei sozinho — disse o jornalista, bastante incomodado.

— Você continuará como repórter, Eric, e a senhorita escreverá crônicas.

— Qual é a diferença? — perguntei.

Ele me explicou que o jornalismo se baseia em fatos concretos e procura informar de maneira objetiva, isso caberia a Eric Whelan, enquanto a crônica é subjetiva, uma interpretação dos fatos, a visão pessoal do autor, ou seja, de Brandon J. Price. Ele gostou do tom do meu artigo e insistiu que a marca de um bom colunista é uma voz única que os leitores podem identificar facilmente. O uso da primeira pessoa e do presente verbal em meu artigo era acertado. Acrescentou que deveríamos compartilhar as informações que obtivéssemos; Whelan se entenderia com as autoridades e com o público, como sempre, e eu tinha de aproveitar minhas fontes, as que eu não queria revelar, e escrever do meu jeito.

— Entendido? — perguntou.

— Entendido. Devo chamá-la Brandon ou senhor Price? — perguntou-me o irlandês com uma piscadela zombeteira.

— Senhorita Del Valle Claro — respondi.

— Prazer em conhecê-la, senhorita Del Valle Claro. Pode me chamar de Eric — disse, estendendo-me a mão.

Foi assim que comecei a publicar no *Examiner*; essa forma de jornalismo me abriu para o mundo. Tudo o que acontecia na cidade me interessava, nunca faltavam histórias para investigar. Consegui informações para minha segunda crônica graças ao amigo do meu Papo, o servente do necrotério. Eric Whelan já estivera no necrotério na mesma quarta-feira em que se soube do crime, e no sábado pôde presenciar a autópsia e entrevistar o legista e seu assistente. Entre outras coisas, descobriu que o senador Cole estava alcoolizado e que se injetava morfina. A viúva confirmou entre lágrimas a Eric que o marido sofria de dores inexplicáveis e que aquela droga era a única coisa que o aliviava.

Não me deixaram ver a autópsia; era um espetáculo pavoroso, não adequado a senhoritas, poderia me dar um delíquio, como disse o legista, e não consegui fazê-lo mudar de opinião. Tenho certeza de que teria suportado a autópsia melhor que Whelan, que acabou desarranjado. Por sorte, o servente deu uma informação que me seria útil. Contou que fazia vinte e tantos anos que trabalhava lá e tinha visto muita coisa, porque em São Francisco não faltam crimes de todos os tipos, de mulheres assassinadas por amantes ou maridos até chineses esfaqueados por dívidas de jogo. Chamou-lhe a atenção o fato de o político estar de camisa e sem sapatos, deitado na rua numa noite de pleno inverno, coisa que a imprensa já havia apontado.

— Mas, quando foi despido, acabou-se descobrindo que também não estava usando cuecas nem camiseta — disse.

Por lealdade a Josefa Palomar, eu não podia escrever que Arnold Cole estava nu quando foi morto, mas o dado do servente me possibilitou apresentar esse fato como teoria: por mais apressado ou bêbado que estivesse, Cole não teria esquecido a roupa de baixo, já que era muito meticuloso com a aparência. Alguém o vestiu de qualquer maneira depois de morto. Se estava desarrumado ou sem roupa quando atacado, devia estar em algum local seguro: o quarto ou o apartamento que usava quando não ia dormir em casa, algum espaço onde podia descansar — ou se divertir — com discrição.

Depois do necrotério, de onde saiu pálido e tremelica, Eric Whelan marcou encontro comigo no bar do novíssimo Hotel Palace, que em seus curtos anos de existência havia se consolidado como o coração da vida social e era o edifício mais alto e luxuoso da cidade. Estava na moda reunir-se diante do grande relógio do saguão de entrada.

— Tinha razão, senhorita Del Valle Claro.

— Em particular, pode me chamar de Emilia — interrompi.

— Bom, Emilia, então. Cole era casado e tinha uma filha, mas preferia homens. Não vou explicar como fiquei sabendo.

— Acho que estava nu quando o mataram. Estaria com um desses homens? — sugeri.

— Pode ter sido mais de um. Não é fácil vestir um cadáver e arrastá-lo até a rua — disse.

— Suponho que o transportaram por curta distância. Diga aos seus amigos policiais que procurem a *garçonnière* de Cole na rua Fillmore, perto da esquina com a Lombard. Não deve ser difícil localizar.

— Você sabe exatamente onde fica, mas não pensa em me dizer, certo? Está encobrindo um crime — acusou-me o ruivo.

— Não me peça que revele minhas fontes, Eric, porque vai me obrigar a mentir. Estou lhe dando um furo, pode se exibir. Conhece o inspetor e o chefe de polícia, são tão irlandeses quanto você. E você tem acesso onde eu não tenho — disse eu.

— Posso perguntar qual será sua próxima crônica, Emilia? Aviso que não podemos publicar o que lhe contei sobre Cole sem ter provas.

E, mesmo que as tivéssemos, não poderíamos fazer isso por respeito à família dele e à sua posição social.

— Pretendo escrever sobre a impunidade das pessoas bem relacionadas, a manipulação da verdade, a parcialidade da justiça e os vícios secretos dos homens honrados. Não vou mencionar nomes, não será necessário — respondi.

Durante os anos em que colaborei com o *Examiner*, não fui a única mulher, já que existem algumas senhoras que cobrem páginas sociais, moda, exposições de flores, bailes de gala e questões domésticas, mas sou a única que no início se escondia atrás de um pseudônimo masculino. Meu editor não me considerava jornalista e me lembrava a todo momento que eu era colunista e que meu sucesso dependia de minha originalidade.

Segundo Eric Whelan, eu tinha uma perspectiva única e particular que meus leitores apreciavam. Porém, não fazia parte do quadro de empregados da casa nem tinha salário fixo, o que me pagavam era ridículo, nem um anacoreta poderia viver com aquilo, mas eu me sentia orgulhosa por publicarem minhas crônicas. O fato de as mulheres sempre receberem muito menos que qualquer homem enfurecia meu Papo e a mim também, mas eu não tinha tempo suficiente no *Examiner* para brigar com Chamberlain por pagamento; primeiro precisava provar que era indispensável. Acho que tinha mais mérito que os repórteres do jornal, porque era duplamente publicada, escrevia minhas crônicas e meus romances de dez centavos, com os quais me sustentava e arcava com a maior parte das despesas de minha família.

Dava à minha mãe uma porcentagem do que ganhava, e era justo, porque, enquanto ela amassava pão ou varria o quintal, vinham-lhe à mente os melhores enredos de crimes espantosos e paixões fatais. Meu Papo comprava tabloides da imprensa marrom para ter ideias, mas

Molly Walsh não precisava de ajuda para se inspirar. Muitas vezes me perguntei que tipo de pessoa seria minha mãe se não tivesse sido criada pelas freiras. Aquelas boas mulheres não conseguiram domar a sua atroz imaginação, mas lhe incutiram respeito pelas normas tradicionais de boa conduta, que ela aplicou sempre com rigor em sua própria vida e, se pudesse, também iria aplicá-las na vida do marido e dos filhos, especialmente na minha.

Minha mãe dizia na época que, se eu cuidasse com empenho da aparência, poderia conseguir um marido endinheirado e escrever para me divertir, já que se sustentar com a pena não era apropriado a uma senhorita, como teria sido o ofício de professora ou enfermeira.

Essa era uma discussão típica entre meus pais:

— Quantas mulheres jornalistas existem? — perguntava minha mãe.

— Bom, por exemplo, Fanny Fern, que chegou a ser a colunista mais bem paga do país — respondia meu Papo.

— Se você consegue citar, é porque se contam nos dedos de uma mão. De qualquer modo, está morta.

— As pessoas têm o péssimo hábito de morrer, Molly — notava meu Papo.

— Quantas escritoras existem? Mais ou menos cinco, não? E também estão mortas, várias se suicidaram. Emilia teria de ser cem vezes mais capaz do que qualquer homem para competir no mesmo terreno — advertia minha mãe.

— E é. Se não se deixar intimidar por ninguém, vai alcançar o que almejar — concluía meu Papo.

E o que eu almejava? Ainda não sabia, mas secretamente sonhava publicar um romance de verdade, nada de noventa páginas por dez centavos. Com meu nome, é claro. Existem várias escritoras de ficção que poderiam me servir de modelo, apesar de os críticos julgarem sua literatura inferior, porque dizem que nós, mulheres, não temos a experiência do mundo e a racionalidade dos homens. Somos especialistas em temas sentimentais, e qualquer incursão em outros assuntos pode ofender pais ou maridos.

— Que estupidez tão grande é essa! Mary Shelley tinha dezoito anos quando começou a escrever Frankenstein. Vamos ver se algum homem imaginaria algo assim! — exclamava meu Papo.

Minha mãe leu esse livro em dois dias e opinou que o melhor personagem era o pobre monstro, tão triste e solitário. O erro de sua criadora foi lhe dar consciência e sentimentos, o que o condenou ao sofrimento. A leitura lhe inspirou um romancezinho de Brandon J. Price em que um sujeito deformado, enjaulado, faminto e humilhado num circo foge com a ajuda da trapezista e juntos cometem delitos para sobreviver, sempre perseguidos pelo malvado dono do circo, que deseja a garota. Não me lembro dos detalhes, exceto que o vilão mata o monstro, e então a trapezista, de coração partido, ateia fogo na lona do circo, e os malvados morrem carbonizados. Evidentemente eu assegurei que ela soltasse os animais antes de acender o fósforo.

Para minhas crônicas do *Examiner* quase sempre precisava me limitar à área da baía de São Francisco, que felizmente é extensa e pervertida, portanto não me faltava assunto. Escrevia sobre crimes, que sempre interessavam aos leitores, mas não pude continuar investigando a morte de Arnold Cole, porque a pressão política e as ameaças da viúva impediram a divulgação das preferências sexuais do falecido, das dívidas de jogo e do apartamento em Fillmore. Divulgou-se que ele tinha sido atacado por ladrões, mas a polícia sabia que, tal como sugerido por Josefa Palomar, tratava-se de um homicídio entre amantes do sexo masculino; depois o corpo teria sido arrastado para a rua. Usando as informações que Eric lhes soprou, os policiais encontraram o apartamento e as marcas irrefutáveis do ocorrido.

Quando escasseavam atos de delinquência, eu precisava optar por assuntos banais, procurando o ângulo que os tornasse originais: comunidades e bairros, todos tão diferentes quanto pequenas nações independentes; a greve dos estivadores do porto, os lixeiros, os maus-tratos a cavalos e mulas de tração, os novos imigrantes, o manicômio, os coiotes que saíam à noite para comer galinhas e animais de estimação, a epidemia de ratos... enfim, sempre havia material.

Eric Whelan tornou-se meu mentor e melhor amigo. Apresentou-me a seus amigos da polícia, a investigadores, informantes e delatores, ensinou-me como prender a atenção dos leitores nas primeiras frases e estruturar um artigo do começo ao fim, mostrou-me como conduzir uma entrevista aprofundada; instruiu-me a verificar a informação obtida e sempre usar mais de uma fonte. Dizia que eu escrevia muito bem, mas isso não fazia de mim uma boa jornalista. Eu tinha muito que aprender, e ele sempre estava disposto a dividir comigo sua experiência e seus conhecimentos. Nunca percebi ares de superioridade nele nem qualquer indício de insinuação romântica; nós nos tratávamos como camaradas.

Chegou um momento em que eu quis sair da minha bolha e me aventurar mais longe, e Eric me apoiou. Foi ideia dele que eu batesse asas longe de São Francisco. Fazia mais de um ano que eu escrevia para o jornal quando anunciei ao senhor Chamberlain que estava pensando em ir para Nova York e lhe ofereci uma série de crônicas de viagem. Negociamos o preço de cada uma e os gastos de traslado e hotel. Ele me deu o prazo de um mês para escrever dez crônicas, que lhe enviaria por trem, já que o telégrafo estava reservado para notícias de atualidade.

Minha mãe advertiu que aquela viagem iria provocar um coro de mexericos, que as pessoas iam dizer que eu era uma aventureira, que onde já se viu uma senhorita se lançar sozinha pelo continente sem nenhuma necessidade, quase cinco mil quilômetros de perigos e tentações. Expliquei que em São Francisco havia os mesmos perigos e tentações.

— Quem brinca com fogo acaba chamuscado, Emilia. Por que provocar o diabo? Rezo todos os dias para que minha única filha não tenha o mesmo destino que eu! — exclamou numa de suas explosões melodramáticas.

— Está se referindo ao que lhe aconteceu quando era noviça? Por aí se vê que isso pode acontecer em qualquer lugar, mamãe. Não há necessidade de ir para Nova York. Quando vai perdoar e esquecer aquele chileno? Seu destino foi muito bom. Graças a ele, a senhora tem a mim e também tem o melhor marido do mundo — argumentei.

Meu Papo também se opôs à minha viagem, pela primeira vez os dois estavam de acordo, mas lhe lembrei que ele mesmo havia me incutido desde o berço o desejo de conhecer o mundo. Não conseguiram me deter.

3

O Transcontinental Express, inaugurado em junho de 1876, levava oitenta e três horas entre São Francisco e Nova York, trajeto que antes durava um mês de diligência. Esse trem, que liga dois oceanos, é um dos avanços tecnológicos mais espetaculares deste maravilhoso século de invenções. Quando embarquei, ele já não era novidade, mas para mim foi uma experiência transformadora. Fui para Nova York num vagão aquecido, com assentos de veludo que se reclinavam para dormir, atendimento personalizado, comida saborosa em pratos de porcelana e vinho em taças de cristal. Eu nunca tinha visto nada tão luxuoso e a primeira coisa que fiz ao chegar foi enviar um telegrama de agradecimento ao senhor Chamberlain, por ter pagado uma passagem de primeira classe.

Como muito já havia sido escrito sobre o famoso trem, decidi dedicar minhas crônicas aos ferroviários que raramente viam suas famílias, aos seres invisíveis que instalavam os trilhos e cuidavam da manutenção, quase todos chineses, aos homens suados e tisnados que alimentavam a fera de aço com toneladas de carvão, aos garçons que dormiam sentados, à variedade surpreendente de paisagens e pessoas ao longo da estrada.

Em menos de quatro dias cheguei descansada e alegre a Nova York. Não fiquei na residência para moças que me haviam recomendado, porque as regras eram tão rígidas quanto as de minha mãe; eu não tinha ido a Sodoma e Gomorra — como aquela cidade era chamada pelos pregadores — para me trancar às oito da noite sem experimentar tentações e perigos.

Nova York era mais fascinante do que eu podia imaginar. Em cada esquina havia algo surpreendente; São Francisco, em comparação, era uma aldeia. Como eu não pensava em gastar a maior parte do meu orçamento em alojamento, instalei-me entre imigrantes pobres, no meio de uma miscelânea de todas as raças e de uma atividade furiosa e incessante. O barulho do trânsito, de oficinas e de fábricas competia com a cacofonia de múltiplas línguas; em nenhuma hora, nem mesmo à meia-noite, as ruas ficavam em silêncio. O cheiro de fritura e lixo saturava o ar. A necessidade é cruel, não deixa espaço para a compaixão. Levas de meninos maltrapilhos brincavam, brigavam e trabalhavam nas ruas, roubavam carvão das carroças, muitas vezes arriscando a vida, e eram perseguidos a bordoadas pela polícia. Vi como alguns operários, que estavam colocando asfalto, aqueciam moedas até a incandescência e as jogavam para as crianças, que, na ânsia de recolhê-las, queimavam as mãos, enquanto os homens se dobravam de rir. Meu hotel se erguia entre os edifícios em ruínas, nos quais se amontoavam famílias numa pobreza diferente da de meu bairro de La Misión, porque nós tínhamos espaço, podíamos respirar sem tossir e não vivíamos em estado de desespero. O hotel tinha pretensões de respeitabilidade; quando me entregaram a chave, informaram solenemente que as camas estavam livres de percevejos.

Eric Whelan me deu o endereço de Owen, um de seus irmãos, bem mais velho que ele, para me mostrar a cidade e me proteger, como disse. Assegurei a ele que poderia me valer sozinha, mas ele mandou comigo uma caixa de charutos de presente, e foi assim que o conheci.

Com Owen Whelan perdi a virgindade. É difícil explicar como isso aconteceu tão rapidamente. Assim que nos conhecemos, eu me vi envolvida em seu magnetismo, presa numa armadilha e feliz; com ele me senti interessante e bonita pela primeira vez. Tinha bem mais idade que eu, mas sua energia viril era como um redemoinho do qual não se escapava com facilidade. Não se parecia em nada com Eric, era moreno e intenso, como os italianos de que gosto. Eu não tinha nenhuma experiência e me rendi com a paixão e a inocência do primeiro amor. Não calculei as possíveis consequências e, assim que ele me sugeriu, permiti que me acompanhasse até o hotel. Mulher sozinha não podia receber visitas no quarto daquele estabelecimento, apenas no saguão de entrada, como anunciava um dos cartazes pregados com tachinhas na parede, mas ninguém vigiava. Por precaução, ele se apresentou como meu marido para conseguir que lhe dessem uma chave.

O que vivi naquele quarto prefiro calar, por pudor e porque várias pessoas que amo muito poderiam ler estas páginas; se bem que farei todo o possível para evitar que isso aconteça, não quero lhes causar desgosto. Basta dizer que com alguma prática consegui me livrar da timidez e da falta de jeito e passei muitas horas daquelas benditas quatro semanas na cama com Owen. Tirei tempo, sim, para me desincumbir das crônicas que devia ao jornal, tarefa muito fácil em Nova York, onde o inesperado era norma e tudo tinha interesse humano, como queria o senhor Chamberlain.

Desde o primeiro beijo, Owen Whelan avisou que eu não devia alimentar ilusões românticas, porque a única coisa que ele podia me oferecer era prazer, puro e simples prazer. Não desconfiava que eu era virgem e, quando descobriu, já era tarde para voltar atrás. Com ótima disposição me ensinou o fundamental para me divertir e não engravidar. Explicou que em qualquer farmácia ou taberna é possível comprar preservativos, mas eles não são vendidos às mulheres; além disso, nenhuma mulher de respeito tentaria adquiri-los. Embora as consequências da imprudência fossem muito mais graves para mim, a precaução mais eficaz estava fora do meu alcance. No dia seguinte ele me levou a um suposto médico, compatriota dele, com um narigão cor de berinjela típico dos alcoólatras empedernidos, que lhe vendeu um engenhoso dispositivo de borracha, um diafragma em forma de meio limão, que, segundo me informaram, era mais eficiente que esponjas, duchas e outros métodos correntes. Escusado dizer que uma mulher solteira não podia conseguir um desses sem um médico complacente. Owen quis que eu o usasse para me familiarizar.

— Os preservativos também evitam infecções, por isso são mais convenientes. Comigo você não precisa se preocupar, mas tenha cuidado no futuro. Nenhuma mulher inteligente confia que o homem a proteja — avisou.

Fiquei ofendida até a alma diante da mera suposição de que poderia haver outros homens em minha vida, mas disfarcei com a vontade firme que herdei de minha mãe. Owen tinha sido muito claro sobre suas intenções: tratava-se somente de se divertir por alguns dias, sem pensar no futuro. De amor, nada da parte dele, mas achei que poderia fazê-lo mudar de atitude. Meu amor era suficiente para os dois.

Não posso reclamar. Owen me ensinou muito e me fez feliz durante um mês. Gostei tanto do que fizemos que, superada a grave desilusão romântica, aproveitei algumas oportunidades que se apresentaram para repetir aquela experiência, o que não é fácil para uma mulher que pretende manter seu nome limpo. A virtude e a decência têm um preço muito alto; basta uma fraqueza para perder a honra, e isso é pior que a morte, segundo os preceitos de minha mãe.

Aprendi com aquele primeiro amante que, para desfrutar como se deve a festa dos sentidos, convém avançar com calma, bom humor e ternura. Essa etapa é essencial para mim e talvez o seja para todas as mulheres, mas desconfio que a maioria dos homens passa batido porque o desejo os torna cegos e surdos. Para Owen, porém, meu gozo era mais importante que o dele, era esse o seu segredo de grande sedutor. Fiquei sabendo que aprendeu isso na adolescência durante sua primeira aventura amorosa com uma dama de duvidosa reputação, vários anos mais velha que ele. Essa senhora lhe ensinou o que era indispensável, e o resto ele aprendeu perguntando, porque o que agrada a uma pessoa pode ser repugnante para outra. Disse-me que nunca precisou forçar ou comprar uma mulher, nem atraí-las com mentiras e promessas.

Owen me deu um panfleto feminista da espiritualista e ativista Victoria Woodhull, que defendeu o amor livre antes de se tornar cristã e abominar seu passado: "Sim. Sou partidária do amor livre. Tenho o direito inalienável, constitucional e natural de amar quem quiser, amar por um período tão curto ou tão longo quanto puder; mudar de amor diariamente se me agradar, e nesse direito ninguém nem nenhuma lei que inventem tem autoridade para intervir."

Apropriei-me dessa declaração, que é dogma de fé para a maioria dos homens e anátema para nós. Suponho que isso me transformou oficialmente numa mulher ruim.

Owen Whelan me deu uma lista de lugares e pessoas que podiam me servir para minhas crônicas e, em alguns casos, me acompanhou. Fomos, por exemplo, ver cinco jovens expostos ao público como raridade de zoológico, sob o rótulo de PIGMEUS HORRÍVEIS, que não eram nem horríveis nem pigmeus da África, eram apenas baixinhos. Quando os entrevistei, revelaram-se muito agradáveis, todos da mesma família, duas irmãs, um irmão e dois primos, que vinham em turnê desde a Suíça. Susana tinha um metro de altura e pesava dezenove quilos; Julius, oitenta e oito centímetros e doze quilos, e os outros três pesavam menos de onze quilos. O tamanho diminuto lhes havia servido para ganhar a vida, eles tinham orgulho de ser diferentes e de sua fama.

Também consegui ser convidada para uma sessão particular de espiritismo com Cora Hatch, que estava em Nova York fazendo demonstrações de seu poder. A mulher havia começado a carreira na infância, casara-se quatro vezes e tinha dezenas de milhares de seguidores. Assisti à reunião, que ocorreu na mansão de um de seus admiradores, munida da saudável incredulidade que meu Papo havia fomentado em mim desde a infância.

Aos cinquenta anos, Cora era tão carismática e bonita quanto na juventude. Poucos minutos depois da abertura da sessão, ela caiu em transe e começou a falar de modo entrecortado com uma voz de homem que o dono da casa reconheceu como a de seu filho, morto aos dezoito anos em Gettysburg, a mais sangrenta batalha da guerra civil. O espírito do falecido respondeu a perguntas cujas respostas, segundo o pai, só ele conhecia. Não era meu papel desmascarar alguma possível fraude, mas escrevi o que presenciei com a devida ironia.

Várias crônicas minhas foram inspiradas na rua, enquanto eu passeava e algo vinha ao meu encontro. Foi assim que participei de uma marcha de sufragistas — que terminou em debandada no momento em que a polícia nos atacou a cavalo — e de uma greve das trabalhadoras de uma fábrica de fósforos, que denunciavam as condições desumanas em que trabalhavam: dezesseis horas por dia em pé, com salários de fome, respirando vapores tóxicos que provocavam queimaduras, vômitos e até morte prematura. Entrevistei várias delas, visitei-as em suas moradias miseráveis, conheci seus filhos, alguns muito desnutridos, mas não consegui falar com os gerentes e contramestres da fábrica, que me negaram acesso. O senhor Chamberlain se interessou muito pouco por esse assunto, porque ocorria longe de São Francisco, em outro planeta. Em compensação, adorou o que escrevi sobre uma dançarina com pouca roupa. Isso era notícia para nossos leitores da Califórnia, que sonhavam vê-la em pessoa algum dia.

Dezembro de 1890, Nova York

A ODALISCA DIVINA

Brandon J. Price

Omene causa sensação com sua dança do ventre nos teatros frívolos de Nova York e Chicago, grandes urbes onde quase nada consegue surpreender o público, farto de novidades. Ficamos conhecendo a Divina Odalisca, como a imprensa a chama, por uma propaganda de cigarros Virginia Bright e Sweet Caporal. Ela aparece em treze das figurinhas inseridas nos maços, mas apenas duas a mostram em seu traje de dançarina exótica; nos outros, pelo contrário, ela aparece vestida do pescoço aos tornozelos. Também contribuem para sua fama a lista de amantes e o boato de que mais de um se suicidou por causa dela. Com tais antecedentes, proponho-me entrevistá-la.

O teatro, de segunda ou terceira categoria, com capacidade para noventa lugares, está cheio. O público, masculino na totalidade, antecipa o espetáculo com assobios e chacotas estrepitosas, animados pelo álcool vendido na entrada. O primeiro ato consiste em algumas canções e na apresentação de um ventríloquo e mágico, para ocupar o tempo antes da atração da noite, que é recompensada com vaias e grosserias.

Quando a cortina do segundo ato se abre, um suspiro coletivo recebe Omene, que entra ondulando no palco, envolta em seda dourada, no ritmo da música sugestiva de uma cítara, um alaúde e uma flauta. Minutos depois aparecem dois supostos eunucos com turbantes, cimitarras e babuchas, que tiram a túnica e as sandálias da beldade, deixando-a coberta com escassos véus, plenamente livre para executar sua dança voluptuosa do harém. Diante daquela barriga nua, que se requebra como uma doninha, o público explode em incontrolável entusiasmo, gritos, aplausos, assobios; alguns homens até tentam invadir o palco. A dança é menos escandalosa do que a reação dos espectadores, que se comportam como animais no cio.

Depois da função, deslizo para os bastidores e vou bater na porta do camarim da estrela. O impulso inicial de Omene é bater a porta na minha cara, mas eu me apresento como colunista de um importante jornal da Califórnia, e ela imediatamente muda de humor e me recebe com certa tolerância. Toda notoriedade é bem-vinda em sua profissão.

De perto, a Divina Odalisca é menos atraente do que no cenário, onde os véus, os eunucos, as lâmpadas e a música criam a ilusão de que estamos diante de Cleópatra. Pessoalmente, é meio baixinha e um pouco rechonchuda, mas bem proporcionada, de pele clara e olhos escuros aumentados pela maquiagem. A graça e o coquetismo, tão naturais quando ela dança, na intimidade do camarim são substituídos por hostilidade. Ela tem pressa.

— O que acha das sufragistas? — ela me pergunta de imediato.

— Acho que as mulheres deveriam ter o direito de votar... — digo eu.

— Para quê? — interrompe ela. — O voto não serviu muito para os homens.

— A democracia... — balbucio, desconcertado com o rumo tomado pela entrevista.

— É manipulada por alguns patifes — interrompe-me de novo. — A única coisa que as mulheres podem fazer é manipular esses patifes.

Enquanto lambuza a cara com creme para retirar a maquiagem, conta que nasceu na Turquia e que a mãe lhe ensinou dança do ventre quando ela tinha oito anos. Aos doze, foi casada à força com um homem muito mais velho, que por fim a abandonou; então ela fugiu para Londres, onde começou a ganhar a vida com sua arte. Lá conheceu um americano que a introduziu nos Estados Unidos.

— Antes de ser trazida para o Ocidente por mim, a dança do ventre não era conhecida por aqui, o que existia era uma imitação tosca — diz ela.

Pergunto se era verdadeira a história dos suicídios, e ela esclarece que se trata de um apenas, de um poeta infeliz. Também pergunto sobre Istambul e a história dessa arte tradicional, mas ela evita esses assuntos, só está interessada em me informar sobre sua brilhante carreira artística e amorosa. Entre seus planos futuros, planeja uma viagem à Califórnia; e eu lhe garanto que será recebida como merece.

Resumindo, vejo-me diante de uma verdadeira empresária, cujo talento não consiste tanto na dança, mas na determinação de criar sua própria lenda e, de passagem, ganhar dinheiro. Ao vê-la, percebo que a beleza não tem de ser natural, pode ser fingida com postura e atrevimento. Se Omene tivesse cara de gorila, não a veríamos, seríamos enganados por sua atitude e distraídos por seus olhos enegrecidos com cosméticos. Fico impressionado com a sua poderosa ambição e sua falta de escrúpulos, duas características que costumam levar o homem ao topo do sucesso, mas podem conduzir a mulher à ruína, a menos que, como a Divina Odalisca, ela zombe das convenções e saiba usar as fraquezas dos outros a seu favor.

Ao se esgotar o prazo da minha estadia em Nova York, passei uma última noite com Owen Whelan bebendo vinho branco e saboreando embutidos italianos, nus no meu quarto. Acho que sempre me lembrarei com saudade daquelas horas de gula e luxúria, ambos morrendo de rir, explorando-nos mutuamente sem nenhuma pressa e falando bobagens. Aquele homem era de uma frivolidade refrescante, gostava de boxe e não lia nem jornais. Não tinha nada em comum com o irmão Eric. Meu Papo nunca entenderia como sua princesa deitava e rolava num hotel com um sujeito que não sabia quem é Frederick Douglass ou Charles Darwin.

Ele me deixou na estação e nos despedimos com um aperto de mão, pois estávamos em público. Nenhum dos dois manifestou a intenção de manter contato, tal como havíamos combinado desde o início, mas confesso que me senti magoada, porque estava apaixonada e desejava mais que qualquer coisa um beijo e uma promessa de amor. A razão deveria iluminar nossas ações, como prega meu Papo, mas o coração zomba da prudência e faz o que bem quer.

Na volta para São Francisco viajei num vagão de terceira classe, pois já havia experimentado a primeira e estava à procura de novos assuntos para minhas crônicas. Era de metal, com péssima ventilação e bancos estreitos de madeira onde se dormia sentado, sem nenhuma das comodidades da primeira classe. Nem água para beber estava disponível. Comprei alguma comida das mulheres que vendiam nas estações ou embarcavam com cestas de frios, pão e maçãs. O frio à noite e o cheiro de suor, roupa suja e confinamento foram um tormento no início, mas logo me acostumei e agradeci à promiscuidade que convidava à conversa; assim consegui várias histórias para Chamberlain. Essa distração me ajudou a suportar o imenso desejo de escrever cartas apaixonadas para Owen e enviá-las de cada estação onde o trem parava.

A maioria dos passageiros era de homens jovens em busca de trabalho ou aventura no oeste, mas também havia famílias de imigrantes, principalmente italianos do sul e judeus russos. A viagem durou nove dias, pois em vários casos o vagão era desengatado para dar lugar a vagões de carga ou de luxo, que tinham prioridade, e nós precisávamos esperar com paciência um dia ou dois, até nos pendurarem noutra locomotiva e seguirmos viagem.

No segundo dia não aguentei mais o espartilho e dei um jeito de tirá-lo sem chamar atenção. Percebi que não precisava da tortura daquela armadura debaixo do vestido, porque sou magra e ainda era muito nova. Segundo minha mãe, o espartilho é indispensável para manter as carnes no lugar, e as costas, retas, e a boa postura distingue a mulher disciplinada e elegante. Pouco depois também me livrei dos grampos de cabelo, que se cravavam em meu crânio, e me penteei com uma trança, como várias das mulheres que viajavam comigo. Assim me integrei melhor ao restante dos passageiros; com espartilho, jaqueta, luvas e chapéu, eu sobressaía e certamente parecia pretensiosa.

Naqueles dias eternos em que padecemos o mesmo desconforto, viu-se o caráter de cada um. Havia pouca comida, mas alguns estavam dispostos a reparti-la. Vários homens jogavam cartas, e a partida às vezes terminava em xingamentos; bebiam gim e uísque, mas respeitavam o acordo tácito de não lançar mão de armas, que quase todos portavam. As mães, atentas às respectivas famílias, suportavam os inconvenientes do trem sem reclamar, enquanto tentavam distrair as crianças e fazê-las dormir. Um homenzarrão grego com poucos dentes e cílios compridos tocava acordeão e, ao entardecer, nos deleitava com a música de seu país. Como me viam escrever, mencionei minhas crônicas, e várias pessoas queriam que as lesse, mas eu não tinha cópia, apenas as anotações recentes. Terminei entretendo meus companheiros com os dramas de meus romances de dez centavos. A desonra da donzela arrancou lágrimas a mais de um, e, quando ela deu um jeito de se vingar, aplaudiram. O grego e alguns outros não entenderam uma única palavra, não falavam inglês, mas aplaudiram por cortesia.

Antes de chegar a São Francisco tratei de me arrumar um pouco, para evitar que meus pais me vissem em tão mau estado, mas era impossível disfarçar o mau cheiro, o cabelo desgrenhado e a sujeira na roupa. Na estação de São Francisco fui recebida por Eric Whelan. Eu não esperava isso e tentei escapulir, envergonhada, mas ele me agarrou por um braço e teve a gentileza de esconder o efeito que minha aparência lhe causou. Trazia um saco de pão doce e uma garrafinha de café, que vieram bem a calhar depois da proeza daqueles nove dias no vagão de terceira classe.

— Como soube que eu estava vindo? — perguntei.

— Owen me mandou um telegrama. Meu irmão ficou muito impressionado com você.

— E eu com ele. Você está diferente, quase não reconheci — disse-lhe.

— É o corte do cabelo e estou recém-barbeado. Você deve ter notado que estou sem barba — esclareceu.

— Ah, então é isso! Se queria me surpreender, conseguiu. Está limpo e bonito.

— Obrigado. Lamento não poder dizer o mesmo — respondeu rindo.

Sentamo-nos num banco da praça para consumir o café e os pãezinhos. Contei-lhe em linhas gerais minhas impressões sobre a viagem e Nova York, muitas das quais ele já havia lido em minhas crônicas; ele, por sua vez, me deu as notícias mais relevantes publicadas no *Examiner* durante minha ausência.

Naquele banco, tomando café morno e jogando migalhas para os pássaros, fiquei sabendo que Owen Whelan era casado. Durante as semanas de intimidade em que me despi de corpo e alma, convencida de que ele fazia o mesmo, não fui informada de seu estado civil, e, boba que sou, não me ocorreu perguntar, simplesmente dei por certo que ele era livre. A possibilidade de adultério não fazia parte do meu limitado conhecimento do mundo. Owen nunca mencionou a esposa nem seus quatro filhos. Quando Eric me contou tais coisas de passagem, sem suspeitar do golpe que aquilo seria para mim, senti-me queimar da cabeça aos pés, meu coração disparou a galope, faltava-me o ar. Eric, intrigado, perguntou se eu estava bem, e lhe expliquei que me sentia muito cansada, precisando de um banho e de minha cama. Ele chamou um carro de praça, mas não permiti que me acompanhasse, porque preferia que não soubesse onde ou com quem eu morava.

Pensei muito no que tinha acontecido entre mim e Owen. Senti grande alívio por não lhe ter escrito mensagens de amor no trem e prometi a mim mesma nunca cometer a besteira de enviar esse tipo de carta, porque mais cedo ou mais tarde o amor termina, e as cartas, que em geral são sentimentais e ridículas, acabam em mãos alheias. É verdade que, na aventura com Owen, o erro não foi meu, e sim dele, eu não era responsável pelas ações dele, e era ele que teria de se entender com a esposa, com o confessor — era católico — e com sua consciência, se é que essa infidelidade lhe pesava, mas a experiência me serviu para ser mais cautelosa. Meu Papo, que não acredita em pecados nem em castigos divinos, rege-se por uma norma muito simples: "Não faça a outra pessoa o que não quer que lhe façam." Eu sofreria muito se outra mulher me roubasse o homem que amo, mesmo que fosse um amorico sem futuro. Talvez a esposa de Owen nunca saiba o que aconteceu ou talvez suspeite que o marido é um mulherengo e dê pouca importância a isso, pois o prazer com que ele a brinda compensa suas fraquezas, mas, seja como for, não quero fazer parte de uma traição. Decidi que, a partir daquele momento, só aceitaria homens sem amarras. Felizmente, desses existem muitos.

Eric Whelan sempre foi o melhor dos amigos. De acordo com minha mãe, amizade entre homem e mulher é impossível, sempre há uma corrente de sedução que, no menor descuido, acaba mal. Bom, às vezes acaba bem, depende. Em parte ela estava certa, porque, apesar de sermos camaradas, de ele me tratar como um de seus amigos de bar e de eu não gostar de ruivos desmazelados, apanhei-me mais de uma vez imaginando como seria beijá-lo. É provável que cheirasse a fumo e cerveja. Também me perguntava se ele seria tão bom amante quanto o irmão, caso em que poderia perdoar-lhe a cor de cenoura.

À medida que nossa amizade se estreitava, fui aprendendo mais sobre ele. Eric nasceu numa cidadezinha mineira da Irlanda; era o mais novo de um número exagerado de irmãos: dezessete. Todos da mesma mãe, uma boa mulher afligida por incontrolável fertilidade. A pobreza deles era a de todos naquele lugar, porém mais digna e menos desesperada, porque o pai não era alcoólatra e trabalhava com a força e a resignação de um boi. Os filhos também trabalhavam desde a puberdade: os meninos eram empregados na mina, as meninas, como criadas.

Owen, alto, musculoso e de punhos rápidos, foi encarregado de cuidar do irmão menor, Eric, sete anos mais novo, que mostrou ser tímido e inclinado à leitura. Era o único com essas características naquela manada de crianças Whelan, todos mais tendentes ao bruto, conforme descrito por Owen em certa ocasião. Entre eles não havia um único intelectual ou artista em várias gerações, Eric era exceção. Owen assumiu seriamente seu papel de protetor. Enquanto ele era capaz de lutar com socos e chutes contra qualquer um, mesmo que tivesse o dobro de seu tamanho, Eric se refugiava em livros e revistas que conseguia na escola. A família considerava que aquilo era coisa para senhoritas ociosas, e não para um homem que teria de sobreviver neste mundo. Owen o levava a um clube de pugilismo e o obrigava a calçar luvas e se defender, mas, se surgisse um confronto fora do clube, empurrava-o para um lado e o defendia com determinação suicida. Eric devia o nariz quebrado a uma daquelas escaramuças no ringue com o irmão.

Eric tinha por Owen uma admiração que beirava a idolatria e, quando este decidiu emigrar para a América aos vinte e um anos, agarrou-se à mala dele e não a soltou até embarcarem juntos. Foi assim que os irmãos Whelan vieram para Nova York, no porão de um navio inglês com dezenas de imigrantes tão cheios de esperança quanto eles.

No início, Owen e Eric se sustentaram com a ajuda de um parente distante, que lhes permitiu dormir no porão de sua peixaria em troca de longas horas de serviço no local. Nos primeiros tempos, eles se alimentaram basicamente de peixes envelhecidos que já não podiam ser vendidos. O cheiro nauseabundo grudou-se para sempre na memória deles, e nenhum dos dois voltou a experimentar mais nada que viesse do mar a partir do momento em que conseguiram se tornar independentes.

Owen trabalhava no que podia e, com seus punhos de pedra, completava o magro salário com lutas clandestinas em locais sinistros; enquanto isso, Eric ganhava todos os concursos de publicidade. Aos quinze anos, já era um gênio que inventava rimas engraçadas ou frases convincentes para vender roupa íntima de senhoras, pílulas laxantes, chapéus ou o que quer que fosse. Assim que aparecia o anúncio de um concurso, Eric enviava meia dúzia de ideias, e invariavelmente mais de uma dava certo.

Owen me contou durante nosso breve bacanal que, desde a época da peixaria, Eric não tinha precisado sujar-se com o trabalho braçal, pois sempre conseguiu vender palavras. Comentou que Eric, o único ruivo e com o cérebro cheio de ideias entre os numerosos irmãos, quase certamente era filho de outro pai. Brincadeira, claro, porque seria impossível uma mãe de dezesseis filhos ter ânimo para ser infiel ao marido e dar à luz um bastardo número dezessete.

Quando o conheci, Eric parecia um homem mundano e bastante cínico, mas com o tempo percebi que estava mais para um romântico relutante, cuja verdadeira natureza aflora com alguns tragos. Pude constatar que, como todo bom irlandês, ele conhece muitas canções em gaélico que o fazem chorar de saudade, embora tenha vindo para os

Estados Unidos muito jovem e nunca tenha voltado a pôr os pés na sua pátria. Uma vez o vi lutar aos socos com alguns homens que estavam maltratando uma mula. A briga terminou com ele no hospital. Eric é o melhor jornalista da Califórnia, foi assim durante muitos anos, posso garantir sem medo de exagerar.

Brandon J. Price, que tinha já reputação como escritor de romances de aventura, depois veio a tê-la no âmbito mais sofisticado do jornalismo de opinião. Suas crônicas eram muito bem recebidas pelo público leitor. Esse personagem fictício recebia correspondência no *Examiner* e era convidado a dar palestras; até lhe ofereciam turnês por várias cidades como conferencista, mas ele não poderia aceitar sem revelar sua identidade. Tinha fama de ser um homem misterioso, um recluso, que nem mesmo Mark Twain, que queria conhecê-lo, conseguiu ver pessoalmente, pois toda vez que o famoso autor estava em São Francisco, infelizmente Brandon J. Price estava no Velho Oeste ou no submundo de Chicago em busca de inspiração para seus romances e crônicas.

Além de Eric Whelan, William Randolph Hearst, proprietário do *Examiner*, Chamberlain, meu editor, e minha pequena família, ninguém sabia quem era Brandon J. Price. Eu disse em mais de uma ocasião ao senhor Chamberlain que não pretendia continuar no anonimato e que em futuro próximo começaria a publicar com meu nome verdadeiro. Sua resposta sempre foi a mesma coisa: "Vai ter de passar por cima do meu cadáver, senhorita."

Felizmente, isso não foi necessário. No ano de 1891 apresentou-se a oportunidade que eu esperava, e ela me chegou pelo caminho mais insólito.

4

Apesar do incurável ressentimento de minha mãe para com o chileno que a seduzira, nunca tive curiosidade em relação àquele homem nem ao lugar de onde ele provinha, muito menos pela fantasia maluca da herança que meu genitor me devia. Precisei buscar o Chile num mapa quando o senhor Chamberlain me mandou escrever sobre esse país. Essa tarefa não me foi atribuída com exclusividade, ele também encarregou Eric Whelan das notícias. Explicou-nos brevemente que no Chile estava ocorrendo uma revolução ou uma guerra civil, não tinha certeza de qual era a diferença, que os rebeldes tinham comprado armas e munições em Nova York e planejavam enviá-las à Califórnia para embarcá-las rumo ao Chile pelo Pacífico.

— Comprar armas é legal neste país — notou Eric.

— Os Estados Unidos apoiam o governo chileno. Não podem aparecer vendendo armas aos inimigos do presidente legítimo — explicou o editor.

— O que importa ao nosso governo algo que acontece tão longe? — insistiu Eric.

— A versão oficial é a defesa da república, mas na realidade o que interessa são os minerais chilenos, controlados pelos ingleses — respondeu Chamberlain.

— Acho que isso não vai interessar em nada os nossos leitores... — disse Eric.

— Depende da abordagem — interrompi, porque imediatamente vi a possibilidade de uma aventura, de ir em busca de meu pai e me livrar do fantasma de Brandon J. Price de uma vez por todas. — As armas são o ponto de partida. É preciso seguir a pista delas até o Chile e cobrir a guerra civil.

— Boa ideia, senhorita Emilia. Outra coisa que pode interessar nossos leitores é a arrogância do Chile. Embora pareça ridículo, essa pequena nação pretende competir com os Estados Unidos na influência e no domínio da costa do Pacífico. Está disposto a ir tão longe, Whelan? — perguntou o editor.

— Eu vou — interrompi novamente. — Falo espanhol e tenho relação com esse país. Meu pai é chileno.

Era a primeira vez que, longe da privacidade de meu lar, eu admitia a existência de um pai que não era o professor Francisco Claro. Chamberlain e Whelan me olharam incrédulos, mas lhes assegurei que tinha família no Chile e conhecia perfeitamente a situação política que aquele país atravessava. Por sorte não me pediram detalhes.

— Como lhe passa pela cabeça que vou mandá-la para a guerra como correspondente, senhorita?! — exclamou o editor.

— Por que não? Como mulher vou com mais segurança, ninguém vai reparar em mim. Eu não ficaria surpresa se lá houvesse várias mulheres jornalistas — disse eu.

— Bom — assentiu Chamberlain finalmente, após uma longa pausa. — Vão os dois como correspondentes, mas separados, para abranger mais terreno. Você, Eric, cobrirá a guerra e a situação política. Você, Emilia, me enviará crônicas de interesse humano.

— O que significa isso? O senhor acha que não posso escrever sobre os mesmos assuntos que Eric? — perguntei a ele, corando.

— Agradeça por eu lhe dar essa oportunidade, antes que me arrependa. Veja que jeito vai dar para transmitir aos nossos leitores uma visão daquele país e de seu povo. Também da guerra, mas do ponto de vista humano, entendeu? Não lhe faltará material, tenho certeza — respondeu ele.

— Entendo. Preciso que o senhor assine um contrato para mim. Quero que aquilo que eu escrever seja publicado com meu nome, Emilia del Valle Claro. Acabou-se Brandon J. Price.

— Como vou publicar crônicas de guerra escritas por uma mulher?! — exclamou o editor.

— Seria um estupendo golpe publicitário, senhor Chamberlain! Chamaria muito a atenção — interveio Eric, sempre disposto a me ajudar.

— Emilia del Valle é suficiente — decidiu finalmente Chamberlain, depois de muito vacilar.

— O que há de errado com o sobrenome Claro? — perguntei.

— Nada, mas nome comprido não pega, muito menos se soar mexicano — respondeu.

A meia hora seguinte se passou na discussão da estratégia para cobrir as notícias e viajar ao Chile. Eric iria imediatamente para Nova York fazer reportagem sobre as armas adquiridas pelos chilenos e sua transferência de trem para a costa do Pacífico. Eu investigaria como e onde iriam embarcá-los para o sul.

Recusei-me a sair do escritório sem um salário e o contrato, que consistiu em duas frases escritas à mão, mas com o timbre do jornal e a assinatura do editor e de Eric Whelan como testemunha, indicando que meu trabalho levaria meu nome. Ser mulher é uma grave desvantagem para prosperar no mundo em geral e em particular numa profissão quase inteiramente masculina. Mas, já que eu não podia ser homem, pelo menos podia agir como se fosse. De Omene, a Divina Odalisca, aprendi que a mansidão e o hábito de agradar, tão apreciados numa dama, são sérios obstáculos para caminhar neste mundo. Na base da petulância, arranquei o contrato de Chamberlain.

Do jornal fui depressa contar a meus pais que iria para o Chile. Minha mãe, que tanto se opusera a que eu viajasse sozinha para Nova York, não pareceu muito aflita ao saber que sua filha ia para uma guerra cruenta no fim do mundo.

— Que sorte a sua, Emilia! Vai poder receber a herança e vão até pagar sua passagem. Pena que seja tão longe e eu não possa ir junto — disse ela com o avental cheio de farinha e massa de pão nas mãos.

— Trata-se de uma guerra, Molly. Não estou gostando nada disso. Imagine se acontecer alguma coisa com a menina... — respondeu meu Papo.

— Não exagere, Pancho. A maioria das pessoas sobrevive na guerra — notou ela.

Vendo que não conseguia me dissuadir, meu Papo concordou em me ajudar a obter as informações básicas que haviam saído em alguns jornais sobre o conflito chileno. Ele tem o hábito de recortar as notícias que lhe pareçam dignas de ser lembradas, é mais uma consequência do seu desejo insaciável de conhecimento, e naquela ocasião nos serviu muito bem. Seus arquivos alentados contêm os acontecimentos universais numa ordem rígida que ele inventou e só ele entende. Quando ele morrer, será preciso queimar tudo isso numa fogueira imensa, porque a ninguém mais serviria. Suponho que tenha reunido as notícias do Chile ante a possibilidade de sua mulher se interessar, mas a única coisa que a unia àquele país remoto era o ressentimento. Havia pouca coisa sobre o Chile entre os papéis do meu Papo, mas o suficiente para me dar uma ideia da encrenca em que eu ia me meter, e o resto ele conseguiu na Biblioteca Livre de São Francisco, inaugurada havia alguns anos, à disposição dos leitores masculinos apenas. Achou estranho o *Examiner* enviar dois jornalistas para cobrir o que estava acontecendo no Chile.

— Caso eu morra, sempre restará meu colega para reposição — disse eu, brincando.

— Espero que não seja você a morta — respondeu ele, sério.

— Acho que haverá muitos correspondentes. A Inglaterra, a França e os Estados Unidos têm interesses econômicos nas minas chilenas.

Devo esclarecer que, apesar da minha ostentação de liberdade, eu morava com meus pais, como uma jovem solteira de respeitável família burguesa. Embora não pertencêssemos a essa classe social, minha mãe era implacável em matéria de reputação. Fazia dez anos que eu ocupava o mesmo quartinho que meu Papo tinha construído para mim aos quinze anos. Na época, meus três irmãos já haviam nascido, e a casa era pequena para nós. Eu não pensava em me mudar para outro lugar, aquela casinha no quintal de El Orgullo Azteca era meu porto; eu podia navegar pelo mundo com a certeza de que a bússola me conduziria de volta para aquela costa. Eric Whelan acreditava que eu era uma jovem independente; teria zombado de mim se soubesse que esta jornalista ambiciosa e defensora do sufrágio feminino continuava apegada aos pais.

No bairro La Misión, muitos se perguntavam quando eu ia me casar e formar meu próprio lar; já haviam me apelidado de solteirona. Alguma coisa ruim deve ter essa moça, se aos vinte e cinco anos não arranjou marido; alta demais, magra demais, muito atrevida, pouco feminina, é isso que acontece por bancar a intelectual, os homens se assustam, não querem uma mulher que saiba mais que eles e não seja capaz de disfarçar, murmuravam. Minha mãe me contava o que se dizia nas minhas costas, mais zangada comigo do que com os mexeriqueiros.

Apesar de minhas deficiências, não haviam faltado alguns pretendentes, inclusive um, bastante imprudente, que quis se casar, mas casamento e maternidade não me tentavam. Imaginava que num futuro distante mudaria de opinião, mas naquele momento era mais atraída por uma guerra do que por um possível marido. Agradecia a Owen Whelan por ter partido meu coração: isso facilitava meu propósito de ser livre.

Eric Whelan partiu imediatamente para Nova York, onde havia conseguido um contato com o encarregado de comprar as armas para os chilenos, enquanto eu investigava os antecedentes daquela revolução. Tínhamos decidido que cada um cobriria um lado do conflito, e tiramos a sorte, lançando uma moeda ao ar; ele ficou com os insurgentes, e eu, com o governo do presidente Balmaceda. De modo geral, tentaríamos respeitar a divisão do trabalho ordenada por Chamberlain, mas não íamos deixar que isso nos limitasse. Eric poderia fazer entrevistas de interesse humano, se viesse ao caso, e eu poderia me imiscuir no conflito e na política, caso se apresentasse a oportunidade. Esperando que as armas chegassem à Califórnia, escrevi uma série de crônicas para informar os leitores sobre a situação. Relutante, Chamberlain as publicou com meu nome.

Abril de 1891, São Francisco

CHILE, PAÍS GUERREIRO

Emilia del Valle

No extremo sul do continente americano estende-se o Chile, remoto, comprido, estreito e orgulhoso, isolado do mundo pelas montanhas dos Andes a leste e pelo Oceano Pacífico a oeste, com mais de seis mil quilômetros de costa abrupta. É habitado por um povo de temperamento bravio, mistura de duas raças guerreiras, os bravos indígenas araucanos, pacificados ao cabo de trezentos anos de luta, mas nunca derrotados, e os não menos corajosos conquistadores espanhóis e colonizadores europeus. No correr deste século, esteve sempre de armas em punho e em cada conflito saiu vitorioso; isso justifica o sentimento de superioridade e o propósito de expansão territorial. Na recente guerra do Pacífico, derrota seus vizinhos Peru e Bolívia e se apodera de extensas províncias do norte, onde se encontram os valiosos depósitos minerais. No entanto, essa riqueza não beneficia toda a população: a maioria dos dois milhões e meio de chilenos vive na pobreza. O Chile ainda é um país rural e hierárquico, com pouca representação popular. Apesar da emergente classe média, o controle da economia e do poder político sempre esteve nas mãos da oligarquia de ascendência europeia. A liberdade eleitoral é uma farsa, os presidentes são apontados a dedo, e todos provêm da aristocracia política.

O presidente Benjamin Harrison está de olho nisso, porque precisamos do nitrato de potássio, ou salitre, chileno. Também dele precisam as potências estrangeiras, como a Grã-Bretanha, que tem forte presença no Chile. Os Estados Unidos aspiram ao controle das matérias-primas na América Latina e não podem permitir que aquela pequena nação do sul, movida pela fúria patriótica, manifeste pretensões imperialistas.

Em setembro de 1886, José Manuel Balmaceda, do Partido Liberal, assume a presidência do Chile, alguns anos depois da guerra contra o Peru e a Bolívia. Seu ambicioso programa contempla a utilização da receita do salitre em obras públicas, educação, saúde e industrialização, mas seu governo se caracteriza por sucessivas crises políticas e sociais. A oposição o acusa de assumir poderes ditatoriais. As reformas ameaçam os interesses dos proprietários de terras, da aristocracia e dos empresários. O argumento é que, se o país vai bem, qual a necessidade de mudanças? O apoio do povo, de que Balmaceda gozava no começo, enfraqueceu muito.

No final do ano passado o congresso, com maioria de partidos de oposição e apoiado pela Inglaterra, nega-se a aprovar as leis orçamentárias para o ano de 1891. O presidente decide aplicar o mesmo orçamento do ano anterior. O congresso declara-o fora da lei, e ele, por sua vez, dissolve o congresso.

Em janeiro do corrente ano a Marinha se subleva em apoio aos congressistas rebeldes, enquanto o Exército permanece leal ao presidente. Assim, com as forças armadas divididas, começa a guerra civil. Os insurgentes se transferem por mar ao norte do país, onde estabelecem uma Junta de Governo no porto de Iquique, a partir do qual controlam o salitre, e começam a recrutar tropas entre os mineiros.

Balmaceda precisa dos navios encomendados à Europa, e os rebeldes precisam de armas e homens. Enquanto isso, ambos os lados esperam, separados pela região mais inóspita do mundo: o deserto do Atacama.

A Grã-Bretanha apoia os rebeldes, e os Estados Unidos, o governo legítimo, ambos os países movidos pela mesma razão: o salitre, usado para fertilizantes e explosivos. Nenhum império pode prescindir da pólvora.

O editor aceitou minha crônica, mas me lembrou que os assuntos políticos cabiam a Eric Whelan, que estava em Nova Iorque. Nas crônicas seguintes, descrevi o Chile sem nunca ter estado lá, com base nos dados disponíveis nos jornais, naquilo que meu Papo conseguia em livros, mapas e revistas, e em longas conversas com alguns imigrantes chilenos que haviam chegado com a corrida do ouro e ainda tinham saudade da pátria mítica, para onde não tinham regressado em mais de quarenta anos. Estavam congregados num setor de La Misión que chamavam de Chilecito e mantinham viva sua nostalgia patriótica com bandeiras, empanadas e canções sentimentais de seu país. Algumas semanas depois, quando finalmente cheguei ao Chile e comecei a me familiarizar com o terreno e as pessoas, constatei que minhas publicações eram bastante acertadas.

Enquanto isso, Eric enviava informações de Nova York por telégrafo e me escrevia por correio, o que levava apenas alguns dias de trem. Deu um jeito de fazer amizade com o encarregado da aquisição de armas para o lado congressista, um advogado de sobrenome Trumbull, calejado nesse tipo de negociação. Explicou-me que se tratava de uma missão secreta, porque os insurgentes não contavam com a simpatia do nosso governo, mas conseguiu descobrir os detalhes entre copos de uísque no bar do luxuoso Fifth Avenue Hotel: cinco mil fuzis Remington e duas mil caixas de munição. Concluí que, se um jornalista californiano sabia, não era um segredo muito bem guardado.

À medida que Eric e eu inundávamos o jornal com notícias e crônicas, Chamberlain foi ficando entusiasmado, e aquele conflito distante, que no começo pouco lhe interessava, chegou a se tornar uma obsessão para ele. Quando o telegrama de Eric o informou de que as caixas haviam sido embarcadas no trem e estavam a caminho da Califórnia, ele me mandou ao porto de Los Angeles, para averiguar quem as receberia. Decidi que, qualquer que fosse o destino daquelas armas, eu iria para o Chile. Nunca teria um pretexto melhor que esse para descobrir algo sobre minhas origens.

Quando me despedi, minha mãe me levou sigilosamente para El Orgullo Azteca, onde naquela época não havia aulas e a sala estava vazia, e me entregou uma carta para Gonzalo Andrés del Valle. Sua atitude pareceu-me suspeita, e me recusei a servir de mensageira sem conhecer o conteúdo do envelope. Ela teve de me mostrar a carta, depois de me avisar que era confidencial e que eu não podia comentar com meu Papo. Quando a li, senti vergonha de minha mãe. Santa Molly, a mulher exemplar adorada pelo marido e respeitada por todos, a mulher das obras de caridade e das missas diárias era capaz de sentir imensa raiva e mesquinhez. A carta continha um rosário de censuras, entre as quais a de que ele nunca havia cumprido o dever de manter ou educar a filha, fruto de seu pecado, que Deus era testemunha de seu descaso e nada escapava ao raio de Sua justiça, que não haveria absolvição sem arrependimento e reparação, que ele devia reconhecer legalmente sua filha e dar-lhe o que lhe era devido. Não admira que minha mãe não quisesse que Papo lesse a carta; ele a teria destruído tão envergonhado quanto eu. Não tentei argumentar com ela, porque a experiência me dizia que teria sido inútil. Molly Walsh vinha acumulando rancor havia muito tempo, nada do que eu dissesse poderia limpar seu coração.

Ela me obrigou a ficar de joelhos diante do crucifixo dependurado na parede e prometer que entregaria a carta a meu pai. Obedeci, para acalmá-la, porque vi que ela estava a ponto de sofrer um dos seus ataques de nervos.

Por outro lado, meu Papo também me chamou em particular para me dizer que aquela viagem o preocupava muito.

— Temo que algo lhe aconteça, princesa. Não é brincadeira ir se meter numa guerra — disse.

— Alguma coisa mais o preocupa, Papo? — perguntei, porque o conheço muito bem.

— Bom... Minha preocupação é também que você encontre esse senhor Del Valle e se esqueça de mim — confessou com tristeza.

— Ficou louco, Papo? Esse sujeito me gerou, mas não é meu pai. Ninguém, nem o papa, caso ele tivesse seduzido minha mãe, poderia substituir o senhor — respondi, e nos pusemos a rir como crianças, pensando nessa possibilidade.

Fui para Los Angeles de trem, munida de dois documentos de identidade, um de cidadania americana e outro de correspondente do *Examiner*. Na época, o governo dos Estados Unidos tinha decidido impedir que as armas fossem para o Chile, e a notícia saiu em vários jornais. A misteriosa compra de Trumbull ainda não havia chegado à Califórnia e já não era segredo.

Para a viagem comprei roupas adequadas ao clima chileno, semelhante ao da Califórnia, mas com as estações trocadas, como meu Papo descobriu em *Diário e anotações*, de Charles Darwin, um de seus autores favoritos. Na verdade, ele havia estudado a fundo seu livro sobre a origem das espécies, publicado em 1859, o que provocava discussões acaloradas com minha mãe, para quem o tal Darwin era um ateu satânico que negava a criação divina do universo. Resumindo, eu sairia no verão para chegar ao Chile no início do inverno. A moda tinha mudado naquele ano, as enormes anquinhas, as caudas adornadas como cortinas teatrais e os chapéus exagerados tinham se reduzido e simplificado. Escolhi saias confortáveis em azul e preto, blusas brancas sem enfeites, um casaco curto e outro comprido, uma capa e um vestido de noite de tafetá cor de musgo, que não me cai bem, mas as manchas seriam pouco notadas. O mais difícil era o sapato. Estou acostumada a caminhar para todos os lados, tenho pernas firmes e pés grandes, não posso usar escarpins de camurça ou sapatos altos, que, na opinião de minha mãe, são a marca da mulher elegante. Para o Chile levei botas de aparência indestrutível. Ao todo: um baú de viagem, uma maleta e uma caixa de chapéu. Tinha inveja de Eric Whelan, que foi para Nova

York com um terno apenas e costumava usar a mesma camisa duas semanas. No caso dele, a aparência contava muito pouco. No meu, contava muito, mesmo indo para a guerra.

Usando minhas credenciais do *Examiner*, consegui conhecer o inspetor federal Gard, que deveria impedir o embarque das armas no vapor chileno que tinha vindo buscá-las. Imaginei que ele se hospedaria no Sportsmen's Lodge, o único hotel decente de Los Angeles, cidade de cinquenta mil habitantes, plana, espalhada e poeirenta, que me pareceu muito feia, porque eu só podia compará-la a São Francisco e Nova York. Consegui um quarto no hotel e me preparei para agarrar Gard.

Eric Whelan tinha me ensinado que a melhor tática para conseguir uma entrevista é atacar de frente. Aproximei-me da mesa onde o homem tomava o café da manhã com o nariz enfiado no *Examiner* e anunciei que escrevia para aquelas páginas que ele estava lendo. Ele me olhou por cima dos óculos de meia-lua, desconfiado, mas pus à sua frente a minha identificação do jornal, e ele se tranquilizou. Aproveitei sua hesitação e, sem esperar que me convidasse, sentei-me à sua mesa, disparei a conversar e, em poucos minutos, consegui baixar suas defesas.

Gard era um daqueles homens que sentem prazer em ilustrar as mulheres com seu saber e sua experiência; quanto mais simples a pergunta, mais eles se estendem em explicações. Fiquei sabendo, sem nenhum esforço de minha parte, que os rebeldes chilenos planejavam transportar as armas para alto-mar.

— Não podem fazer outra coisa, porque em qualquer porto americano enfrentariam problemas. Pensam em fazer a transferência de uma escuna para o vapor *Itata*, mas não vou permitir, estou aqui para evitar que eles realizem esse plano — disse-me.

Explicou que as armas tinham sido adquiridas legalmente, mas os Estados Unidos podiam impedir que elas saíssem de um porto nacional, pois isso seria um ato hostil contra um governo aliado. Acrescentou que o presidente chileno tinha conseguido o apoio do presidente americano mediante diplomacia e garantias econômicas.

— Fascinante! Quanto eu não daria para acompanhá-lo nessa aventura, inspetor Gard! — exclamei.

— Como pode pensar nisso, minha cara senhora? Essas não são coisas apropriadas para uma bela jovem — respondeu com um sorriso benevolente e uns tapinhas paternais nas costas de minha mão.

— Por quê? — perguntei.

— Muito perigoso. É um assunto militar.

— Sou correspondente do *Examiner*. Vou viajar ao Chile para cobrir o conflito — informei.

— Meu Deus! Está sabendo que lá estão se matando entre irmãos? Guerra civil!

— Ah! Como foi a nossa? — ironizei.

— Não é comparável. Esses chilenos são selvagens.

— Aqui morreram mais de seiscentos mil soldados em quatro anos. Isso sim é que é selvageria — respondi.

— Repito, senhorita: não é comparável. Considero um grave erro o *Examiner* não enviar um repórter qualificado para a guerra no Chile — disse ele, irritado.

— Essa sou eu — respondi no mesmo tom. — Mas também irá para o Chile outro correspondente, Eric Whelan. Eu fui encarregada de informar sobre o embarque das armas aqui — falei.

— Não aprovo que a imprensa ande bisbilhotando... — replicou.

De acordo com a divisão de trabalho que Eric e eu tínhamos combinado, ele devia se juntar aos congressistas rebeldes, e o *Itata* o levaria diretamente para o porto de Iquique, onde estes tinham estabelecido sua base de operações. Minha posição era mais difícil: em dois dias eu teria de embarcar num navio de carga com capacidade para dezoito passageiros, no qual dividiria minha cabine com outras três pessoas. Com sorte, chegaria em três ou quatro semanas a Valparaíso, o porto mais importante do Chile, onde estavam aquarteladas as tropas leais ao governo. De lá eu teria de viajar para Santiago, a capital, e ver de que modo ter acesso ao presidente, a seus ministros e generais.

A mensagem de Eric Whelan me chegou naquela tarde com a notícia de que as armas já haviam sido embarcadas discretamente numa escuna, e ele estava a bordo. Por se tratar de um barco pequeno, da navegação local, a escuna não estava sujeita às regras portuárias rigorosas que incidiam sobre navios de procedência internacional. Não precisava declarar sua carga nem aceitar registro. O plano dos chilenos consistia em transferir as armas para o *Itata* numa ilhota, esquivando-se, assim, das normas alfandegárias e da lei americana.

O plano dos chilenos não funcionou, porque, antes de entrar em contato com a escuna que trazia as armas, o *Itata* precisou abastecer-se de carvão no porto de San Diego, muito perto de Los Angeles. Embora se apresentasse como embarcação mercante e de passageiros, o navio chileno imediatamente atraiu a atenção porque a tripulação era constituída quase inteiramente de soldados.

O inspetor Gard foi para o porto de San Diego, e eu fui no seu encalço, mas, por mais que tentasse, não consegui subir com ele no *Itata*. O que sei a respeito me foi contado por Eric muito depois dos acontecimentos. Enquanto isso, a imprensa americana, a par do assunto, açulava o público com manchetes que acusavam os "piratas" chilenos de violar as leis americanas e insultar a dignidade nacional.

Gard não encontrou as armas na embarcação, portanto não teve desculpas para impedir o capitão de manter seu navio pronto para partir. Ele e seu comissário subiram no *Itata* e foram muito bem recebidos; o capitão fingiu que acatava suas instruções, enquanto se esmerava em demonstrar a famosa hospitalidade chilena. Naquela noite lhes ofereceu um delicioso jantar de peixes e mariscos frescos, regado com o melhor vinho do seu país e conhaque francês suficiente para enfraquecer as defesas do homem mais incorruptível, porém não as de Gard, que se manteve alerta porque era abstêmio e fanático pelo dever.

No dia seguinte, Gard foi ao porto e contratou um bote para alcançar a escuna com as armas, que havia sido vista nas proximidades, e deixou o comissário guardando o navio chileno. O bote de Gard não conseguiu interceptar a escuna, que lhe escapuliu mar adentro.

Enquanto isso, o capitão do *Itata* deu ordem para levantar âncora e escapar furtivamente e a todo vapor, enquanto o comissário plantado no navio por Gard jogava cartas e bebia sob o convés, tão absorto que não se deu conta de nada. O navio encontrou a escuna numa ilhota, onde o capitão abandonou o comissário sem contemplação e carregou as armas.

Naquele 7 de maio, enquanto Eric Whelan viajava para o sul no *Itata*, fiz o mesmo no *Charleston*, cruzador americano que saiu em perseguição ao navio chileno. Isso me colocou automaticamente do lado da guerra civil que me cabia.

Evidentemente, eu era a única mulher no *Charleston,* entre trinta e quatro oficiais, duzentos e noventa e seis marinheiros e trinta fuzileiros navais. Minha presença naquele navio teria sido totalmente impossível sem a intervenção direta de um senador amigo do senhor Chamberlain. O comandante e a oficialidade me receberam com cortesia gelada, e a tripulação me evitou como se eu fosse leprosa, graças à arraigada convicção de que mulher em navio de guerra dá azar, mas isso foi mudando ao longo das semanas seguintes. Segundo meu Papo, a hostilidade desaparece quando chegamos a nos conhecer. Minha estadia no *Charleston* lhe deu razão.

A viagem durou três semanas, e a lembrança mais persistente que tenho daquela travessia é o terrível mareio que me derrubou durante os três primeiros dias. Felizmente me destinaram uma pequena cabine individual onde pude agonizar sem testemunhas. Só de imaginar como teria sido aquilo num camarote com outras três pessoas, meu estômago se rebelava de novo. O médico de bordo, um vovô bonachão que parecia pouco adequado para uma missão militar, cuidou de mim até eu conseguir ficar ereta, dolorida da cabeça aos pés e desidratada.

O comandante, homem sério de olhos tristes, perguntou por mim várias vezes e, em certa ocasião, quando achou que eu estava dormindo ou meio desmaiada, ouvi-o dizer ao médico "é isso que dá trazer mulher a bordo". Tenho certeza de que Eric Whelan não teria se saído melhor que eu. Reconheço, porém, que, quando consegui sair da minha cabina, com olheiras e verde, o comandante me recebeu com mais simpatia do que no início, e o mesmo aconteceu com os oficiais. Ganhei respeito por ter sobrevivido ao batismo do mar.

Não sou coquete e não fiz o menor esforço para seduzir ninguém, mas uma mulher sozinha num navio cheio de homens chama atenção, e não me faltaram propostas, algumas delicadas e outras mais diretas. Pude escolher entre dois ou três candidatos, o que nunca mais voltou a me acontecer na vida, e por fim aceitei o primeiro oficial do convés, mais ousado que os demais, com liberdade para me visitar sem ser visto, de boa aparência e solteiro, conforme jurou. Fiz a pergunta antes do primeiro beijo, porque estava decidida a manter meu propósito de evitar intimidades com homens casados. Não posso mencionar seu nome, pois isso lhe causaria problemas. Era do Kansas, filho de um ferreiro e uma professora, cresceu obcecado pelo mar e entrou na Marinha aos dezessete anos como grumete. Tinha feito uma carreira notável, e não tive dúvidas de que chegaria a almirante, pois suas características mais notáveis e também as mais desagradáveis eram a tenacidade e a ambição. Comparado a Owen Whelan, mostrou-se bem deficiente na prática do prazer, como tinham sido os outros dois homens que eu tivera até então. Suportei abraços apressados e longas descrições de mapas marítimos e correntes oceânicas durante algumas noites, antes de me livrar dele com um pretexto. No resto da viagem evitei qualquer encontro a sós com o oficial e passei o trinco na porta.

Dediquei-me a entrevistar os marinheiros que consegui pegar ociosos, o que acontecia muito raramente; aquela gente nunca descansava. Matei o resto do tempo jogando cartas com os oficiais, e, como era proibido apostar dinheiro, usávamos fósforos. No começo perdi várias caixinhas. Os outros jogadores não me levavam a sério, imagino que me consideravam uma bobona fácil de enganar. Estavam certos, mas fui pegando o ritmo do jogo, aprendi a lembrar as cartas e a decifrar a expressão no rosto dos homens, que se acautelavam muito pouco comigo, e, quando comecei a ganhar, alguns ficaram zangados. Infelizmente eram fósforos, caso contrário poderia ter desembarcado com uma pequena fortuna.

Por ser mais rápido, o *Charleston* ultrapassou o *Itata* em alto-mar sem o ver. Lamentei perder a oportunidade de presenciar uma batalha naval. Ainda não tinha experimentado a guerra de perto, não sabia o que é uma batalha.

SEGUNDA PARTE

5

No início de junho chegamos a Iquique, o principal porto de exportação do salitre chileno, onde vimos vários navios sob diferentes bandeiras internacionais e verificamos que o *Itata* não estava entre eles. Em Iquique, os congressistas insurgentes tinham estabelecido um governo provisório e seu centro de operações militares. Por ser uma cidade marítima, o clima era mais suportável do que no interior, onde imperava a dura realidade do deserto mais seco do mundo. Era uma região de planícies nuas e longínquas montanhas pintadas de cores extraordinárias pelos ricos minerais que guardavam sob a superfície, quente durante o dia e gelada à noite, agreste, inclemente. A escassa vegetação estava na costa e nos jardins cultivados com esforço descomunal pelos colonos estrangeiros, que procuravam reproduzir ali o modo de vida de outras latitudes. Essa ilusão terminava abruptamente nos arredores da cidade.

Minha primeira impressão foi de ordem e prosperidade, apesar de ser possível notar, do mar, os estragos de um bombardeio ocorrido uns três meses antes. Havia uma avenida principal e ruas paralelas e perpendiculares, casas e prédios de madeira, e uma ou outra mansão palaciana dos donos do salitre, que dividiam seu tempo entre Lima, Santiago e a Europa. Uma segunda olhada revelou-me o contraste violento entre o bem-estar de alguns e a miséria dos operários, dos mineiros e dos indigentes, que estavam por toda parte e eram indistintamente apelidados de *rotos*. A origem do epíteto remontava à época da conquista, no século XVI, quando o primeiro grupo de corajosos espanhóis tentou apoderar-se do último rincão da América, que os indígenas chamavam de Chile. Não se saíram muito bem. Os poucos sobreviventes retornaram ao rico vice-reinado do Peru com a alma em frangalhos como os farrapos que vestiam. Eram os rotos chilenos.

Esse contraste entre os abastados e o restante também era notável na aparência das pessoas: os do topo pareciam europeus e controlavam a política, o comércio, os bancos e, claro, a guerra. Os demais eram indígenas ou mestiços — mescla de várias etnias — e imigrantes recém-chegados, com uma mão na frente e outra atrás; eles faziam o trabalho pesado e morriam na guerra.

Aprendi que os sobrenomes indicavam a posição de cada família na escala social e que a cor da pele determinava o destino de cada um. Tive a surpresa de constatar que meu sobrenome Del Valle era um dos principais. Pela primeira vez me alegrei com o fato de minha mãe ter insistido em usá-lo ao me registrar quando nasci e de o senhor Chamberlain tê-lo escolhido para publicar minhas crônicas. Isso ia me ajudar no Chile, onde o sobrenome do pai aparece em primeiro lugar, é o nome da família, e em segundo lugar vem o da mãe, diferentemente dos Estados Unidos, onde os filhos só portam um sobrenome.

Alguns dias depois de minha chegada, apareceu no horizonte o *Itata*, navio pirata, como o *Examiner* o chamou, e então começou minha verdadeira aventura no Chile.

Junho de 1891, norte do Chile

OURO BRANCO

Emilia del Valle

Estou em Iquique, porto de exportação de salitre no Chile, perseguindo a história de uma guerra civil. Consigo convencer o gerente de uma salitreira a me dar autorização para visitar uma mina e até que me mande um coche. Com o pretexto de prevenir acidentes, ordenam que me limite ao escritório da mina e ao que o administrador considerar prudente me mostrar. Aceito as condições sem a intenção de acatá-las. Prefiro pedir desculpas a pedir permissão.

Saímos ao amanhecer. A viagem, quente, cansativa e poeirenta, me dá a oportunidade de conversar com o cocheiro, Amador Troncoso, nas paradas. Ofereço-lhe parte de meu lanche, e ele, por sua vez, me dá um gole do conhaque de seu cantil, que me queima as entranhas. É um homem instruído, como muitos nesta região, onde circulam mais jornais do que em São Francisco.

— O que acha do presidente? — pergunto.

— Perdi a confiança nele, senhorita. Diz que defende o povo, mas nos traiu. No ano passado tivemos a greve de trabalhadores mais numerosa deste país; começou com o pessoal do porto e se espalhou por todos os lugares. Éramos milhares. Pedíamos salários mais justos e melhores condições de trabalho.

— O que aconteceu com a greve?

— O governo mandou a tropa para nos reprimir; mataram muitos. A mesma coisa aconteceu na greve dos mineiros do salitre em fevereiro. Pediam comida, porque estavam passando fome, e pagamento em dinheiro, e não com vales e fichas da companhia — disse.

— Como assim?

— É assim que pagam os mineiros, em vez de pagar com dinheiro. As fichas só servem na mercearia do escritório. A companhia controla os preços e o que pode ser comprado. Sem moedas no bolso, aonde as pessoas vão fazer compras? Como vão poupar? São reivindicações justas, não acha? Mas o Exército atirou em nós.

— A guerra civil começou em janeiro. Em fevereiro os congressistas controlavam Iquique, não o governo — digo.

— Sim, mas uma parte do Exército de Balmaceda ainda estava aqui. São homens sanguinários, curtidos na guerra do Peru.

— O que acha que vai acontecer com esta revolução? — pergunto.

— Nada, ora. Esta é uma guerra entre bacanas — responde ele.

— Bacanas? — repito.

— Todos da mesma classe alta, são os donos deste país. O povo não tem poder de decisão e nada que ganhar. O povo trabalha, luta e morre, só isso.

Amador tem instruções de me levar ao escritório, onde sou esperada pelo administrador, homenzarrão gentil de origem escocesa, que viveu tanto tempo aqui que fala inglês com sotaque chileno. Assim que chego, ele me oferece chá com pão e queijo. Quer me explicar o processo de exploração do mineral nos desenhos e nas fotografias que cobrem as paredes de sua sala, mas eu o convenço a me levar ao terreno.

O salitre ocorre na superfície, entre rochas tão antigas como o próprio planeta, num deserto de solidão infinita e de riquíssimos tesouros minerais. Rochas e mais rochas. Vejo como são desprendidas com uma explosão de dinamite que sacode o solo como uma catástrofe geológica e, depois que a poeira assenta, chegam os mineiros para reduzir o que fica com pás e picaretas. São homens de ferro, curtidos pelo trabalho e pelo sol escaldante, peito nu, braços duros, olhar desafiador. Colocam uma montanha de pedras em carroças puxadas por mulas sofridas, que levam a carga aos vagões do trem. E, de lá, para a usina de processamento.

As instalações são formidáveis. As pedras chegam por meio de correias transportadoras às máquinas que as trituram como trigo; daí vão para as bateias onde a água é separada do nitrato que, secando, se transforma no pó valioso pelo qual as nações lutam, pó mágico que faz a fortuna de uns poucos e a miséria de tantos: ouro branco. Visito apenas uma das mais de quarenta salitreiras da região e vejo milhares de homens, como formigas, trabalhando a poder de puro músculo naquela desolação calcinada.

Antes de nos despedirmos, o administrador escocês volta a me oferecer chá, que bebo a toda pressa, porque Amador Troncoso vai me levar discretamente para conversar com alguns mineiros e suas mulheres. Isso não faz parte do programa oficial de minha visita.

O acampamento onde os mineiros moravam era formado por ruelas compridas e estreitas, ladeadas por barracos construídos com calamina e madeira. Alguns destes eram habitados por famílias, mas a maioria servia de dormitório para homens sozinhos. Crianças, cães, mulheres envelhecidas pelo esforço de viver. Latrinas públicas, uma pracinha poeirenta, uma capela e o armazém da companhia. Ali não chegavam os benefícios do ouro branco.

Numa das casinhas, Amador tinha reunido quatro mulheres que concordaram em falar comigo. Poucos minutos depois chegaram outras, atraídas pela novidade de haver uma forasteira visitando o local. Crianças seminuas corriam por todo lado e um bebê se agarrava ao peito da mãe. Por dentro, a casa era composta por um único cômodo, quatro paredes, piso de terra, mobília mínima de tábua rústica e roupa pendurada em pregos. Entre as mulheres havia uma prostituta que se apresentou como tal e em nada se distinguia das mães; à primeira vista todas pareciam envelhecidas pela pátina terrosa do deserto e todas me deram a impressão de força e dignidade. Aquelas mulheres lutavam ao lado de seus homens, instigando-os a enfrentar os patrões, iam a protestos e greves com seus filhos, onde às vezes sucumbiam baleadas ou pisoteadas pelos cavalos dos militares. Quando faltava carvão, lenha ou comida, apareciam em massa para deter o transporte ou as máquinas da mina. Eram combativas, decididas, imunes ao temor.

Ofereceram-me mate, uma infusão de erva verde, aromática e amarga, servida numa cabaça oca com boquilha de metal para sugar, que passava de mão em mão e de boca em boca. No brevíssimo tempo em que estava no Chile, já sabia que não se pode visitar uma casa, por mais miserável que seja, sem aceitar algo para comer ou beber, mesmo que às vezes seja apenas água.

As mulheres me falaram da greve fracassada, das crianças que morriam pequeninas, das dores nos ossos, da água suja, do trabalho que moía as costas, do álcool que aturdia os homens e os tornava violentos, da raiva que ardia por dentro como febre porque a pobreza era irremediável; nada podia ser mudado, eles estavam aprisionados naquela terra que não perdoa. Liam jornais, alguns clandestinos, e panfletos políticos que circulavam discretamente. Não ignoravam o que estava acontecendo além do acampamento, no resto da província, do país, até do mundo; sabiam das invenções modernas, de como viviam outras pessoas, das fortunas incalculáveis dos donos das minas, e comentavam a revolução dos congressistas com sarcasmo, ecoando a opinião de Troncoso: uma guerra de bacanas.

— De que serve o direito ao voto dos homens, senhorita? Nada muda para nós. Não queremos salários de fome. Queremos pagamento em moeda de verdade, nada de fichas e vales. Queremos escola para as crianças, atendimento médico, algumas árvores na praça, mais latrinas, água limpa — disseram.

Amador Troncoso me levou de volta à cidade. Paramos para que os cavalos descansassem e, enquanto esperávamos sob a luz incandescente do deserto, sentados no chão pedregoso, mal e mal protegidos pela sombra mínima do coche, o homem me contou sua vida. Tinha sido soldado na guerra contra o Peru e a Bolívia, lutou durante quatro anos em várias batalhas e participou da ocupação de Lima. Teve sorte, disse, porque nenhum de seus ferimentos foi fatal.

— Tenho cicatrizes por toda parte. Corpo a corpo, baioneta calada e faca, foi assim que batemos forte nos *cholos* senhorita. A mortandade foi tremenda.

— Quem são os *cholos*? — perguntei.

— O inimigo, ora. Peruanos, bolivianos... Os *cholos* não são como nós, são índios ignorantes, sem civilização. Depois trabalhei durante um ano na salitreira.

Explicou que fazia a manutenção das locomotivas nos acampamentos, era mecânico de profissão, até conseguir trabalho de cocheiro nos escritórios de Iquique. Tinha boa mão para os cavalos tal como para as máquinas. Os animais são como a gente, disse, precisam de carinho. Aquele novo emprego mudou sua vida, era pago em pesos, conseguiu economizar um pouco e se instalar com a família.

— Agora estamos juntos. Nunca quis levá-los comigo para o acampamento. Não é um bom lugar para uma mulher, muito menos para as crianças — disse.

— A verdade é que não me pareceu um bom lugar para ninguém, senhor Troncoso — comentei.

— Nós, homens, temos de ganhar o pão com o suor do rosto, como Deus ordena. O que nos cabe é trabalhar e sofrer. Mas a família não precisa aguentar tanta mortificação, não acha?

— As mulheres que conheci me pareciam tão fortes e sofridas como o homem mais curtido — respondi.

— Lembre-se do que lhe digo, senhorita: um dia os trabalhadores deste país vão se unir, com as mulheres na linha de frente, e então vamos ter uma verdadeira revolução — foram as últimas palavras de Amador Troncoso ao nos despedirmos em Iquique.

O *Itata* chegou ao Chile alguns dias depois. Ao descer do navio, Eric Whelan deparou comigo à sua espera no cais. Pousei meus braços em volta do pescoço dele e depositei alguns beijos nas suas bochechas, o que o desconcertou, pois nos anos de nossa boa amizade tínhamos evitado manifestações físicas de carinho. Apanhei-o num momento de fragilidade, ele estava com os joelhos bambos por causa da navegação e não pôde se defender. Assim que conseguiu andar direito, levei-o para tomar chá, uma das muitas tradições que os chilenos de *buen vivir** respeitam rigorosamente. Ao longo do caminho, Eric me confessou

* *Buen vivir,* literalmente "bom viver", é um princípio baseado no *sumak kawsay*, filosofia e cosmovisão dos povos ameríndios, centradas no ser humano, como parte de um entorno natural e social. [*N. da T.*]

que também tinha vomitado as tripas nos primeiros dias de mareio no navio.

Não foi preciso que os Estados Unidos fizessem uma exibição de seu poderio naval para resolver o problema do *Itata*, bastou a diplomacia, porque, antes de o navio atracar no porto, os comandantes do *Charleston* e das outras embarcações norte-americanas haviam feito um acordo com os congressistas chilenos, que estavam concentrados na luta interna e queriam evitar a todo custo um conflito com o colosso do norte. Entregaram sem resistência as armas e as munições como um gesto de boa vontade. Essa foi a versão oficial. A verdadeira razão foi que haviam recebido uma remessa de armas modernas de fabricação alemã e não precisavam do butim do *Itata*. O navio voltou a San Diego para defender sua causa perante a justiça, embora, na verdade, os chilenos não tivessem cometido nenhum delito.

A presença da Grã-Bretanha era notada em toda Iquique. Eric e eu nos sentamos no terraço do hotel, decorado com móveis vitorianos e vasos de plantas defendidas a duras penas do calor e da secura do deserto. Contei a meu amigo que o rei do salitre era John Thomas North, filho de um mineiro de carvão na Inglaterra, que chegou a ter uma fortuna incalculável com sua visão de negociante e sua ganância desmedida. Seu poder alcançava todas as esferas do país. O presidente Balmaceda considerava-o responsável por ter distorcido a característica mais nobre dos chilenos: a austeridade. Tinha decidido privá-lo de poder, mas o congresso o protegia.

Um garçom vestido de gala nos serviu chá, importado da Harrods em Londres, em porcelana fina com pãezinhos quentes e geleia de laranja. Em Iquique se podia conseguir qualquer produto inglês.

— Estou vendo que você realmente fala espanhol — comentou Eric, admirado ao comprovar que eu conseguia me entender com o pessoal do hotel.

Na verdade, naquele momento, recém-chegada ao país, eu entendia a metade do que as pessoas falavam. O sotaque não se parecia em nada com o de meu bairro de La Misión. Os chilenos engoliam metade das palavras, pareciam falar com um pano na boca, usavam termos inexistentes em espanhol, acho que provindos de dialetos indígenas, e usavam tantos eufemismos que muitas vezes não se sabia o que estavam querendo dizer.

— Não sei como você vai se virar aqui — disse a Eric.

— Imagino que haja pessoas que falam inglês.

— Por que imagina isso? Não é uma língua universal.

Trocamos informações e planejamos o modo de nos mantermos em contacto num território que em tempos normais tinha dificuldades de comunicação e naquele momento estava repleto de obstáculos por causa do descalabro da guerra. Escrever sobre assuntos militares era perigoso, poderia levantar suspeitas de espionagem se a correspondência fosse interceptada. Precisávamos de um código, mas não conhecíamos nenhum. Ocorreu-me que poderíamos usar a linguagem sentimental dos romances românticos, mas Eric não tinha lido nenhum. Nem eu era entendida na coisa, minha especialidade eram romances policiais, mas isso não servia. Passamos algumas horas morrendo de rir, enquanto montávamos uma lista de frases de amor apaixonado e sua tradução para os assuntos da guerra.

— Como você pretende viajar para Santiago? — perguntou-me.

— Não há trem, e as estradas são um desastre. Consegui passagem num navio que parte em poucos dias para Valparaíso. Lá tomo o trem — expliquei.

— A guerra está sendo travada no mar. Afundaram vários navios de ambos os lados — avisou. — Não quero nem pensar em tudo o que pode lhe acontecer, Emilia. É melhor ficar aqui. Comigo estaria mais segura.

— Numa guerra não há segurança para ninguém, Eric.

Tive sorte nos dias de navegação para Valparaíso, e não cruzamos com navios inimigos. O vapor, um velho trambolho enferrujado que em tempos normais percorria os portos distribuindo passageiros e malotes postais com pachorra de elefante, transformara-se no único meio de transporte de quem fugia do conflito armado. Estava lotado de homens, mulheres e crianças apinhados no convés, agasalhados da melhor maneira possível com roupas grossas e cobertores, expostos ao vento e às ondas, dormindo ao relento naqueles dias de junho, quando já se sentia a mordida do inverno. Não quero pensar no que teria sido uma batalha naquelas condições. A comida consistia numa papa de milho com pedaços de carne dura e fibrosa, peixe defumado, lentilhas e feijões. As latrinas, calculadas para um décimo das pessoas a bordo, eram asquerosas, mas não houve reclamações; todos éramos gratos por termos conseguido a passagem.

Chegamos a Valparaíso ao amanhecer e tivemos de esperar algumas horas antes de desembarcar em terra firme. Na luz matizada daquela manhã com céu encoberto, a cidade aparecia de chofre como uma aquarela de tons amortecidos, um despropósito de casinhas desorganizadas e coloridas, dependuradas das colinas e, ao longe, a presença de montanhas arroxeadas. Centenas de barcaças e outras embarcações balançavam no mar agitado, cor de petróleo, que rebentava em espuma contra as rochas. Milhares de pelicanos e gaivotas gritonas alvoroçavam o ar, confundindo-se com o branco sujo das velas e caindo a pique na água, atendendo à urgência da fome. Os barcos dos pescadores, que saíam à noite para lançar as redes, voltavam àquela hora carregados de congros e atuns ainda vivos.

Valparaíso era o porto mais importante do Pacífico, só comparável a São Francisco, entreposto onde eram armazenados os produtos chilenos para comércio com o mundo, metais, couro, lã, madeira, trigo. Desde cedo o porto fervilhava com o ir e vir incessante de marinheiros, estivadores, vendedores, carroças e pessoas de todas as classes, desde senhoras e cavalheiros elegantes, até mendigos andrajosos. Nunca vi tantos cães e mulas. Nem tantos soldados. Valparaíso e os arredores tinham se transformado em acampamento militar, mas ali não se notava a euforia guerreira que eu tinha visto no Norte.

O chefe da embaixada dos Estados Unidos, Patrick Egan, estava esperando nosso vapor no cais, porque éramos vários norte-americanos a bordo, a maioria com família, inclusive alguns representantes do Departamento de Estado. Indicaram-me Egan de longe e, abrindo caminho na multidão variegada do cais, sem perder de vista o rapaz que carregava minha escassa bagagem, aproximei-me.

— Ministro, sou correspondente do jornal *Examiner* da Califórnia — apresentei-me.

— A senhora? Enviaram uma mulher?

— O senhor não é o primeiro a notar — disse eu.

Egan revelou ser um sujeito fascinante. A baixa estatura não subtraía nada à sua presença imponente. Tinha cinquenta e quatro anos, cabelos e bigode grisalhos, um jeito enfático de falar que não abria espaço ao diálogo. Haviam me dito que era imprudente e colérico, de diplomata tinha muito pouco, sua verdadeira natureza era de ativista e revolucionário. Apesar dos anos que passara desafiando a Grã-Bretanha e de sua vertiginosa carreira política, tivera tempo de gerar quatorze filhos, dos quais nove haviam sobrevivido. Fiquei com pena da esposa dele.

Como quase todos os homens que conheci, Egan me desdenhava como jornalista, mas se interessou por mim de modo quase paternal. Decidiu que aqueles não eram tempos para uma jovem andar sozinha e insistiu que eu viajasse para Santiago em seu vagão especial do trem.

— Venha me ver quando quiser. Minha esposa terá o prazer de apresentá-la à boa sociedade — disse.

6

Santiago é uma cidade que se estende num vale fértil, rodeada de colinas próximas e montanhas. Dizem que em qualquer parte do Chile onde se esteja, é possível sentir a presença majestosa da cordilheira dos Andes, cuja energia telúrica determina o caráter orgulhoso, sério e firme dos chilenos. O centro da capital imita uma típica cidade colonial espanhola, com a catedral, a praça e a sede do governo, tal como eu tinha visto nos livros do meu Papo. Dali saem ruas perpendiculares e paralelas no traçado estabelecido pelos primeiros fundadores, de acordo com as instruções dos Reis Católicos.

Quando cheguei, o ambiente ainda estava saturado de cheiro de queimado e de raiva popular pelo extenso incêndio ocorrido dias antes. Culpava-se o governo. A crise política era tão grave que Balmaceda suspendeu o serviço telefônico para evitar que fosse usado pelo lado contrário. Na madrugada de 4 de junho começou o incêndio, e, na falta de telefone para chamar os bombeiros, estes só tomaram conhecimento um bom tempo depois, quando seus olhos começaram a arder por causa da fumaça. Demoraram uma hora para acudir e foram a pé, porque os cavalos que puxavam as carroças tinham sido requisitados pelo Exército para fins bélicos. O quarteirão inteiro queimou, inclusive a nova Universidade Católica, bancos e sedes de jornais. Os inimigos de Balmaceda espalharam o boato de que o presidente em pessoa havia ordenado a seus facínoras que ateassem fogo no quarteirão para intimidar a Igreja, os banqueiros e a imprensa da oposição.

Diferentemente de Iquique, onde me pareceu que a população era formada por arraia-miúda e soldados, tendo à frente uma elite social que incluía o alto-comando militar, na capital dominava uma fervilhante classe média de funcionários públicos e escriturários, artesãos e profissionais. Viam-se grupos de padres e freiras, guardas a cavalo, e não faltavam pobres e mendigos, os rotos. Cães por todo lado; aquela era a terra dos cães, dos pombos e dos pardais. Havia uma variedade de carros, carroças com mulas e, de vez em quando, um carro de boi carregado até o topo. Os homens do povo andavam de chinelo, poncho e chapéu cônico, como os chineses; os da burguesia usavam ternos e cartola, ou então chapéu-coco, enquanto as mulheres portavam mantos pretos na rua; imaginei que no verão os largassem. Minha capa longa era escura e se parecia bastante com os mantos das chilenas, de modo que, não fosse por minha altura, eu não teria chamado a atenção; lá as pessoas eram de baixa estatura.

Apesar do estado de guerra, a vida quotidiana não parecia alterada, exceto pela presença de fardados e pelo toque de recolher, que proibia circular pela rua à noite. O comércio estava aberto, pelos parques passeavam babás com carrinhos, e nos escritórios havia um vaivém de gente apressada. Vendia-se comida em barracas de rua: peixe frito, amendoim torrado, empanadas, doces, castanhas assadas. Entre o rangido de rodas e o ruído dos cascos dos cavalos ouviam-se gritos de pregoeiros anunciando jornais, amoladura de facas, cardação de colchões de crina e lã, tratamentos de calos, desentupimento de esgotos e extermínio de ratos. Em cada bairro havia uma igreja, em cada rua uma farmácia e em cada esquina um cartório.

Eu me instalei na residência de senhoras porque era mais barato que hotel, e o preço incluía café da manhã e serviço de lavanderia. Pertencia a duas irmãs solteiras de origem francesa. A casa era um reduto de limpeza e asseio numa cidade onde se acumulava bosta de cavalo nas ruas e pelas valetas abertas corria a água imunda dos dejetos humanos. Cobraram a semana adiantada e me entregaram as regras estritas da casa, escritas com caligrafia florida numa cartolina.

O quarto que me destinaram era simples, porém muito mais amplo e mais bem mobiliado que o da casa dos meus pais. Contava com um catre de metal e um bom colchão de lã, duas cadeiras, uma cômoda de três gavetas, um espelho manchado, mas ainda útil, uma mesa que servia de escrivaninha e dois lampiões de querosene. Dispunha de um vaso com água e um lavabo, e eu tinha direito a um banho de tina semanal no porão, onde ficavam as bacias da lavagem. O café da manhã, que era servido às oito na sala de jantar com toalhas de mesa engomadas e guardanapos de linho, consistia em chá ou mate, pão com manteiga, queijo e pasta de marmelo; aos domingos ofereciam ovos com linguiças do mesmo açougueiro alemão que abastecia o palácio presidencial. As severas solteironas francesas e suas duas criadas indígenas, furtivas como ratinhos, mantinham uma limpeza rigorosa; nem uma mosca teria ousado se aventurar naquela casa.

Na manhã seguinte saí para comprar os jornais que pude obter, desde o diário mais antigo e importante, que estava a serviço dos congressistas, até a infinidade de publicações satíricas com ilustrações grotescas dos homens no poder, inclusive Balmaceda, e os jornais dos operários, que denunciavam as más condições de trabalho, os abusos dos patrões e a miséria generalizada da existência. Eram quase todos de tendência socialista ou anarquista, de pouca tiragem e distribuição gratuita, essenciais para informar e unir os diferentes sindicatos. Fiquei trancada no quarto um dia inteiro para ler e ter uma ideia do estado de ânimo do país. Passei os dias seguintes conversando com as pessoas, desde garçons, vendedores ambulantes e cocheiros, até funcionários públicos que apanhei de surpresa.

O convite do ministro Egan e esposa não se fez esperar. Tratava-se de um sarau às cinco da tarde em sua residência, e ele se ofereceu para mandar seu coche me buscar. Passei meu vestido cor de musgo, que tinha usado apenas uma vez, na última noite de navegação no *Charleston*, e, na falta de joias, que não possuo, a não ser a medalha da Virgem de Guadalupe que sempre uso presa à roupa de baixo, amarrei no pescoço uma fita de veludo vermelho, como se usa em São Francisco. Olhando-me no espelho, tive a impressão de que uma facada havia cortado meu pescoço. Não pude evitar um calafrio; parecia premonição.

A mansão de Egan tinha boa arquitetura e mobília afrancesada, como se costuma ver nos hotéis de São Francisco: pés curvos, mesinhas frágeis, poltronas forradas de brocado, luminárias de pingentes com dezenas de velas, vasos de porcelana, pinturas mitológicas de deuses do Olimpo, lareiras ardendo em todos os cômodos. Muito em breve eu constataria que não era o estilo habitual no Chile, onde o frio e as correntes de ar eram consideradas saudáveis, o luxo era suspeito, e a decoração, quase inexistente, exceto entre os novos-ricos do salitre, que se atreviam a dar mau exemplo de ostentação, o que era de péssimo gosto, principalmente nos tempos que corriam. A casa estava programada para muitos filhos, mas metade deles já não vivia com os pais, e reinava uma estranha sensação de vazio, como se eles estivessem esperando alguém. Apesar de ser cedo, os presentes se vestiam com o esmero reservado ao jantar, os homens de smoking, e as mulheres de veludo, seda e renda, mas em tons escuros e com joias muito discretas. Meu vestido não destoava demais.

Os convidados eram algumas das poucas pessoas de alta posição que permaneciam leais a Balmaceda. Havia alguns militares, um jovem jornalista chamado Rodolfo León e um padre de aparência cadavérica, o padre Restrepo, que me apresentaram como "a consciência viva do

Chile". Era confessor e guia espiritual da alta sociedade e, em algumas ocasiões, servira de intermediário entre o governo e os rebeldes. Embora as relações de Balmaceda com a Igreja fossem muito tensas, aquele homem de batina tinha acesso direto ao presidente.

— Senhorita Emilia del Valle Claro — apresentou-me Egan.

— Del Valle? É parente de Paulina del Valle? — perguntou-me uma senhora em tom insolente e com voz de cacatua. Referia-se à senhora que fez fortuna com gelo durante a corrida do ouro na Califórnia.

— Sou, mas ainda não a conheço. Moro em São Francisco e cheguei há pouco tempo — disse eu.

— Claro... Que Claro são esses? — insistiu a senhora.

— Os Claro de Chihuahua — respondi com tanta firmeza que ela não perguntou mais nada.

Egan me chamou à parte para explicar que os senhores do Chile, os que detinham o poder econômico e político, eram um punhado de famílias que possuíam grandes fazendas e as administravam como senhores feudais. Chicotadas e tronco eram castigos habituais para arrendatários, e com frequência vendia-se a terra com os peões que nela trabalhavam. Esclareceu que não se tratava de escravidão, já que eles eram livres para ir embora, ainda que, na realidade, não pudessem fazê-lo, pois não tinham para onde ir. Outros patrões não os empregariam, e eles acabariam se somando aos mendigos e andarilhos das estradas e das cidades. Entre as famílias de alta classe sempre eram usados os sobrenomes do pai e da mãe, para se situarem uns aos outros na escala social e na intrincada rede de parentes. Del Valle era um sobrenome de categoria, segundo Egan, mas a família Claro tinha vários ramos, e alguns eram menos elevados que outros. Ninguém tinha ouvido falar dos Claro de Chihuahua.

A esposa de Patrick Egan era uma mulher pequena e robusta, deformada pela maternidade. Havia perdido cinco filhos, e só três estavam no Chile. A dor dos filhos falecidos e ausentes era evidente no seu olhar opaco e na expressão triste, mas as provações suportadas não a tinham dobrado. Soube que era católica praticante, mas em algumas reuniões sociais se declarara partidária das leis anticlericais, como tirar da Igreja o registro de nascimentos e óbitos e transferi-lo para o Estado, legalizar o casamento civil e estabelecer a liberdade de culto. Suas opiniões caíam muito mal entre as senhoras chilenas, quase todas muito conservadoras, e lhe valeram mais de uma reprimenda incendiária do padre Restrepo. Aquela senhora controlava seu indomável marido apenas levantando as sobrancelhas, como pude apreciar quando o ministro se entregou a uma diatribe a propósito das mulheres que pretendiam invadir o campo dos homens. Referia-se à primeira médica do Chile, mas me senti atingida, porque, entre as damas do salão, eu era a única que trabalhava. As sobrancelhas da esposa o atalharam a seco.

— Desculpe, não me refiro à senhorita — acrescentou Egan rapidamente, dirigindo-se a mim.

— Se tivéssemos acesso à mesma educação que os homens, poderíamos exercer as mesmas profissões — disse-lhe eu.

— Algumas mulheres têm bastante inteligência — interveio o padre Restrepo. — Mas Deus, se quisesse que elas fossem profissionais, as teria feito homens, não acha? Não devemos desafiar a vontade divina. O Senhor, em sua infinita sabedoria, atribuiu às mulheres a tarefa sagrada de criar os filhos. Elas são as guardiãs da família, os anjos do lar. O sexo frágil é...

— Com o devido respeito, padre, nosso sexo não é frágil — interrompeu a senhora Egan.

— Tem razão, minha cara senhora. Digamos então que as mulheres pertencem ao sexo protegido. Elas precisam da proteção do homem.

— Nem sempre a têm — ressaltou ela. — Mas está na hora de passar à sala de música. Programamos uma pequena diversão.

Na sala, fomos entretidos com um pequeno concerto de harpa e piano e um eterno recital poético. Duas moças vestidas com túnicas plissadas e tiaras douradas, como vestais, revezaram-se recitando versos de Rubén Darío, o poeta nicaraguense que viveu três anos no Chile e deixou uma marca indelével. O recital se prolongou mais que o necessário, na minha opinião; meu estômago roncava de fome.

Finalmente, quando eu começava a detestar Rubén Darío, as moças nos saudaram com reverências, e passamos à mesa: ostras, creme de cogumelos, perdizes recheadas com figos secos e nozes, filé-mignon com couve-flor trufada, várias saladas, queijos, frutas e um bolo decorado com duas bandeirinhas de maçapão, uma dos Estados Unidos e outra do Chile, tudo regado a champanhe da França e vinho tinto Cousiño.

— Os vinhos chilenos são tão bons quanto os franceses, não acha, senhorita? — perguntou Egan.

— Não sei nada de vinhos — respondi.

— Como vai saber se os americanos só tomam cerveja! — disse a mesma mulher que havia perguntado meus sobrenomes.

— Também não sou especialista em cerveja, senhora — disse eu, e ela talvez não tenha gostado do meu tom, porque se calou instantaneamente.

Ao padre Restrepo serviu-se apenas um caldo translúcido, e, enquanto nós outros enchíamos a barriga com aquele banquete pantagruélico, ele nos lembrou o efeito purificador do jejum e da autoflagelação.

Nos poucos momentos em que consegui conversar com o jornalista Rodolfo León, comparamos a imprensa e a cultura de nossos dois países, falamos de meu papel como correspondente e descobrimos que tínhamos interesses comuns. Ficou combinado que nos reuniríamos no dia seguinte.

Durante a refeição, falou-se de política, com Egan à frente, discursando com a paixão que o caracterizava. Instado pelas perguntas de vários convidados, admitiu que Balmaceda estava perdendo a guerra de propaganda no exterior, onde a posição dos congressistas era mais convincente que a do governo.

— Os jornalistas como a senhorita têm o dever de informar a verdade sobre as conquistas extraordinárias e a visão moderna de Balmaceda. Aqueles que se autodenominam revolucionários se opõem à mudança — acrescentou.

— Como assim, ministro? — perguntei.

— Querem dar todo o poder ao congresso, que eles mesmos controlam. Por eles, não haveria progresso.

— Perdoe minha ignorância. Parece que estou muito enganada. Acreditava que justamente os congressistas queriam mudança; por exemplo, eleições livres — disse eu.

— Temos eleições, senhorita. Votam os homens maiores de vinte e um anos que saibam ler e escrever. Tradicionalmente o presidente designa seu sucessor — interrompeu Rodolfo León.

— E o candidato sempre pertence à oligarquia, certo? — perguntei.

— Sim, porque em geral são os mais preparados, mas a classe social não é fator determinante, apenas a personalidade e a experiência do candidato. Tivemos bons presidentes e bons governos — respondeu ele.

— Ou seja, poderia haver um presidente operário ou de classe média?

— Claro. Isso ainda não aconteceu, mas será assim no futuro — garantiu ele.

— Nos Estados Unidos, os presidentes também pertencem a uma minoria política e social — interveio Patrick Egan.

— Mas são eleitos pelo povo, não são nomeados — disse-lhe eu.

— Quem são os cidadãos? Os negros? Os pobres? Os imigrantes? Lá há tanta corrupção nas eleições quanto aqui — respondeu Egan enfaticamente.

— Tenho muitas perguntas, ministro. Seria de grande ajuda entrevistar o presidente — disse eu.

— Vou cuidar disso. Dê-me alguns dias para ajeitar as coisas — ofereceu.

A noitada terminou com as mulheres numa sala bebendo um licor doce e aromático em cálices de cristal veneziano e os homens na biblioteca degustando conhaque e charutos. Percebi que o círculo feminino não me incluía na conversa e deduzi que aquelas senhoras estavam escandalizadas comigo porque, sendo estrangeira, eu tinha ousado opinar sobre o Chile.

Entre goles da bebida açucarada, fiquei sabendo que Paulina del Valle, líder inquestionável de seu extenso clã, e o restante da família estavam do lado dos congressistas, como quase toda a aristocracia chilena. Não me atrevi a mencionar Gonzalo Andrés del Valle, porque podia desencadear uma avalanche de perguntas inconvenientes, mas fiquei sabendo como localizar meu pai.

Voltei ao hotel com o estômago em brasa pouco antes do toque de recolher. No silêncio das ruas vazias ressoavam como martelos as patas dos cavalos das temidas carruagens fechadas da Segurança.

Rodolfo León, o jornalista que eu conhecera na noite anterior, era um homem de vasta cultura, apaixonado e generoso. Antes do encontro que havíamos combinado, investiguei algo sobre a sua trajetória, porque ele não iria mencioná-la; no Chile era uma grosseria falar das próprias conquistas; sempre se deixava que os outros fizessem isso, e a falsa modéstia era imperiosa entre pessoas decentes. A ostentação dos norte-americanos era chocante para eles. Fiquei sabendo que ele era médico, que tinha participado como cirurgião da guerra do Peru, havia sido condecorado por heroísmo e eleito deputado pelo Partido Liberal em duas ocasiões. Nos últimos anos, fundara um jornal cuja missão era defender o programa de Balmaceda e atacar seus inimigos políticos.

— Não acredita na objetividade da imprensa? — perguntei-lhe.

— Francamente, senhorita, acho que isso não existe — respondeu-me.

Tínhamos marcado encontro numa casa de chá e confeitaria no centro da cidade, onde os escriturários se reuniam ao meio-dia, todos vestidos da mesma maneira, do colete ao chapéu, como se estivessem de uniforme, um contingente de homens em cinza e preto. Cheguei antes, sentei-me a uma das mesinhas e logo percebi que as pessoas me observavam sem disfarçar. Nisso chegou o jornalista.

— Desculpe o atraso. Lamento que tenha precisado me esperar — disse-me.

— Não se preocupe, foi só um pouco.

— Aqui não é costume uma dama ocupar sozinha uma mesa. Em geral, as senhoras andam acompanhadas em locais públicos — explicou.

— Agora entendo porque me olhavam tão feio antes de o senhor chegar — disse eu.

— Em algumas coisas ainda estamos nos tempos coloniais, enquanto em outras somos o país mais progressista do continente. E devo acrescentar que também somos os mais estáveis nesta região de caudilhos e revoluções.

— Essa foi a primeira coisa que me contaram sobre o Chile — admiti.

— Espero de todo o coração que esse conflito seja apenas um lamentável parêntese em nossa sólida tradição republicana — acrescentou.

Disse-me que a rebelião dos congressistas não tinha nada a ver com a defesa da Constituição, e sim apenas com a ganância dos senhores das minas, da agricultura e da indústria. O programa de Balmaceda não lhes convinha: leis de defesa dos trabalhadores, educação gratuita e obrigatória, liberdades civis. Era um crime histórico pôr chilenos contra chilenos em defesa de interesses próprios, e só cabia esperar que os dois lados chegassem a um acordo antes que se derramasse mais sangue.

Referiu-se à guerra anterior como uma ação heroica e relatou seus anos de cirurgião militar, disse como os feridos não eram contados entre as baixas, embora muitos morressem em pouco tempo após contraírem uma infecção, falou das batalhas que teve de presenciar, da ocupação de Lima, de como a história oficial é escrita pelos vencedores, nesse caso os chilenos, que omitem as atrocidades cometidas em nome da pátria.

— Na guerra não há honra nem misericórdia; todo mundo se comporta como feras sanguinárias — disse.

Explicou que no momento os rebeldes dominavam o mar, mas o presidente contava com dois torpedeiros modernos que em abril haviam atacado de flanco o couraçado mais poderoso da esquadra congressista, afundando-o em poucos minutos.

— Foi um golpe tremendo para os congressistas — acrescentou.

— Entendo que a rebelião não está concentrada apenas no norte, também existe aqui, na capital, e em Valparaíso — disse-lhe.

— Está na moda declarar-se opositor do governo.

Contou que existia um grupo chamado Comitê Revolucionário de Santiago, composto em sua maioria por jovens de famílias proeminentes, que conspiravam abertamente contra o governo com espírito esportivo, como se todo aquele rebuliço militar fosse um jogo.

— Eles se consideram acima da lei, mas são identificados e vigiados — disse-me.

Como jornalista, não me cabia ter opinião sobre quem estava com a razão naquele conflito. Assim pensava quando empreendi a viagem ao Chile, mas, agora que estava imersa na realidade, não podia ignorar meus sentimentos. Acreditava que Balmaceda defendia os direitos das pessoas comuns, que tentava derrubar o controle férreo da aristocracia, mas me haviam dito que ele agia com grande brutalidade e que seus motivos não eram os mais elevados. Eu não sabia o que pensar; qual era a verdade? Imaginei que Eric estaria fazendo suas entrevistas com neutralidade profissional, mas talvez fosse inevitável que sua simpatia recaísse nos rebeldes, sobre os quais lhe cabia fazer a reportagem. Será que ele conseguia se manter imparcial? Ou estaria cheio de dúvidas, como eu?

Não precisei esperar que o ministro Egan cumprisse a promessa de me apresentar ao presidente, porque alguns dias depois Rodolfo León providenciou a entrevista. Ele tinha me contado tantas coisas sobre o presidente que, sem nunca o ter visto, parecia que já o conhecia. Balmaceda pertencia à oligarquia mais antiga, possuía vastas fazendas, uma província inteira com estações de trem, povoados e centenas e centenas de camponeses. Tinha a reputação de ser brilhante e incorruptível. Era autoritário, sem dúvida, estava acostumado a mandar, como quase todos os homens de seu clã, mas acreditava nas instituições republicanas e respeitava a Constituição, até que decidiu interpretá-la à sua maneira. Não foi o primeiro a fazer isso, mas agora estavam em jogo as receitas do salitre. O Chile era um país rico.

Na quinta-feira, às três da tarde, entrei na sede do governo acompanhada por Rodolfo. Atravessamos vários salões na penumbra, com móveis antigos e quadros épicos, e subimos até o segundo andar, para a ala do edifício destinada ao presidente. Para minha surpresa, apesar do clima de ódio e de violência que reinava no país, o palácio tinha a tranquilidade de um museu. Ninguém nos pediu identificação ou credenciais nem perguntou aonde estávamos indo.

Na antessala, uma secretária nos ofereceu assento numa das cadeiras de encosto alto de veludo imperial, alinhadas contra as paredes como se estivessem à venda. Alguns minutos depois, gemeram as dobradiças de uma pesada porta de madeira escura e saiu um militar barbudo, amarelento e tão cadavérico que a farda se dependurava dele como se pertencesse a um homem muito mais corpulento.

— É o general Barbosa — informou Rodolfo em voz baixa. — Lutou na campanha contra os indígenas da Araucânia, na guerra contra o Peru e a Bolívia, e agora ocupa o comando do Exército. Está muito doente, mas continua no posto, dirigindo a luta contra os rebeldes.

Achei que a aparência decrépita do general era um mau agouro para suas tropas. O secretário indicou que era minha vez de ser recebida, meu novo amigo me desejou boa sorte e um instante depois finalmente me vi diante do presidente do Chile.

18 de julho de 1891

O PRESIDENTE

Emilia del Valle

O palácio presidencial do Chile parece uma fortaleza colonial, quadrada, de dois andares, com grades nas janelas. Vejo apenas dois guardas montados em cavalos pretos de puro sangue que desempenham função decorativa na entrada do prédio.

O presidente José Manuel Balmaceda é um homem de cinquenta e um anos, alto, magro, distinto, de grandes olhos escuros, testa altiva, cabeleira abundante e basto bigode. Carismático, inteligente, passa a impressão de calma e segurança. É o produto refinado de longa estirpe, seus sobrenomes datam dos primórdios da colônia, no século XVII, e sua família possui extensas propriedades que vão da cordilheira ao mar. Ele me cumprimenta em pé e me dá boas-vindas com o gesto de beijar minha mão.

— Emilia... O nome da minha esposa também é Emilia. A família Del Valle é muito conhecida no Chile, senhorita.

— Foi o que me disseram, Excelência. Espero ter a oportunidade de conhecer a senhora Paulina del Valle.

— Se a vir, transmita-lhe meus cumprimentos. Ela é amiga de minha mãe, mas nestes tempos já não se sabe quem é amigo de quem. Os Del Valle são congressistas. Não quer um cafezinho? — oferece-me.

No Chile, as perguntas são formuladas no negativo: "não quer?" E usa-se o diminutivo — "cafezinho" — para quase tudo. Esse costume de minimizar, que parece humildade ou apequenamento, é contraditório com a ideia de superioridade que os chilenos têm de si mesmos: a melhor raça, a economia mais forte, a democracia mais sólida, o exército mais disciplinado, o país estrela da América do Sul.

Desde que cheguei ao Chile ouvi dizer que Balmaceda exerce o poder como um tirano, que impôs uma repressão impiedosa, com prisões, pilhagens, torturas e execuções, que seu exército recruta jovens à força, que a agricultura e a indústria estão paralisadas por falta de trabalhadores, que a prepotência e a brutalidade de seus esbirros está fora de controle. Seus adversários políticos são perseguidos e muitos estão presos, no exílio ou asilados em legações estrangeiras. Ele é acusado de soberba e vaidade, de não ouvir críticas nem ler a imprensa contrária, de manipular as eleições e passar por cima da lei e do congresso.

Tenho dificuldade para conciliar tudo isso que me foi dito com a impressão de equanimidade que Balmaceda projeta e com a impressionante lista de obras públicas que seu governo realizou. A mão pesada com que exerce o poder é compreensível em meio a uma guerra civil, mas a repressão começou antes. À minha pergunta sobre os jornais que ele fechou, responde que aquela imprensa mente e incita à violência, que representa os interesses da elite social inimiga do governo.

— Dizem que traí minha classe. Não me perdoam por representar as novas forças sociais. Elas são o futuro do Chile. O progresso se mede num povo instruído e com salários justos — diz-me.

— No entanto, no ano passado o seu governo reprimiu brutalmente a greve dos trabalhadores que reivindicavam melhores salários. Os militares deixaram um saldo de centenas de mortos. E há alguns meses aconteceu algo semelhante com os grevistas do salitre — digo-lhe.

— O governo precisa manter a ordem, mesmo à custa da popularidade — replica em tom cortante.

Ao falar da oposição religiosa, ele informa que o recriminam pelas leis seculares e pelo projeto de separação de Estado e Igreja, mas isso data do governo anterior. A Igreja perdeu influência nos assuntos públicos, mas exerce imenso poder nas famílias da classe alta, às quais pertencem muitos dos parlamentares insurgentes. Ele se nega a chamá-los de revolucionários porque lutam para manter tudo como está, especialmente seus privilégios.

— Meu governo é revolucionário, eles são contrarrevolucionários — diz. — Temem as mudanças que se aproximam. O papel do congresso é garantido pela Constituição, mas um regime parlamentar, como o que pretendem impor, seria fatal. Não aceito para minha pátria a ditadura do congresso nem a do presidente. Os poderes públicos devem ser livres e independentes — acrescenta.

Declama com convicção e eloquência, mas sem levantar a voz, sempre comedido. No mesmo tom se refere a seu projeto de nacionalizar o salitre, em detrimento das companhias britânicas e dos investidores, muitos dos quais são senadores e deputados. Isto explica por que a Grã-Bretanha apoia os congressistas, pois estes lhe garantiram o controle das minas.

— O salitre é um recurso efêmero, não vai durar para sempre, e este é o momento de aproveitá-lo. A vitória sobre o Peru deu-nos o suficiente para fazer um grande país. Façamo-lo — diz no final da entrevista.

Depois de entrevistar o presidente, esforcei-me por embaralhar na cabeça as contradições deste lugar. Eu era estrangeira no Chile e não podia aspirar a compreendê-lo, mas o país me atraía como se de alguma maneira misteriosa eu pertencesse a ele. Sentada no meu quarto da pensão, pensei em meu Papo com infinita gratidão. Eu tinha viajado de minha casa para outro hemisfério — graças em grande parte à autoconfiança que ele me incutiu —, tinha me virado numa terra estranha onde mulher sozinha é muito suspeita e havia conseguido acesso ao topo do poder. Dom Pancho ficaria orgulhoso de mim.

7

Paulina del Valle morava numa mansão impressionante de arquitetura neoclássica na avenida Ejército Libertador, a região preferida pela aristocracia, situada na esquina de duas ruas principais. Do lado de fora era imponente como um palacete, com entrada emoldurada por colunas, vidraças em dois andares senhoriais, janelas menores no terceiro e um torreão.

Assim que a guerra civil começou, em janeiro, a família Del Valle desapareceu da vida social de Santiago; eram todos inimigos do governo. Alguns se refugiaram nos seus campos ou saíram do país, outros se uniram aos rebeldes no norte ou se asilaram para escapar da repressão. Paulina, porém, não havia arredado pé de sua residência, pois, graças à sua amizade com a mãe do presidente Balmaceda, tinha imunidade. Ninguém se atrevia a tocá-la. Enquanto outras mansões da área tinham sido fechadas na marra e estavam pichadas com ameaças e grosserias, ela se vangloriava de manter as luzes acesas nas janelas durante o toque de recolher.

Depois de viver muitos anos em São Francisco, onde fez fortuna, a matriarca Del Valle enviuvou e voltou para o Chile com um segundo marido, que ela tirou da manga como uma ilusionista, segundo dizem, e instalou-se com um luxo pouco usual nessa sociedade sóbria. Suas demonstrações de riqueza causaram tantos falatórios quanto seu esplêndido marido, um inglês misterioso muito mais novo que ela, que rapidamente travou relações com a nata de Santiago. Dizia-se que o homem pertencia à realeza britânica e que, por inexplicável modéstia, não usava seu título, mas também se especulava à boca pequena que havia sido mordomo de Paulina em São Francisco. De um modo ou de outro, casou-se com ela por dinheiro, não podia existir outro motivo, garantiam os mexeriqueiros. Claro, Paulina estava a par desses comentários, que lhe causavam grande regozijo, porque sabia como era classista a sociedade chilena e que aquela gente silenciaria quaisquer suspeitas para evitar a vergonha de ter sido burlada. A ideia de ter aceitado um serviçal em seu seio era intolerável e, pior ainda, de tê-lo confundido com um aristocrata.

A notícia de que uma pessoa da Califórnia com o sobrenome Del Valle havia chegado a Santiago aguçou a curiosidade da matriarca. Em sua classe social tudo se sabia em menos de vinte e quatro horas, mas, por via das dúvidas, tratei de fazer Paulina tomar conhecimento de minha existência por meio da esposa do ministro Egan, com quem ela jogava cartas às quintas-feiras. Essa era a história oficial, mas parece que, na verdade, praticavam o espiritismo: Paulina para invocar Feliciano, o marido da juventude, com quem tivera brigas épicas, embora se amassem com paixão temerária, como ela mesma admitia tantas vezes que não era nenhum segredo, e a outra senhora para se comunicar com seus filhos falecidos. Foi ela que me fez chegar o convite de Paulina.

Para a visita me arrumei da melhor maneira possível, comprei uma caixa de bombons finos, pois havia sido avisada de que Paulina era muito gulosa, e apareci com meia hora de atraso, como era o correto entre os chilenos. O interior do palacete era um absurdo de adornos exagerados, cortinas com franjas e móveis desconfortáveis; de neoclássico tinha pouco.

Paulina del Valle me recebeu numa galeria de vidro, de frente para um jardim interior, entre gaiolas de pássaros e plantas tropicais que aguentavam estoicamente o clima; estava instalada numa poltrona de vime com um cachorrinho peludo no colo. A seus pés, uma menina de cerca de dez ou onze anos entretinha-se desenhando num caderno.

— Em frente, senhorita. Desculpe-me por não me levantar, estou com um ataque de gota. Sente-se — disse apontando para outra poltrona. — Esta é minha neta Aurora. Vamos lá, menina! Cumprimente a visita como se deve!

A garota ficou em pé, esticou o vestido e me fez uma breve reverência; depois se sentou de novo aos pés da avó.

Paulina era uma mulher de uns setenta anos, se bem que fosse difícil calcular sua idade, porque, embora o corpo estivesse deformado pelo excesso de peso, o rosto era jovem, com bochechas rosadas e olhos brilhantes, e suas mãos eram brancas e delicadas como de donzela. Estava vestida de cetim preto, que parecia ser a cor preferida por estes lados, e adornada com uma coleção de colares, anéis, pulseiras e brincos, como um ídolo asiático. Aquela extravagância caía muito mal no Chile, e desconfio que ela tinha prazer em chocar os enjoados.

Abriu a caixa de bombons, pôs um na boca e tocou uma sineta de prata. No mesmo instante, como se estivesse esperando atrás do vaso de samambaias, apareceu uma mulher de avental branco e touca engomada, trazendo uma bandeja.

— Não quer uma xicrinha de chocolate? — perguntou-me Paulina.

Logo me vi equilibrando uma xícara de chocolate espesso nas mãos e um prato com bolo de merengue e doce de leite no colo. A confeitaria chilena se limita quase exclusivamente a esses dois ingredientes que, combinados, contêm quantidades letais de açúcar.

— De quais Del Valle é a senhorita? — perguntou a imponente dama.

— Sou filha de Gonzalo Andrés del Valle, senhora.

— Pode provar? Não custa nada atribuir a paternidade a qualquer um — alfinetou.

— Não se pode provar a paternidade de ninguém, senhora. A mãe é um fato, o pai é uma opinião — respondi.

Ela recebeu minhas palavras com um sobressalto de surpresa, seguido por uma risada leve de menina, inesperada numa pessoa com seu volume.

— Disse bem! — exclamou.

— Vim de São Francisco para conhecê-lo — expliquei.

— Não é jornalista? Isso não é bem-visto em mulher, mas quase nada do que fiz na minha vida era bem-visto, o que não me impediu de fazer o que me desse vontade. Dizem que a senhorita veio por causa desta absurda guerra civil — respondeu.

— Vim por isso e também por meu genitor. Nunca penso nele, mas prometi levar notícias dele à minha mãe.

— Para quê? Caso Gonzalo Andrés seja seu pai, como está dizendo, seria melhor sua mãe esquecê-lo, porque não vai conseguir nada dele. Ele é escorregadio. Tenho apreço por ele, não me resta escolha, já que sou sua tia e, além disso, madrinha de batismo, mas não sou cega — disse num tom agressivo que parecia ser habitual nela.

— De qualquer forma, preciso vê-lo, senhora — disse eu.

— Não sei se ele vai concordar em recebê-la. Nunca mencionou ter uma filha.

— Por favor, faça-lhe essa pergunta, senhora. Se ele decidir não me ver, não vou insistir. É possível que não se lembre de minha mãe nem de que deixou uma filha em São Francisco.

Paulina del Valle ficou pensativa por alguns minutos, ocupada em acariciar o cachorrinho peludo e saborear sua segunda xícara de chocolate.

— Meu sobrinho está escondido — informou por fim. — Não está sendo perseguido por ninguém, não desempenha nenhum papel nessa revolta, mas é muito cauteloso, para não dizer covarde. Poderia ficar comigo, nesta casa ninguém nos incomoda, mas não é fácil morar comigo, certo, Aurora?

— Certo, vovó — respondeu a menina sem erguer os olhos do desenho.

— Vou mandar um bilhete ao meu sobrinho avisando que está perguntando por ele. Mas que fique bem claro: não faço isso pela senhorita, mas porque quero saber no que vai dar esse imbróglio — disse-me.

— Obrigada. O que pode me dizer sobre ele, além de que é escorregadio e covarde? — perguntei.

Ela riu de novo e com tanto gosto que engasgou com o bolo. A garota largou o caderno e lhe deu umas palmadas nas costas.

— Por que ficar com rodeios? A senhorita é *huacha*, não é mesmo? — perguntou Paulina, assim que recobrou o fôlego.

Eu já tinha aprendido que esse termo se aplica a filhos ilegítimos. O presidente Balmaceda nasceu antes de seus pais se casarem, por isso foi apelidado de El Huacho.

— A lei e a Igreja discriminam os *huachos*, mas o mundo está cheio deles. Não há nada do que se envergonhar. Não é culpa sua. A culpa é de seus pais, de sua mãe por se deixar enganar como uma tonta e de seu pai por ser irresponsável e fornicador.

Assustou-me ouvir esse termo em sua boca, mas me lembrei de que ela tinha fama de desbocada.

— Às vezes as pessoas mudam. Como está seu sobrinho agora? — perguntei, desanimada com o quadro que ela havia pintado.

— Virou católico santarrão. De tanto bater no peito, lesou os pulmões. Gostava mais dele antes, quando era um porra-louca — respondeu sem vacilar.

Paulina del Valle disparou numa diatribe sobre a repressão do governo, sobre como Balmaceda havia fechado as universidades, os colégios e os centros políticos, mantinha as prisões cheias, qualquer opositor podia acabar preso e torturado. Não existia nem um vislumbre de justiça, o ditador tinha fechado os tribunais e desmantelado a Corte Suprema porque punham em liberdade os detidos do regime, embora os juízes apenas cumprissem a lei, disse. Aqueles juízes foram substituídos por tribunais militares, e, com qualquer pretexto, os bens e as terras dos congressistas eram confiscados.

— Escreva isso no seu jornal, senhorita. Minha família e todos os meus amigos estão escondidos ou fugiram para longe. Vão ficando uns quantos jovenzinhos malucos que arriscam a pele conspirando contra Balmaceda.

Naquele momento, um cachorro grande, com as patas enlameadas, entrou trotando e se sacudiu no tapete, seguido por um homem alto, de cabelos grisalhos, costeletas espessas, bigode de pontas enceradas e paletó de caçador. O cachorrinho fraldeiro pulou para o chão, e, enquanto os dois animais corriam em círculos latindo e cheirando os respectivos traseiros, Paulina del Valle repreendia o recém-chegado.

— O que estava fazendo?

— Tomando o pulso da situação lá fora, querida. Não estou gostando do que vejo. Dá para sentir a violência no ar e com a menor faísca ela pode explodir. O governo está em estado de alerta — respondeu o homem em inglês, com sotaque britânico de pessoa bem-educada.

— Espero que os rapazes do Comitê não provoquem Balmaceda com algumas de suas besteiras — comentou ela num inglês terrível. Lembrei-me do grupo de jovens aristocráticos que Rodolfo León havia mencionado.

— É melhor você não sair para a rua, Paulina — alertou.

— E aonde eu iria com esta gota? Este é Frederick Williams, meu marido — ela nos apresentou. — Senhorita Emilia del Valle. Esta jovem afirma ser filha de Gonzalo Andrés e suponho que tenha vindo de longe para acertar contas com a família.

Não pude reagir a esse comentário grosseiro porque o galante marido, que parecia filho dela, cumprimentou-me com um beija-mão à moda antiga. Tive a impressão de tê-lo visto antes, mas era impossível.

— Lamento, senhorita — disse o homem, e eu não sabia se ele se referia ao insulto da mulher ou ao azar de ser filha de meu pai.

— Eu também, senhor Williams. Preferia ser filha de Francisco Claro, meu padrasto, mas família não se escolhe — respondi.

— Se for filha de Gonzalo Andrés, minha esposa é sua tia-avó — observou ele.

— Um momento, Frederick! Não sou parente de ninguém até que me apresentem provas! — exclamou Paulina.

Achei que era hora de me retirar, agradeci à senhora, dei-lhe o endereço de meu alojamento para que ela me enviasse a mensagem prometida e me despedi. O marido e a menina Aurora me acompanharam até a porta da frente, seguidos pelo cachorro grande.

— Espero que consiga ver Gonzalo Andrés e esclareça sua situação — disse-me o inglês.

— Obrigada, senhor Williams.

— Paulina costuma carecer de cortesia e parece hostil. Está acostumada a impor sua vontade, mas no fundo tem bom coração. Não tem nada contra a senhorita, eu lhe garanto. Por necessidade, minha esposa deve ser prudente e tomar cuidado com desconhecidos, porque não faltou quem abusasse de sua generosidade.

— Explique à dona Paulina que não preciso de nada dela ou do sobrinho, só quero vê-lo para cumprir a incumbência da minha mãe — respondi, com as orelhas ardendo, como ficam quando me enraiveço.

— Por favor, desculpe. Nada está mais distante de minha intenção do que ofendê-la, senhorita. Fico feliz em saber que não espera nada de Gonzalo Andrés, porque ele só tem dívidas. Vai ver que também não está nada bem.

— Está doente? — perguntei.

— Já faz algum tempo que está se preparando para morrer, planejou o funeral, imagine. Escreveu seu próprio obituário e comprou o caixão, uma monstruosidade de mogno e rebites de prata que guardamos na adega. A criadagem diz que traz azar, que estamos chamando a morte. Acho que Gonzalo Andrés caiu sob o poder do padre Restrepo, que deve torturá-lo com suas descrições vívidas dos tormentos do inferno. Tem medo do inferno, senhorita? — perguntou com ironia.

— Tenho. Temo o inferno neste mundo — respondi.

— Ah! Como a senhorita é revigorante! Confesso que prefiro a depravação de São Francisco à carolice católica daqui — disse-me.

Essa conversa me mostrou ser absolutamente impossível que Frederick Williams pertencesse à realeza britânica; estas são pessoas muito empertigadas, nenhuma delas teria falado abertamente de assuntos familiares, dinheiro ou religião, muito menos com uma plebeia como eu. Desconfio que o marido novinho em folha de Paulina del Valle era na verdade seu mordomo em São Francisco, como diziam, mas, de qualquer modo, acho que ele não se casou com ela por dinheiro, mas por diversão. Como estaria rindo aquele homem dos aristocratas chilenos que o imitavam e invejavam!

Paulina del Valle cumpriu a promessa que me fez de anunciar minha existência ao sobrinho, e três dias depois me chegou uma mensagem à residência das irmãs francesas. Era um cartão elegante, com o brasão da Argentina em relevo dourado, em que Sua Excelência o Embaixador Dom José Evaristo Uriburu me convidava a visitá-lo. Aceitei, sem saber ainda de que modo aquilo se relacionava com meu pai.

A sede da embaixada era tão grandiosa quanto a dos Estados Unidos, mas por dentro reinava a desordem. Havia tantos refugiados que todos os cômodos estavam ocupados, e nos corredores se amontoavam pacotes e malas. A maioria dos asilados era de gente conhecida da esfera política e empresarial, acostumada a ser tratada com deferência; mas naquelas circunstâncias de nada valiam os privilégios. Então me ocorreu que meu pai poderia ser um dos asilados.

O ministro, de uns sessenta anos, barba e bigode ralos que enfeavam seu rosto ascético, era um político experiente que tinha sido diplomata em algum outro país, mas não havia enfrentado nenhuma situação como a que lhe coubera naqueles meses no Chile. Era amigo do Presidente Balmaceda, mas, por tradição diplomática, tinha de oferecer proteção a seus inimigos. Recebeu-me na biblioteca, uma sala senhorial com tapetes persas, móveis ingleses, estantes de livros do chão ao teto e uma grande lareira acesa.

— Este é o único lugar da casa que consegui reservar para mim. Estamos sendo invadidos, e a cada dia me chegam novos hóspedes — disse-me.

— Como acha que vai terminar esta revolução, ministro? — perguntei.

— Triunfo para uns, derrota para outros, porém mal para o Chile. Ódio, violência, matanças, desforra... Esse é o saldo de uma guerra interna. Enfim! Deus dirá o que vai acontecer aqui.

Paulina não lhe havia dado detalhes de minha situação, e ele me perguntou por que queria ver Gonzalo Andrés del Valle. Expliquei que éramos parentes e que lhe trazia notícias de minha mãe, mas não contei que era meu pai, pois deduzi que, se Paulina del Valle não lhe havia adiantado esse detalhe quando lhe pediu que me recebesse, era melhor omiti-lo. O ministro me informou que fazia dois meses que o senhor Del Valle vivia na embaixada, que havia chegado com tosse e dor no peito, além de sofrer de melancolia, agravada pelo momento trágico que o país atravessava. Eram amigos, haviam se conhecido anos antes na Argentina. Em vista de seu estado, ele tinha designado uma pessoa para cuidar dele. Puxou um cordão grosso de veludo, e dois minutos depois apareceu uma empregada, mulher baixinha, mestiça, com postura ereta, digna de um almirante.

— Rufina, a senhorita Emilia veio ver o senhor Del Valle — explicou o ministro.

— O padre Restrepo acabou de sair, e o senhor Del Valle está rezando, não posso interrompê-lo — respondeu ela.

— Posso esperar... — intervim.

— Venha comigo, senhorita — disse a mulher.

Ela me conduziu a uma das salas, que estava cheia de refugiados, alguns entretidos com jogos de tabuleiro ou cartas, outros lendo, escrevendo ou cochilando nas poltronas, quase todos homens, exceto por duas senhoras que bordavam num canto.

Sempre morei no meu bairro de La Misión, rodeada por mulheres como Rufina, com as quais me sinto à vontade. Desde que comecei a exercer a peculiar profissão de jornalista, essas mulheres me prestaram serviços valiosos. Não poderia ter escrito minha primeira crônica para o *Examiner* sem a informação fornecida por Josefa Palomar; com ela aprendi que quem quiser investigar algo ou descobrir os mistérios escondidos abaixo da superfície deve falar com as serviçais.

— Desculpe, Rufina, mas aqui há muitos senhores fumando, não se consegue respirar. Gostaria de falar com você em particular — disse-lhe eu.

— Quer falar comigo, senhorita? — perguntou, estranhando.

— Quero. Sou nova por estes lados, moro muito longe, nos Estados Unidos. Vim conhecer meu pai.

Intrigada, a boa mulher me conduziu por um corredor comprido, descendo escadas, até as entranhas do edifício: cozinhas, despensas, adegas e lavanderia, que deviam servir a multidão de alojados. A sala de passar roupa estava desocupada.

— Não quer um chazinho? — ofereceu-me.

Contei-lhe em poucas palavras a história de Molly Walsh, a linda noviça seduzida, minha mãe, e também de dom Pancho Claro e sua imensa sabedoria, meu verdadeiro pai. Falei-lhe de minha casa, meu bairro, minha infância, minha origem incerta e meu suposto genitor. Por que confiei nela? Não sei. Senti uma conexão profunda, como se ela fosse mais uma das mulheres abençoadas que assam o pão dos pobres com minha mãe. Com ela não valia a pena guardar segredos. Ouviu-me calada, soprando e sorvendo seu chá. Lá fora chovia, mas o aposento estava quente e cheirava a roupa limpa e aos braseiros nos quais se aqueciam os ferros de passar. Foi a primeira vez, desde que deixara meus pais em São Francisco, que pude baixar a guarda, e me rendi à tensão, ao cansaço e à incerteza da viagem; gostaria de apoiar a cabeça no ombro de Rufina e descansar. Não percebi que estava com as faces molhadas de lágrimas.

Por sua vez, Rufina me contou que trabalhava na embaixada desde a adolescência, fazia parte do patrimônio; os diplomatas chegavam e se iam, os governos mudavam, mas ela continuava em seu posto. Conhecia cada recanto do edifício e cada detalhe da complicada organização doméstica. Havia sido preciso duplicar o pessoal para atender os refugiados, e a ela cabia treinar os novos empregados e verificar se trabalhavam direito, mas sua principal ocupação nas últimas semanas tinha sido cuidar de Gonzalo Andrés del Valle.

— Os médicos dizem que ele está doente do pulmão, mas eu digo que está sendo comido por dentro pelo verme do arrependimento — disse-me.

— O que é isso, Rufina? — perguntei.

— Quando aquele vermezinho se mete nas tripas, não há tranquilidade. Esse senhor é muito bom, mas não sabe disso, é o que estou dizendo, senhorita. Ele vive com o rosário na mão, pensando no inferno. Me faz rezar com ele e isso toma muito tempo. Que Deus e a Virgem me perdoem por pensar mal, mas com tanta visita do padre ele piora. Olhe, isso de se confessar todo dia é bom para os bispos, mas não para um mortal como esse senhor. Que pecados ele pode ter, se não sai do quarto, digo eu?

Passamos mais de uma hora enredadas em confidências, até Rufina calcular que Gonzalo Andrés del Valle havia terminado suas rezas; então me conduziu ao quarto dele no segundo andar. Enquanto muitos dos asilados da embaixada tinham de dividir o quarto ou resignar-se a usar catres nos corredores, ele, por amizade com o embaixador e pelo estado de saúde, recebera um pequeno aposento privado. Ao cruzar o limiar, fui atingida pelo cheiro de urina e remédios, cheiro de velhice e doença, e demorei um pouco para acostumar os olhos à penumbra. A cortina da janela estava fechada, e a pouca luz provinha de uma única lâmpada ao lado da poltrona.

O que senti ao ver meu pai pela primeira vez? Nada de especial. Como quase nunca havia pensado nele, não tinha uma ideia preconcebida nem expectativas, e, ao me encontrar diante dele, senti um misto de vaga curiosidade e indiferença, como diante do retrato de um desconhecido. Antes de entrar naquele quarto, eu havia calculado que meu pai teria uns cinquenta anos, porque era jovem quando conheceu minha mãe, mas sentado na única cadeira do aposento estava um velho de gorro de lã e xale nas pernas. Olhou para cima quando Rufina anunciou meu nome e passou a me examinar demoradamente com olhos vermelhos e remelentos; depois fez um gesto para ela se retirar.

— Aproxime-se para eu ver melhor, moça — disse.

Obedeci, calada, examinando-o por minha vez, em busca de traços em comum, mas não encontrei nenhum. De perto, notei que, de fato, ele era mais novo do que aparentava; a pele de pergaminho e a postura alquebrada o envelheciam.

— Minha tia Paulina me escreveu. Então você acha que eu sou seu pai? — perguntou.

— É o que diz minha mãe, Molly Walsh.

Outra pausa eterna seguiu o nome de minha mãe. Esperei em pé diante da cadeira, incomodada por aqueles silêncios prolongados, pensando que aquele homem talvez estivesse perdido na demência ou na tristeza.

— Você não se parece com ela — disse ele, finalmente.

— Não. Também não me pareço com o senhor.

— Você se parece comigo quando eu era jovem. É a herança espanhola. Por que veio? O que quer de mim?

— Nada. Se dependesse de mim, não teria vindo, senhor Del Valle, mas prometi à minha mãe que viria. Ela insistiu muito nisso — expliquei.

— Bom, você me viu.

— Isso mesmo. Não vou incomodá-lo de novo. Tem algum recado para ela?

Ele silenciou mais uma vez, com a cabeça inclinada sobre o peito, as mãos trêmulas, reduzido ao tamanho de um menino friorento. Como eu iria entregar a carta odienta de minha mãe àquele pobre homem? Eu a carregava na bolsa, pesada como um pedaço de granito.

Estava para me retirar quando percebi que ele chorava em silêncio. Então senti que minha indiferença dava lugar à compaixão, eu o vi como ele era naquele momento: um homem doente, e não o vilão detestado por minha mãe, o mocinho arrogante que me gerou por capricho. Aproximei-me, sem encontrar um gesto ou uma palavra de consolo, embaraçada. Ele pegou minha mão e apertou-a entre as suas, estremecido pelos soluços, e assim aguardamos, juntos, durante vários minutos, unidos numa espécie de cumplicidade, até que ele se acalmou.

Eu sempre havia ridicularizado o rancor de minha mãe, convencida de que era uma mania pessoal dela que não me dizia respeito, mas pela mão de meu pai entendi que aquele sentimento se colara em mim, que eu o carregava como uma pedra no coração. Naqueles minutos, enquanto ele chorava, visualizei com clareza o penhasco do rancor e vi que ele estava se desfazendo em cascalho, em areia, em nada.

Meu pai me pediu que pegasse uma caixa de lata que estava guardada numa gaveta da cômoda. Tirou de dentro dela um envelope amarelado e me entregou uma folha de papel e uma fotografia. Explicou que era a última carta de Molly Walsh, a única que conservava, e que a menina do retrato era eu. Lembro-me bem do dia em que fui com minha mãe ao estúdio do fotógrafo em São Francisco, as botinhas me apertavam.

— Estou morrendo de tristeza pela vida que desperdicei, por minha frivolidade e meu egoísmo. Como vou me apresentar diante do Criador? Não tenho nada para mostrar, nem esposa, nem filhos, nem obras de caridade nem nada que me redima. E, de todos os meus pecados, que são muitos, o mais grave foi o que cometi contra sua mãe.

Ela ia tomar o hábito de freira, era noiva de Cristo, e eu a arrebatei ao Redentor, foi um sacrilégio... — balbuciou, angustiado.

— O amor nunca é um sacrilégio — respondi.

— Ela me amou. O pecado é só meu, eu a usei e a abandonei. Vou pagar no inferno.

— Quem te disse isso?! — exclamei.

— Molly Walsh, sua mãe. E o padre Restrepo — respondeu.

— Não dê ouvidos a eles. Ninguém pode julgar a alma de outra pessoa, ninguém tem a chave do inferno nem o passaporte para o céu. Rufina tem razão, o senhor está sendo comido pelo verme do arrependimento.

— Quem é Rufina? — perguntou.

— A mulher que cuida do senhor há dois meses. Já está na hora de saber o nome dela.

À medida que o tempo passava, meu pai e eu íamos nos entendendo e aproximando. Falamos da vida dele, marcada pelo esbanjamento e pela solidão, pois, perseguindo prazeres efêmeros, gastara mais do que tinha, não cultivara o amor e no final tinha ficado sozinho, repetia. Teria de pagar seus pecados de farrista e jogador, por ter desbaratado o dinheiro da família e traído amigos. Quando eu conseguia distraí-lo do remorso, ele parecia rejuvenescer, e podíamos falar de outros assuntos, como a guerra civil, que o obcecava. Referia-se ao presidente Balmaceda como o tirano que ousava mandar açoitar pessoas decentes.

— Chicotada e tronco são castigos para *rotos* e *siúticos* — afirmou.

Eu ainda não tinha ouvido essa palavra. Ele explicou que os *siúticos* eram os arrivistas de classe média que aspiravam a subir na escala social com o trabalho, como se isso fosse possível; ninguém ascende à oligarquia com dinheiro ou por mérito, a ela se pertence por nascimento.

— E, como se não bastasse, filha, às vezes o carrasco que aplica as chicotadas é um *roto* ressentido que quer se vingar, como aconteceu com um primo meu. O desgraçado que quase o matou dizia-lhe a cada chibatada que ele estava recebendo o que tinha feito para o pai dele. Parece que, antes de se meter no Exército, ele era arrendatário da propriedade do meu primo e viu o pai sendo chicoteado mais de uma vez.

— Olho por olho, dente por dente, como diz o ditado. Há certa justiça nessa reciprocidade, não acha? — perguntei.

— Justiça? Não! O que existe é ódio da plebe suja e ignorante contra quem tem mais porque trabalhou mais para obter.

— Talvez o senhor tenha mais porque herdou ou nasceu em posição privilegiada. Não acredito que as pessoas de sua classe se matem de trabalhar. Também não acho que todos têm as mesmas oportunidades — disse-lhe.

— Você está muito enganada. Este é um país livre. Aqui quem quer trabalhar sai na frente — insistiu meu pai.

— Dê-me um exemplo — pedi.

— Você deve ser anarquista! — acusou-me.

Por um lado, ele desprezava as pessoas da classe baixa porque, supostamente, não queriam trabalhar e, por outro lado, estava chocado por eu trabalhar; nenhuma mulher decente fazia isso, muito menos uma do clã Del Valle. Sentia vergonha por não poder me manter como uma dama, conforme me disse, e iria falar com a tia Paulina para que ela me passasse uma quantia que me permitisse viver bem; era inaceitável eu arriscar reputação e vida andando na rua e escrevendo sobre a guerra, como me ocorria tamanha loucura, aquilo era trabalho de homens, eu devia ficar segura na casa da tia dele e não pôr o nariz para fora. Assegurei-lhe que não precisava de caridade e que sabia me cuidar, que tinha feito isso durante anos. Para mudar de assunto e, de passagem, escandalizá-lo um pouco, contei-lhe a história da Divina Odalisca, aquela mulher da dança do ventre que entrevistei em Nova York, com quem aprendi a vantagem de ser uma mulher ruim em vez de dama decente. Ele começou a rir, o que me surpreendeu, porque eu achava que a culpa e o temor lhe tivessem secado o humor.

Fez muitas perguntas sobre minha mãe, achava que tinha arruinado a vida dela e a afastara de Deus. Expliquei-lhe que estava enganado, que Molly Walsh era feliz, casada com um homem maravilhoso, meu Papo, que os dois se amavam muito, ambos eram a alma do bairro, e ela ia à missa e praticava a caridade. Tive de repetir essas coisas e dar detalhes, aquela notícia era fundamental para ele. Descrevi as melhores qualidades da minha mãe, exagerando um pouco, é verdade, e omiti seus defeitos. Por que lhe diria que, em seus arrebatamentos histriônicos, minha mãe clamava ao céu que livrasse sua única filha — eu — da devassidão e da luxúria que poderia ter herdado do pai? Preferi mentir e garanti que Molly Walsh tinha apreço e respeito por ele, que recordava o imenso amor que lhe dedicara, que havia esquecido a desilusão de perdê-lo e lhe agradecia pela filha que lhe dera. Também lhe agradecia por tê-la salvado do convento, porque não tinha vocação para freira.

— Ela me ensinou a rezar. Quando eu era pequena, todas as noites pedíamos a Deus que protegesse meu pai, ou seja, o senhor, que lhe desse paz e felicidade — menti.

— O que está me dizendo é um bálsamo para minha alma, Emilia. Você é o anjo da minha salvação — disse-me ele, emocionado.

Na despedida nos abraçamos, e garanti que voltaria a vê-lo quando meu trabalho de correspondente me permitisse. Naquela noite queimei a carta de minha mãe. Certas promessas não devem ser cumpridas.

Nas semanas seguintes visitei meu pai diversas vezes, no começo por compaixão; sentia pena de seu desconsolo e de seu terror de morrer e enfrentar o julgamento divino, mas depois passei a ter prazer em sua companhia porque, como bom farrista, tinha histórias estupendas para contar. Seu classismo me repugnava, mas consegui suportá-lo para poder conhecê-lo melhor. Eu devia a Gonzalo Andrés del Valle boa parte da minha aparência física e com certeza também de meu caráter. Supus que meu desejo de conhecer o mundo e de experimentar tudo com intensidade era legado dele. Assim ele tinha vivido. Concluí que, sendo tão aventureira quanto ele, precisava ter cuidado para não cometer os mesmos erros e não desperdiçar minha vida em pura frivolidade. Admiti que me parecia mais com aquele homem que acabava de conhecer do que com minha mãe. O sangue chileno pesava mais em mim do que o irlandês, e isso podia explicar minha sensação de ter raízes no Chile.

Apanhei-me muitas vezes examinando meu pai disfarçadamente, tentando adivinhar como ele era na juventude, buscando a semelhança entre nós dois. Ele tossia muito, engasgava com roncos agonizantes, cuspia sangue e, em algumas crises, parecia prestes a perder a alma, mas então Rufina acudia com uma tisana de gengibre e mel ou um cataplasma de cânfora para aquecer seu peito. A boa mulher me pedia que rezasse com ela até o paciente se acalmar, e isso sempre o aliviava.

Gonzalo Andrés, como quase todos os integrantes do antigo clã Del Valle, nasceu protegido pela fortuna e pela posição social. Seu pai morreu aos quarenta e nove anos num acidente de caça que nunca foi esclarecido e, como tantas coisas naquela família, foi abafado. Isso só fez alimentar as más-línguas, que atribuíram o ocorrido a causas nefandas, como suicídio por dívidas ou vingança de um marido cornudo. O homem era um mulherengo notório, condição herdada pelo filho, como ficou evidente assim que o menino entrou na adolescência.

Meu pai era o mais velho de cinco irmãos, dois meninos e três meninas, mas o irmão sofria de uma doença congênita e morreu na infância. Aos vinte e dois anos, coube-lhe administrar os consideráveis bens deixados pelo pai e cuidar da mãe viúva e das irmãs, mas ele não tinha cabeça para isso. Na casa paterna, o dinheiro era assunto de mau gosto, que jamais se mencionava e não faltava, por isso meu pai cresceu com a ideia de que o dinheiro era inesgotável, de que se reproduzia espontaneamente nos bancos. Assim que pôs as mãos nos proventos familiares, entregou-se ao esbanjamento, deixou as vastas propriedades nas mãos de feitores inescrupulosos, cercou-se de amigos de má reputação, perdeu grandes somas em corridas de cavalos e mesas de jogo e vendeu as terras arruinadas a preço de banana. Embora não tenha confessado, suponho que também houve mulheres espertas que o espoliaram. Quando mencionei a divina Omene, o fato é que ele a conheceu em Nova York. Até que ponto a conheceu? Se tiver sido no sentido bíblico, deve ter custado bem caro. Suas viagens o mantinham longe do Chile, onde a mãe e as irmãs viviam com poucos recursos na mansão familiar, que ia se deteriorando por falta de cuidados. Enquanto os cupins, as infiltrações e o tempo iam carcomendo aquela casa, ele, com sua bagagem de duque, percorria a Europa, ia ao Egito ver as pirâmides, passava temporadas em Paris e, de vez em quando, visitava a tia Paulina na Califórnia, com quem se dava muito bem, pois, como ela afirmava, os dois eram um par de cafajestes. Numa dessas passagens pela Califórnia, ele descobriu Molly Walsh. Naquela época, já havia desbaratado sua fortuna, estava empobrecido, mas continuava vivendo como se fosse rico. As dívidas se acumulavam, sem que ele lhes desse importância. As coisas se ajeitam sozinhas; é preciso dar tempo ao tempo, pensava. Os credores embargaram todos os bens, e a mãe e as irmãs dele acabaram vivendo da caridade de Paulina del Valle e do restante do clã, que, em casos como esse, cerravam fileiras em torno do caído para evitar a desonra.

— Você pensava em mim quando era pequena? — perguntou-me em certa ocasião.

— Sim — respondi, porque me pareceu ofensivo dizer-lhe a verdade.

— Como me imaginava?

— Como Joaquín Murieta — respondi.

— Quem é esse?

— Um bandido cuja cabeça foi cortada em 1853 e ainda é exibida boiando numa jarra de tequila em São Francisco — expliquei.

— Pelo amor de Deus, menina! Você tem uma imaginação mórbida — respondeu, chocado.

Assim como ele me contava sua vida, eu lhe contava a vida inventada de Molly Walsh, salpicada de pinceladas de sua vida real. Descrevia, por exemplo, a cerimônia de fazer pão de madrugada, suas mãos fortes amassando a farinha com água e fermento, os pães cobertos com panos brancos mil vezes lavados, repousando na bancada de madeira rústica, o milagre da massa inchando em instantes, ela atarefada diante do forno de barro e o aroma dos pães quentes. Falava-lhe de minha mãe costurando na última luz da tarde ou rezando junto ao enxergão de um indigente doente. Santa Molly. Em algumas ocasiões, meu pai e eu chegamos a rir do romance proibido que ele tivera com a noiva de Cristo.

8

O jornalista Rodolfo León, que se tornou meu guia e amigo, acompanhou-me a Valparaíso, onde estavam aquartelados o grosso do Exército e a maior parte da imprensa. Ele conhecia muitos jornalistas locais e correspondentes estrangeiros que cobriam a situação no Chile, e tinha acesso aos funcionários do governo. Mantinha intacta sua fé no presidente Balmaceda e em sua visão política. Considerava irônico a Marinha ter se sublevado para se unir aos congressistas, porque Balmaceda, consciente de que o poder do Chile estava no mar, tinha destinado amplos recursos à esquadra. Nas páginas de seu jornal, Rodolfo brindava Balmaceda com um apoio inabalável, mas no íntimo se envergonhava da repressão do seu governo, especialmente se dirigida à classe operária. Dizia que os trabalhadores tinham o direito de unir-se e protestar contra as deploráveis condições de vida que suportavam e que o governo tinha o dever de ouvi-los, em vez de enviar tropas para silenciá-los. Tratava-se de um daqueles seres honrados e intransigentes que raras vezes encontramos neste mundo e que, por serem incapazes de imaginar a maldade alheia, muitas vezes acabam destruídos. Era jovem, tinha pouco mais de trinta anos, esbelto e bonito como um garoto.

Acho que eu não lhe era completamente indiferente, mas, se a ilusão de um romance me assaltou por um momento, eliminei-a pela raiz, porque ele era casado e tinha um filho.

Aquele bom amigo me apresentou ao general Barbosa, o homem emaciado que eu tinha visto de passagem no palácio presidencial. O comandante das forças do governo recebeu-me no saguão do melhor hotel de Valparaíso, transformado em quartel de operações, onde ele estava temporariamente instalado com o general Alcérreca e vários oficiais, enquanto seus batalhões aguardavam, acantonados nas redondezas da cidade. Deu-me três minutos de seu tempo, por consideração a Rodolfo e porque eu era a única mulher no grupo de jornalistas e fotógrafos, que também estavam hospedados no hotel. O presidente Balmaceda lhe dera instruções para tratar com a imprensa, porque dela dependia a imagem do seu governo perante a opinião pública local e também perante a Europa e os Estados Unidos, mas o homem tinha nas mãos assuntos muito mais urgentes do que servir de babá para a imprensa.

De perto confirmei a impressão que tivera ao vê-lo por alguns instantes no palácio de La Moneda: o general estava com péssima saúde, tão magro que seus dentes sobressaíam debaixo da pele. Era uma caveira com barba. Rodolfo me contou que ele mal conseguia se manter montado no cavalo, mas na batalha estava sempre na vanguarda, dando exemplo de coragem.

Nos três minutos de entrevista consegui um salvo-conduto para circular pelo território nacional, permissão para falar com os soldados e acesso ao telégrafo. Ele designou um jovem oficial para me proteger, mas assegurei-lhe que estou acostumada a me movimentar sozinha e não ia lhe causar nenhum problema. Então Rodolfo interveio, dizendo que podia me acompanhar, que conhecia o Estado-Maior do Exército e estivera nos acampamentos várias vezes na qualidade de jornalista. Combinamos que faríamos assim por enquanto.

Sabia-se que os insurgentes do norte chegariam por mar, e Rodolfo estava preocupado com o fato de os generais de Balmaceda não chegarem a um acordo sobre uma estratégia eficaz e subestimarem o inimigo; achava que aquela negligência podia custar-lhes caro. Os congressistas estavam mais bem treinados e organizados do que o Exército supunha.

— Quando acha que poderiam desembarcar aqui? — perguntei.

— Talvez em agosto, mas não sei até que ponto se pode confiar nos espiões. Às vezes, os informes são contraditórios — respondeu.

Ele me levou ao acampamento militar; explicou que todos são semelhantes, e aquele não era exceção. Milhares de homens. Fileiras de barracas idênticas, separadas por ruelas, tendas maiores para o comando, hospital, cozinhas e outros serviços. As latrinas eram buracos com uma tábua em cima para se agachar. Num dos setores ficavam os sofridos cavalos, bois e mulas de tiro, que transportavam de tudo, desde canhões até víveres. Os corcéis dos oficiais ficavam separados, eram exemplares escolhidos da raça chilena, mestiçagem feliz de equinos nativos e garanhões árabes, pequenos, fortes e intrépidos. A maioria daqueles nobres animais morreria. E não faltavam bandos de cães sem dono, perambulando em busca de restos de comida no lixo. Esses sempre sobrevivem.

Estávamos num terreno montanhoso, pleno inverno, chuva, frio, ventania gelada vinda do mar, lama. Os oficiais mantinham os homens ocupados por meio de uma disciplina rigorosa, o ócio era considerado nocivo, alimentava dúvidas e corroía a valentia. Marchavam para lugar nenhum, treinavam, limpavam armas, cavavam trincheiras, limpavam a lama com baldes, carregavam água, cuidavam dos animais. O dia começava ao amanhecer e terminava cedo, ao cair da noite.

Agosto de 1891

AS VIVANDEIRAS

Emilia del Valle

O Chile está em guerra novamente — já esteve em várias nos anos deste século —, mas desta vez é uma guerra entre chilenos. No norte, a Marinha sublevada prepara-se para embarcar e atacar o Exército leal ao governo do Presidente Balmaceda. Todos aguardam. A tensão é palpável no ar. Os dias passam, e a incerteza aumenta.

Uma parte do Exército está acampada perto do porto de Valparaíso, o restante está em outras províncias. Vou para o setor das mulheres, as chamadas vivandeiras, porque são responsáveis pelos víveres para os combatentes. Angelita Ayalef é a mais experiente, o que lhe dá autoridade sobre as demais. Ela manda, e lhe obedecem. Não sabe que idade tem, calculo algo em torno dos quarenta, mas pode ser que seu trabalho duro a tenha envelhecido mais do que os anos que conta. Baixa, de ancas largas, com duas tranças nas costas e uma longa cicatriz na bochecha, tem modos bruscos. Faz jus ao seu nome: tem vocação para anjo. Como todo soldado chileno, carrega o *corvo*, faca curva de dois gumes, arma mortal e ferramenta de múltiplos usos. Também anda com um estojo de lona amarrado na cintura. Pergunto o que contém, ela dá de ombros e não responde. Depois fico sabendo que são instrumentos cirúrgicos; ganhou-os de um dos médicos, o mesmo que lhe ensinou a extrair balas, cauterizar e costurar feridas.

Angelita me apresenta às outras, que me recebem com amabilidade e me apelidam de gringa, termo usado para os forasteiros que falam inglês. Aquelas mulheres do povo, abnegadas, fortes, aguerridas e valentes, me acolhem com curiosidade; sou uma gringa que fala espanhol com um sotaque que lhes parece divertido. Minha roupa não é prática neste terreno; elas me oferecem as de uma jovem que deu à luz por estes dias e teve de se retirar com seu recém-nascido. O uniforme azul e vermelho consiste em calças por baixo de uma saia curta, jaqueta, blusa branca, boné e lenço no pescoço. Um pequeno barril de madeira fica pendurado no ombro. Entre elas há permanente atividade, o trabalho é muito, mas não se apressam; cozinham cantando, costuram fumando, brincam, brigam e fazem as pazes.

O Exército tentou eliminar as vivandeiras, mas desistiu, porque elas são indispensáveis: cozinham, lavam, costuram, carregam mensagens e víveres e, quando necessário, funcionam como enfermeiras; também participam da batalha, ajudam os feridos, amparam os moribundos e às vezes empunham as armas dos mortos para lutar por eles, expostas às balas e ao terror da derrota. O regulamento estipula que têm o direito de usar uniforme e de receber o mesmo que um soldado; têm de ser solteiras e de ilibada virtude; contudo, na prática são esposas, namoradas, irmãs ou mães que marcham na retaguarda dos regimentos para apoiar seus homens, e ninguém lhes pergunta sobre sua virtude.

Em guerras anteriores, algumas dessas mulheres, que lutaram lado a lado com os homens, foram capturadas, sofreram estupro, tortura e mutilação antes de serem executadas. Pergunto-me se nesta guerra civil vão correr o mesmo risco.

Vou com Angelita Ayalef ordenhar algumas cabras, seguida de perto pela mascote do regimento, uma cadela cor de caramelo. O rancho da tropa é básico: feijão, sopa com tiras de carne bovina ou suína, batatas e banha, biscoito duro, cebola crua, charque de cavalo e, às vezes, café de chicória açucarado. As mulheres criam cabras e galinhas para complementar a comida. Depois me toca descascar muitas batatas e esquartejar um monte de coelhos que alguém trouxe. Nunca escorchei um animal nem retirei suas vísceras, mas disfarço a repugnância e obedeço às instruções de Angelita. Hoje não há lavagem de roupa, chove de vez em quando, dizem que amanhã o céu estará limpo. Sentamo-nos em círculo ao redor de um braseiro, o mate passa de mão em mão, gosto desse líquido verde e aromático; remendamos fardas, cerzimos, pregamos botões, conversamos. Peço-lhes que me contem suas vidas, elas riem, dizem que não guardam segredos, cada vida é uma história, e todas as histórias se parecem.

Cai a tarde, a temperatura cai, minhas roupas estão úmidas, tenho barro até os joelhos, a pele das mãos está vermelha e rachada, estou exausta e gelada, mas eufórica, com a cabeça e o coração cheios. Um sargento vem me buscar e me traz um cavalo. Despeço-me das vivandeiras, e, uma a uma, elas me beijam.

— Volte para nos ver, gringa, antes que a confusão comece — diz Angelita.

Durante aquele período no Chile, enviei ao *Examiner* uma média de duas ou três crônicas por semana. Nem todas foram de exclusivo interesse humano, como exigia meu editor, porque era impossível ignorar a política e os pormenores da guerra. Por sua vez, Eric Whelan bombardeara o jornal com notícias bastante tendenciosas, porque sua versão dos acontecimentos era a dos congressistas rebeldes, e ele descrevia Balmaceda, sem o conhecer, em termos pouco lisonjeiros. Essa mesma versão vigorava na imprensa da Grã-Bretanha e da Europa, porque suas reportagens eram publicadas em São Francisco e em vários jornais de outras cidades; também chegavam ao exterior por telégrafo. Nos Estados Unidos, o resultado foi que a causa de Balmaceda perdeu a simpatia dos leitores, embora a Casa Branca continuasse a apoiá-la.

Eu, por outro lado, tinha transitado pelos círculos leais ao presidente, com exceção da família Del Valle, que o detestava, e pude informar do ponto de vista do governo. Diferentemente de meu colega, que se deixou seduzir pela retórica e pela hospitalidade dos insurgentes do norte, procurei ser objetiva, uma vez que estava consciente dos erros e abusos cometidos. Incomodava-me a posição de meu editor, que censurou várias crônicas minhas, enquanto publicava tudo o que Eric enviava, sem questionar. Em meu afã de imparcialidade, escrevi sobre o espírito da rua e das tropas na frente de batalha, que não era tão favorável ao presidente quanto este supunha. Meu amigo Rodolfo León admitiu com relutância que o apoio do povo havia se enfraquecido muito, mas insistia que o Exército esmagaria a rebelião. Estava desejando que a esquadra congressista desembarcasse para pôr fim àquele conflito de uma vez por todas, como dizia.

Prevendo a chegada da esquadra, todos esperávamos. Naquela incerteza, o tempo se esticava e se encolhia nos relógios, as horas pareciam dias, e de repente uma manhã inteira desaparecia num suspiro. Minha intenção era ficar com as tropas de Barbosa, sob a proteção de Angelita Ayalef e das outras vivandeiras, mas recebi uma mensagem de Frederick Williams chamando-me a Santiago. Aquilo me pegou de surpresa, porque eu não tivera nenhum contato com o marido de Paulina del Valle desde nosso breve primeiro encontro. A mensagem do inglês indicava que era algo relacionado com Gonzalo Andrés del Valle e marcava encontro comigo num salão de chá, que afinal era o mesmo onde eu costumava me encontrar com Rodolfo León. Peguei o trem naquele mesmo dia e cheguei pontualmente.

O mais provável é que Frederick Williams não tivesse nada de aristocrata, mas imitava com perfeição. Estava à minha espera sentado a uma das mesinhas redondas do salão de chá, vestido informalmente, como se viesse de seu clube esportivo, com chapéu-coco e paletó de *tweed*, contrastando com o imutável traje escuro de sobrecasaca, colete e cartola dos chilenos de sua classe. Era elegante sem afetação, tinha postura ereta sem ser rígida e, devo dizer, era bastante atraente para a idade. Os dentes e os dedos manchados denunciavam seu gosto pelo tabaco, mas ele não fumou na minha frente.

— Desculpe a ousadia, dona Emilia, mas me parece que a senhorita não deveria estar em Valparaíso. A situação política é muito grave. O que está fazendo lá? — perguntou.

— Vim ao Chile para fazer uma reportagem sobre a guerra, senhor Williams — expliquei.

— É uma pena, vai ficar com má impressão deste país. Esse conflito é uma aberração. Em tempos normais, a vida aqui é muito agradável, as pessoas são amáveis, esta é uma sociedade organizada, cada um em seu lugar, como deve ser.

— Está se referindo à estrutura de classes? Numa república deve haver mobilidade social — disse-lhe, repetindo o que meu Papo costumava dizer.

— O voto popular é um erro conceitual. O Chile estaria muito melhor com uma monarquia.

Imaginei que as maneiras impecáveis do inglês o impediam de ir direto ao assunto que nos dizia respeito, como teria feito qualquer pessoa nos Estados Unidos, então aguentei pacientemente que nos servissem chá, que descrevessem cada um dos doces da bandeja e que ele se demorasse a escolher, enquanto me explicava que a democracia é vulgar e pouco prática, porque não leva em consideração a desordenada natureza humana, que precisa de autoridade e hierarquia. Percebi que não estava brincando, por isso não valia a pena argumentar sobre as vantagens da democracia. Eu mal o conhecia, mas ia com a cara dele.

Por fim, quando já tínhamos passado vinte e cinco minutos nesse e em outros assuntos, ele disse que havia mandado a mensagem sem consultar a esposa, porque em princípio ela não estava de acordo em investigar assuntos que pudessem prejudicar o prestígio da família, mas, como era algo que me dizia respeito, ele tomara a liberdade de entrar em contato comigo.

— Como já lhe adiantei, senhorita Emilia, trata-se do senhor Gonzalo Andrés del Valle — disse ele.

— Eu sou a *huacha* dele — respondi.

— Esse é um termo vulgar, senhorita. Não o use. Mas é justamente disso que preciso lhe falar. Pelo que parece, dom Gonzalo Andrés está no leito de morte e quer acertar suas contas com este mundo antes de partir. Pelo menos foi isso que nos informou o padre Restrepo, seu confessor.

— Que pena, senhor Williams! Visitei-o há menos de duas semanas e pareceu-me que a saúde dele era estável. O que aconteceu? — perguntei, preocupada.

— Pneumonia. Como sabe, costuma ser fatal. Antes de morrer, ele deseja reconhecê-la legalmente como filha. É sua última disposição — anunciou.

— Ah! Não pode ser, senhor Williams, porque sou filha do professor Francisco Claro — expliquei.

— Como disse?

— É meu Papo, quer dizer, meu padrasto. Ele me criou, é meu verdadeiro pai — disse-lhe.

— Por favor, poderia pensar no pedido do infeliz Gonzalo Andrés, para que ele possa morrer em paz? Nada mudaria para a senhorita, que nem vive neste país. Além do mais, como imagino que desconfie, não se trata de dinheiro, mas de honra. Seu pai não possui bens materiais para deixar-lhe, mas pode extinguir o estigma de filha ilegítima.

— Esse estigma não me incomoda nem um pouco. Por que está me dizendo tudo isso sem o conhecimento de dona Paulina del Valle? — perguntei.

— O sobrinho dela lhe pediu que fosse testemunha disso perante a lei, mas ela se negou. Acha que é um disparate incutido pelo padre Restrepo na cabeça do pobre doente, mas conheço bem minha esposa e sei que ela vai mudar de opinião. Dê-me seu consentimento, e eu me encarregarei dos detalhes — ofereceu.

Dois dias depois chegamos os três, Paulina del Valle, Frederick Williams e eu, à Embaixada da Argentina. Paulina estava de preto, com uma capa de pele que lhe dava a aparência de um enorme animal peludo, um chapéu aparatoso com véu espesso e o cachorro lanudo nos braços. Frederick também estava vestido formalmente. Ela não respondeu ao meu cumprimento, e não sei se me olhou, porque estava escondida atrás do véu que lhe cobria o rosto, mas sua atitude deixou evidente que estava contrariada. Williams devia exercer misterioso poder sobre aquela mulher imponente para tê-la arrastado até lá contra a vontade.

O embaixador argentino nos deu boas-vindas num tom sombrio, como convinha à ocasião, e chamou Rufina para nos conduzir ao quarto do doente. Ali éramos esperados por um tabelião com o documento pronto e pelo sinistro padre Restrepo, que murmurava orações em latim perto da cama. A penumbra, o mau cheiro e o ar opressivo eram os mesmos de sempre naquele quarto, mas algo havia mudado; senti com clareza a angústia da morte.

Bastou-me uma olhada para entender que Williams não tinha exagerado; na verdade meu pai agonizava. Jazia recostado sobre uma pilha de travesseiros, com as pálpebras fechadas, a boca aberta, sufocado, respirando com dificuldade, com um ronco de motor no peito, mãos azuladas agarradas aos lençóis.

A fiel Rufina enxugou-lhe a testa com um pano e pediu-lhe que abrisse os olhos, porque sua filha havia chegado para vê-lo. Não houve resposta.

— Meu sobrinho não está em condições de assinar nada — disse Paulina em tom seco ao tabelião, homenzinho que parecia aterrorizado diante dela.

— Dom Gonzalo Andrés delegou a assinatura do documento à senhora, dona Paulina del Valle — interveio o padre Restrepo.

— Não vou assinar nada. A mim disseram que viria como testemunha e nada mais. E conste que não estou de acordo com essa engambelação de última hora. Não sei por que o senhor está perdendo tempo aqui, padre, o meu sobrinho não tem nada para deixar para a Igreja — alegou ela.

— Não me insulte, senhora. Não estou aqui por ganância, mas para salvar a alma deste servo de Deus — defendeu-se o padre.

— Eu já disse claramente, não penso em assinar nenhum papel de leguleio — repetiu.

— De alguns dias para cá, dom Gonzalo Andrés piorou muito. Quando ainda estava consciente, nomeou a senhora para agir em nome dele — insistiu o padre com firmeza.

— Alguém mais ouviu isso? — perguntou Paulina em tom insolente.

— Nosso Senhor Todo-Poderoso, que está no céu e em toda parte — afirmou o padre no mesmo tom.

— Muito conveniente! E só o senhor ouviu, certo? — replicou Paulina.

— Desculpe-me, senhora, mas eu também ouvi o senhor Gonzalo Andrés dizer isso — disse Rufina, timidamente.

— Como está vendo, dona Paulina, cabe à senhora lavar a honra e salvar a alma de seu sobrinho. Como católica, não pode se negar — concluiu o sacerdote, com o peso da sua investidura.

Paulina del Valle ergueu o véu do rosto e, por sua expressão, receei que ela cuspisse no padre, mas o marido pôs um braço sobre os ombros dela, puxou-a para si e murmurou sabe-se lá o quê ao seu ouvido. Ela baixou a crista, agitando o ar com as plumas do chapéu extravagante.

— Que seja — murmurou.

— Por este documento, dom Gonzalo Andrés del Valle certifica, no pleno uso da razão e por vontade própria, que a senhorita Emilia del Valle, cuja mãe é Molly Walsh, é sua filha biológica. Reconhece-a como tal perante Deus e a lei, com todos os direitos que lhe cabem — leu o tabelião, mantendo cautelosa distância de Paulina.

— Saiba que isso é uma artimanha vil — alfinetou ela, dirigindo-se ao padre.

Frederick Williams mergulhou uma pena na tinta, colocou-a na mão da esposa e cuidou para que ela assinasse onde devia, nas duas vias do documento.

De repente, aquela poderosa matriarca desatou num soluço, seguido por outro e mais outro, enquanto as lágrimas corriam por suas faces. Soltou o cachorrinho, que aterrissou com um gemido, e se inclinou para a cama. Beijou o rosto e as mãos do moribundo e lhe disse: "Vai tranquilo, menino, fique sabendo que os teus pecados são pura bobagem, você não é o primeiro que esbandalha a herança dos pais e deixa a mãe e as irmãs na penúria, naquele tempo você era um jovem descabeçado, não foi culpa tua, foi culpa dos teus amigotes, aqueles velhacos, mas há males que vêm para bem, você sabe que eu cuidei delas, não lhes faltou nada, e agora as tuas irmãs, que são bem feias com a graça de Deus, têm maridos ricos e um batalhão de filhos, enquanto você não tem nem cão que te ladre, coitado, pagou os erros em vida e tem crédito no céu;

eu sempre te quis bem, apesar das safadezas que cometeu, ou talvez justamente por causa delas, você era meu parente mais divertido antes de ser agarrado pelo vício da confissão e dar de perder a alegria; não faça caso do padre Restrepo, ele não está aqui para mandar clientes a Satanás, esses padres se divertem assustando as pessoas para arrancar dinheiro, quem diz isso sou eu, que me arrependo do muito que dei à Igreja, pode acreditar, sobrinho, o inferno não existe, é uma patranha do Vaticano, só existe o céu, para onde você vai voando como um condor, lá vamos todos nos encontrar, os bons como você e os ruins como eu, e, embora eu não conheça essa Emilia, uma desconhecida que caiu no nosso colo, se você diz que é tua filha, não me resta escolha a não ser aceitá-la na família, mas vou avisando que não faço isso de boa vontade, porque não sei nada dela e aqui ninguém a conhece, poderia muito bem ser uma sirigaita que veio da Califórnia para tirar vantagem de nós, vai saber." E assim continuou em seu monólogo por bom tempo.

Em algum momento o doente abriu as pálpebras e me olhou, mas acho que não sabia quem eu era. Depois de o tabelião me entregar uma via do documento e dar a outra a Frederick Williams, o casal e o padre se retiraram. Fiquei no quarto acompanhando meu pai em sua última viagem. Rufina me trouxe um prato de sopa e sentou-se ao meu lado com um rosário nas mãos, rezando em silêncio. De vez em quando o doente ficava sem respirar por minutos eternos, mas, quando achávamos que tinha morrido, ele dava um suspiro e puxava o ar com desespero. Assim se passaram as horas, não sei quantas, adormeci na poltrona e sonhei com minha mãe, sonho tão claro que foi como uma aparição. Ela chegou tranquila e sorridente, sem nada do antigo ressentimento, com seu vestido preto de ir à missa e seus sapatos bons, penteado da moda e brincos de granada presenteado por meu Papo anos atrás, sua única joia. Acho que Molly Walsh veio de longe para se despedir de seu primeiro amor.

Ao amanhecer, Rufina me sacudiu para anunciar que havia chegado a hora de dizer adeus. Foi difícil ficar em pé, os ossos me pesavam.

Aproximamo-nos da cama, e pude amparar meu pai quando, em um de seus afogamentos, ele ficou quieto e não voltou a respirar. Segurei-o em meus braços por longos minutos, dando à sua alma tempo de se despedir do mundo e partir. Senti uma pena infinita daquele pobre homem que tinha passado tanto tempo assustado, que não tivera nenhum amor duradouro nem filhos que lhe preenchessem a vida, só a mim, que ele nem sequer conhecia algumas semanas antes. Quero acreditar que se foi contente, finalmente livre do verme do arrependimento.

Depois da morte de meu pai, fui morar com as vivandeiras do Exército em Valparaíso. Eu tinha ficado em contato com Angelita Ayalef por meio de breves cartas que iam e vinham de trem. As dela costumavam ser difíceis de decifrar, porque ela havia aprendido os rudimentos da escrita entre os soldados, e sua língua materna era o mapuche. Mas, apesar dos obstáculos da nossa correspondência, chegamos a estabelecer uma amizade singela, que, conforme fiquei sabendo depois, não era habitual entre brancos e indígenas. No Chile, onde a maioria é mestiça, as pessoas são tão racistas quanto nos Estados Unidos. Minha admiração por Angelita crescia à medida que a conhecia melhor. Ela quis impedir que eu me instalasse no acampamento, porque pressentia que em breve teria de lutar, e eu não estava preparada para isso, mas, quando admitiu que nada me faria desistir, recebeu-me com a mesma hospitalidade da primeira vez.

Eric Whelan me informara num telegrama que a esquadra dos congressistas navegava para o sul, e calculava-se que desembarcaria a poucos quilômetros de Valparaíso, embora não se soubesse exatamente onde. Não era segredo, uma vez que os espiões de Balmaceda tinham transmitido a informação, e o general Barbosa estava se preparando para receber o inimigo. Eric foi enfático ao me mandar procurar refúgio seguro em Santiago, se possível na embaixada dos Estados Unidos, até que o conflito fosse resolvido. Disse que havia visto, no norte, destacamentos inteiros do Exército, encabeçados por seus oficiais passando para o lado congressista, e tinha certeza de que o mesmo aconteceria na área central. Isso confirmava o que eu já havia percebido, mas de que ninguém ousava falar: o presidente Balmaceda não contava com a lealdade de suas tropas. Seus soldados não estavam motivados por convicção política nem por patriotismo, mas estavam naquela posição por azar.

Apesar das instruções de Eric, decidi que não poderia estar ausente da batalha que seria travada pelo controle do país. Trancar-me na embaixada em Santiago seria dar razão a meu editor, que duvidava de minha capacidade de repórter por ser mulher. "Lembre-se, princesa, de que precisará fazer o dobro do esforço de qualquer homem para obter metade do reconhecimento", foi uma das lições do meu Papo. Além disso, eu imaginava que no campo de batalha haveria várias crônicas de interesse humano, como Chamberlain desejava.

Ao meu redor, ninguém ousava duvidar em voz alta do triunfo do Exército; era lugar-comum dizer que o confronto seria apenas uma escaramuça que acabaria com a guerra de uma vez por todas. Mas isso da boca para fora. À boca pequena dizia-se o contrário. Comentei com Rodolfo o boato de que havia oficiais que simpatizavam com o inimigo, mas permaneciam no Exército para sabotá-lo por dentro.

— Suponho que os generais de Balmaceda também ouviram isso — disse-lhe.

— Esse falatório faz parte da campanha de desmoralização orquestrada pelos congressistas. Aconselho-a a não repetir isso, Emilia, porque você pode ser presa — avisou.

— Como correspondente, preciso olhar para todas as hipóteses.

— O Exército é monolítico, invencível e leal ao governo na defesa da Constituição — explicou-me com ênfase de pregador, como se quisesse convencer a si mesmo, e acrescentou que a traição não podia ocorrer.

— Até ocorrer — respondi, pensando naqueles que tinham desertado para se juntar às tropas congressistas.

Embora calasse suas dúvidas íntimas, no jornal Rodolfo precisava parecer seguro da vitória. Publicou um editorial sobre a intenção do vencedor, ou seja, do presidente Balmaceda, de apelar para a reconciliação nacional e oferecer uma anistia que possibilitasse aos rebeldes manter a dignidade. Perdoar, unir, pacificar e reconstruir o Chile, foram suas palavras.

TERCEIRA PARTE

9

Caminhei o dia inteiro na retaguarda das tropas do general Barbosa com o mesmo uniforme de vivandeira que Angelita havia conseguido antes, porque assim chamava menos atenção; além disso, minhas roupas não eram adequadas para aquela aventura. Apesar de serem curtas, as calças e a saia me davam mais liberdade de movimento do que meus trajes de cidade, que tinham pano demais e eram apertados na cintura. Éramos acompanhadas por Covadonga, a cadela caramelo do regimento, que devia o nome a uma heroica escuna que havia participado de um combate naval contra o Peru e a Bolívia. Escapando de uma fragata blindada, a escuna rumou para um fundo marinho de rochas submersas, onde o navio inimigo ficou encalhado e fora de combate. Diziam que a cadela era pequena, valente e astuta como aquela escuna.

Não consigo calcular quanto andamos, mas ao entardecer chegamos a Concón, pequena aldeia de pescadores ao norte de Valparaíso, na foz de um rio caudaloso que nascia nas montanhas a muitos quilômetros de distância e chegava ao oceano inflado por inúmeros afluentes. Já se sabia que a batalha seria travada nos dois dias seguintes, porque os congressistas tinham desembarcado nas cercanias, tal como Eric havia informado. Seria cruenta, mas muito breve, disse o General Barbosa ao discursar para suas tropas.

Rodolfo León me dissera que o presidente aguardava a confirmação da vitória em Santiago, instalado diante do telégrafo. Sua confiança nos generais Barbosa e Alcérreca era tão absoluta que ele decidiu não reunir seu numeroso exército — uma parte estava no sul —, por acreditar que era possível despachar o inimigo com uma fração desse contingente. León comentou que a serenidade habitual de Balmaceda havia dado lugar a um estranho ensimesmamento, a um estado quase hipnótico, no qual não manifestava nenhuma emoção. Nas últimas semanas parecia estar com a mente ausente e o coração fechado. Naqueles dias decisivos para seu governo, estava isolado entre as poucas pessoas em quem confiava e não queria ouvir más notícias; havia dito que preferia desconhecer as decisões extremas de seus comandantes, como se pretendesse lavar as mãos do sangue derramado. Aquela calma lendária, que ele havia cultivado desde o início da sua carreira política, encobria uma sensibilidade quase romântica que interferia em sua ambição como estadista e que lhe parecia um sinal de fragilidade. Pensava com angústia no próximo confronto de seu exército com a esquadra rebelde e nas vítimas inevitáveis, que poderiam somar várias centenas, talvez milhares. Era um homem de profunda retidão moral, não conseguia livrar-se da dolorosa responsabilidade que tinha sobre cada uma daquelas vítimas; devia ter-se perguntado no silêncio de seu sombrio palácio e na imensa solidão do poder se tanto sacrifício valia a pena.

As vivandeiras, com Angelita no comando, acamparam na praia, perto do rio, junto a um terço das tropas, enquanto o restante se dividia em dois grupos para defender as posições nas colinas adjacentes. Digo acampar, mas na realidade os soldados simplesmente ficaram ao relento, nas fileiras que lhes foram indicadas, e nós ficamos a certa distância com o pessoal da saúde e dois médicos, num hospital improvisado.

Os homens estavam famintos. O rancho atrasou, não porque faltassem recursos ao Exército, mas por causa da desorganização e das condições do solo: havia chovido, e as rodas das carroças e as patas das mulas atolavam na lama. Os soldados receberam ordem de largar as mochilas, nas quais carregavam um cobertor e provisões, para formarem as fileiras de combate. Angelita me disse que os veteranos da guerra do Peru estavam acostumados a passar fome, porque em diversas ocasiões os comandantes não tinham planejado a campanha como era devido; não se deram o trabalho de estudar o deserto com antecedência. Muitos soldados morreram de disenteria e diarreia por causa de comida estragada, e outros morreram de sede, porque nem água havia. Era proibido reclamar da comida, o que se castigava com bordoadas.

— Sabe o que aqueles homens mais temiam? Que seus ossos fossem calcinados pelo sol sem sepultura e sem que ninguém se lembrasse de seus nomes — acrescentou Angelita.

Naquela noite em Concón, à fome, à umidade e ao frio se somava o medo silencioso, evidente nos rostos de muitos soldados. Alguns eram muito jovens, pareciam meninos, principalmente os que tinham sido recrutados à força nas áreas rurais do sul e nunca haviam empunhado uma arma. Eu sabia que iam enfrentar um inimigo corajoso e determinado. Durante minha estada no norte, tinha observado de perto os robustos mineiros, temperados como aço pelo trabalho e pela dureza do clima. Muitos deles haviam lutado anos antes na guerra do Peru, e não foi necessário recrutá-los, porque eles se juntaram voluntariamente às forças rebeldes. A repressão que sofreram do governo durante as greves os transformou em inimigos de Balmaceda. Imaginei que, entre o trabalho sem fim de picar pedras e malhar ouro branco e a aventura de lutar e matar, preferiam a segunda. Não se sabia de nenhum que tivesse desertado.

Tanto para os jovens recrutas quanto para os soldados calejados, a espera antes da batalha era dolorosa: mãos agarradas às armas, dentes batendo, olhos vermelhos de cansaço, joelhos bambos, coração retumbando no peito e, naquela longa pausa, a fundamental desconfiança de que iam perder a vida por nada, de que nem a pátria nem Deus importavam, de que iam matar compatriotas e morrer porque eram mandados e, se retrocedessem, também seriam mortos. O que pensavam naquelas horas? Imagino que pensavam em seus humildes lares lá longe, nas mães curvadas sobre o fogão, no beijo de uma garota, num cachorro amigo, num jogo de bola. E eram atormentados pela dúvida inevitável de que nunca mais veriam nada daquilo, de que só veriam o olho preto do fuzil antes de receberem a bala ou o resplendor de uma baioneta ensanguentada.

Fiquei sabendo que havia quase oito mil homens distribuídos em três brigadas, uma na praia e outras duas nas montanhas. Não tenho nenhum conhecimento militar, mas me pareceu que não estavam bem preparados: muitos usavam chinelos e trapos amarrados nos pés por falta de botas ou então porque eram camponeses que nunca haviam calçado sapatos; as armas eram fuzis antiquados e, depois dos primeiros tiros, eles só podiam usar as baionetas como lanças; os canhões eram uns paquidermes que tinham conhecido dias melhores em guerras anteriores. Os oficiais percorriam as fileiras a cavalo, tentando manter o moral elevado, mas até eles pareciam desanimados.

O ordenado do soldado era baixo, e, quando ele tinha família, descontava-se uma parte para mandar à mulher e aos filhos; o que sobrava dava para bebida, fumo e prostitutas. Os castigos eram severos, a vida, muito difícil, e a morte estava sempre rondando. Eles sabiam que, se fossem feridos, o atendimento médico seria mínimo e tardio, muitos acreditavam que se ia ao hospital apenas para morrer. Estavam expostos a doenças venéreas, tifo, disenteria, tuberculose, varíola e infecções de todos os tipos, como o temido inseto que se metia por baixo das unhas dos pés e perfurava a carne. O tratamento consistia em cortar a parte apodrecida com navalha e tapar o buraco com cinza e fumo. Os amputados recebiam meia pensão e uma prótese. As viúvas e os filhos legítimos recebiam uma fração do magro soldo do marido.

— Essa é a paga do Chile, gringa. Não viu quantos indigentes sem pernas ou braços andam por aí pedindo esmola nas ruas? São veteranos de guerra, ora — disse-me Angelita.

— Se as condições são tão ruins, por que eles se alistam? — perguntei.

— No Exército eles têm comida e soldo, mesmo que o pagamento sempre atrase e às vezes nem chegue. Outros são simplesmente capturados. Fazem batidas para recrutar camponeses, que são caçados com cães. Se for preciso, recrutam criminosos e delinquentes. É melhor morrer lutando do que secar na prisão, não acha? — respondeu.

— Suponho que também haja voluntários, Angelita.

— Sim, há jovens sem cérebro que andam com a febre do patriotismo. Foi isso que os motivou contra o Peru e a Bolívia, mas nesta guerra civil a pátria é a mesma para todos. Eles não sabem por que estão brigando e eu também não, gringa, porque, ganhe quem ganhar, nada vai mudar para nós, pobres — disse-me ela, repetindo o que eu tinha ouvido nas minas do norte.

A noite me pareceu interminável, com os congressistas numa margem do rio, e as tropas do governo na outra. Acaso Eric Whelan estaria do outro lado do rio, matutando tanto quanto eu deste lado? Ou teria conseguido se reunir aos correspondentes estrangeiros e estava observando do alto das colinas? Escuridão, assobio do vento, clamor incessante do mar, respiração coletiva de milhares de homens agachados, relincho dos cavalos, vozes, sussurros, tosses. O nevoeiro e as nuvens tapavam a lua, não havia mais luz do que a de algumas lanternas, braseiros e pequenas fogueiras. Chegavam notícias e rumores em voz baixa, em sussurros, dizia-se que os vigias informavam a cada instante a movimentação do inimigo, mas os oficiais estavam hesitantes. Quando dariam ordem de cruzar o rio? Por que não atacavam? Angelita me informou que não podíamos nos mover antes do amanhecer, a visibilidade era péssima, nenhuma batalha é travada à noite. Ficamos sabendo que Barbosa havia decidido esperar que os outros dessem o primeiro passo, porque, quanto mais demorasse o combate, mais tempo teriam para chegar os reforços do sul e de Santiago. Finalmente Balmaceda tinha decidido enfrentar o inimigo com todos os seus regimentos.

Nós, mulheres, passamos aquelas longas horas circulando entre os soldados com nossos cantis e bornais, acompanhadas pela cadela Covadonga, que cumpria o seu dever de transmitir ânimo. Os homens a chamavam assobiando para acariciá-la, e ela respondia lambendo-lhes as mãos. Havia dois capelães, que também passaram a noite entre as fileiras, confessando e distribuindo escapulários de Nossa Senhora do Carmo. Segundo Angelita, pouquíssimos homens daqueles eram crentes e quase nenhum ia à missa, mas na proximidade da morte aferravam-se com fervor supersticioso àquele fetiche de trapo com a imagem da padroeira do Chile; acreditavam que aquilo podia protegê-los das balas como um escudo.

— O inimigo tem os mesmos escapulários com a mesma santinha, ora. Vamos ver qual dos dois lados ela escolhe — comentou Angelita.

Imaginei que, antes de nossa chegada, a área era uma costa aprazível, com praia, areia, arbustos, barracos humildes, barcos e gaivotas, mas a presença de batalhões, animais e artilharia a transformara num lamaçal repleto de buracos e obstáculos. Antes de começar a luta, aquela paisagem bucólica já era uma ruína. Eu estava com as botas e as calças encharcadas, tinha amarrado a barra da saia na cintura, como as outras vivandeiras, a jaqueta era apertada, eu não conseguia abotoá-la e tinha perdido o quepe; meu cabelo era um emaranhado revolvido pelo vento e pela umidade. Como tinha chegado àquele estado? Havia saído de São Francisco como uma respeitável jornalista, tinha me preparado para a viagem, até pondo na mala um vestido de noite e um par de chapéus da moda, sem imaginar que iria acabar dentro de um uniforme sujo, emprestado, no meio de um campo de batalha a milhares de quilômetros de minha casa e de minha família. Poderia morrer lá, e meu corpo apodreceria entre muitos outros, no fundo de um buraco.

Angelita Ayalef instruíra as mulheres: "Primeiro distribuímos café de chicória com bastante açúcar e rum para infundir calor e coragem nesses rapazes e, mais tarde, durante o combate, temos de lhes dar água." De acordo com os manuais militares, as bebidas alcoólicas eram rigorosamente controladas, porque não havia disciplina que funcionasse se as tropas estivessem bêbadas, mas, na prática, eram usadas para tudo, desde matar piolhos até limpar feridas. Nos dias livres corriam sem medida aguardente, rum e *chicha** entre os soldados. Nas guerras anteriores, os chilenos haviam cometido atos de coragem sobre-humana drogados com *chupilca del diablo*, mistura de álcool e pólvora, mas não me consta que Angelita estivesse pondo pólvora nos cantis deles.

Também distribuíamos pequenos pedaços de pão duro para enganar a fome, mas não eram suficientes para todos. Éramos poucas mulheres atendendo milhares de soldados. Parávamos diante dos mais novos, dos mais assustados, perguntávamos de onde vinham, se tinham família ou namorada, o que iam fazer quando voltassem para casa; enfim, tentávamos distraí-los um pouco. "Lembre-se do meu nome, senhorita", diziam alguns. Outros me entregavam uma carta para seus entes queridos com a incumbência de despachá-la caso não sobrevivessem, ou me pediam num sussurro que orasse com eles; não queriam parecer fracos diante dos companheiros, mas o machismo não bastava para

* Bebida alcoólica resultante da fermentação de determinados cereais como o milho, o arroz ou a aveia, tubérculos como a mandioca, ou frutas como o abacaxi, em água com açúcar. [*N. da T.*]

sustentá-los naquela incerteza, e eles precisavam do consolo da religião. Também havia veteranos curtidos durante muitos anos no Exército, homens acostumados ao risco e à exaltação de lutar e matar, calados, impenetráveis, hostis, com olhar duro e expressão indiferente. Esses não precisavam da atenção das vivandeiras.

Na escuridão, só o brilho dos olhos separava os soldados das sombras. Eles cheiravam a suor e roupa molhada. Nenhum dormiu durante aquelas horas.

Aos poucos a noite recuou, e nos primeiros albores da manhã distingui um a um os rostos cansados e abatidos daqueles homens agarrados às suas armas, prevendo o que estava por vir, mais de um implorando aos céus que a morte os poupasse. Alguns tinham cavado valetas na areia, outros mal estavam protegidos por barricadas de última hora. Fui contagiada pelo clima de desolação, por um pressentimento de derrota.

Às sete da manhã daquele dia, 21 de agosto de 1891, quando já estava claro, mas ainda havia neblina, ouvi os primeiros canhonaços dos congressistas na outra margem do rio, seguidos pelos disparos de seus navios da costa. Logo o Exército do governo respondeu, e o canhoneio de ambos os lados tornou-se ensurdecedor, com clarões e explosões que levantavam um dilúvio de areia e pedras, sacudindo o mundo como um cataclismo. Angelita me garantiu que, naquela distância, os canhões não causavam grandes baixas, mas o efeito no ânimo dos soldados novatos foi devastador. Alguns largavam as armas e tentavam escapar, mas eram impedidos pelos companheiros antes que os oficiais os descobrissem. A deserção era paga com a morte, um tiro na testa, a menos que ocorresse em massa, é claro.

A neblina foi se dissipando, e vimos que os congressistas estavam em formação na margem oposta, preparando-se para avançar. Chegou-nos a notícia de que também estavam investindo contra a segunda brigada do Exército nas colinas; atacavam por dois flancos. A cor branca de seus uniformes se mimetizava com a natureza, a fumaça e a neblina; em contrapartida, as do Exército, azul e vermelho, representavam um alvo seguro.

O rio era largo, e no inverno a poderosa corrente arrastava pedras e escombros, mas a infantaria rebelde, instigada por seus oficiais, pulou na água, embora a maioria não soubesse nadar. Os soldados avançaram com grande dificuldade, com a água na altura do peito e o fuzil erguido para não se molhar. A corrente levou muitos deles, enquanto outros caíram sob o tiroteio a que não conseguiam reagir, mas às onze da manhã o restante havia cruzado, e então começou a batalha de Concón.

É impossível descrever o horror da guerra, nada que eu possa relatar se aproxima da realidade, e só posso fazê-lo a partir de minha visão limitada. Talvez os oficiais, do alto de suas montarias, ou os correspondentes da imprensa, nas colinas próximas, percebessem o que estava acontecendo, mas nós, os que estávamos a pé, movíamo-nos às cegas. A ideia de que eu poderia estar mais ou menos a salvo com os outros jornalistas cruzou a minha mente, mas a descartei imediatamente, porque nenhum deles conseguiria experimentar de longe o que eu sentia entre os soldados. Cada homem tem sua história, e milhares deles nunca poderiam contá-la. A mim cabia recolher os fragmentos dispersos daquelas histórias.

Por ordem dos comandantes, o pequeno grupo de vivandeiras devia permanecer perto das tendas da ambulância, que é como designam o hospital de sangue no campo de batalha, até que ele fosse chamado, mas de lá não podíamos ajudar. Nos primeiros minutos ficou evidente que o inimigo estava em imensa vantagem: tinha umas armas novas que nunca havíamos visto, fuzis de repetição de longo alcance, capazes de disparar vários tiros seguidos, enquanto os do Exército, com alcance muito menor, precisavam ser recarregados após cada disparo e ficavam aquecidos depois de poucos tiros, tornando-se imprestáveis. Por maior que fosse a habilidade, a operação de carregar uma arma exigia segundos preciosos, que podiam representar a diferença entre a vida e a morte. Os fuzis dos congressistas causavam estragos, um soldado a cada quatro caía crivado. As linhas de combate eram varridas por uma saraivada de balas. Era uma carnificina.

As fileiras se romperam, os inimigos saltaram as barricadas que os soldados haviam improvisado com pedras da praia, e teve início a luta corpo a corpo. O barulho era estrondoso. Balas, canhonaços, gritos e ordens, berros de dor, gemidos de moribundos, relinchos de cavalos apavorados. O cheiro de pólvora impregnava o ar, nós sufocávamos, tossíamos, alguns vomitavam uma espuma densa. O general Barbosa, como um fantasma esquálido, passou cavalgando com o sabre erguido, enquanto discursava para os soldados, mas sua voz se perdeu no caos. Não o vi de novo, imagino que acompanhou a batalha de cima.

Eu estava apavorada, tremendo de pavor e frio, acocorada, com a cabeça entre as mãos, tentando ficar invisível e me perguntando por que estava lá, por que não tinha ido para Santiago como Eric me pedira, murmurando orações, imaginando tudo o que poderia acontecer comigo, ferimentos terríveis de bala, baioneta ou sabre, acabar amputada, cega, paralítica, desfigurada. Não, meu Deus, se não tiver que viver inteira, por favor, mande um tiro de misericórdia no coração. Mas então duas mãos me agarraram pelos ombros e me sacudiram com vigor. Era Angelita Ayalef, inclinada sobre mim, dizendo algo que eu não podia ouvir por causa do fragor do tiroteio, mas entendi a intenção. Eu a vi caminhar com passo determinado para a frente de batalha e, sem pensar, a segui. À medida que avançava, senti uma onda de calor e fúria nas entranhas, uma força descomunal, um grito de guerra na garganta, esqueci as dúvidas e o medo e me tornei invencível, imortal, protegida por uma armadura mágica.

Angelita e eu andávamos de um lado para outro, agachadas e às vezes nos arrastando. Outras vivandeiras nos seguiram e depois eu soube que algumas tombaram ao lado dos soldados. Eu escorregava na lama, os espinheiros me impediam de avançar, arranhavam meu rosto e rasgavam minha roupa, eu estava molhada de suor, já não sentia frio, ardia de febre. Logo meu cantil se esvaziou, e então me dediquei a dar ânimo aos caídos, embora o socorro que podia lhes dar fosse mínimo.

Ninguém fala da coragem dos padioleiros, que circulavam em pé entre balas e baionetas, dois por padiola, levando os feridos para um pequeno bosque de arbustos curvados pelo vento, onde médicos e enfermeiros, sob toldos de lona, procuravam lhes dispensar os primeiros socorros. Para cada um que talvez sobrevivesse, outro morria, se não ali mesmo, um pouco depois por trauma, hemorragia, infecção, gangrena. As bandagens não eram suficientes, não havia bastante láudano nem morfina, a areia engolia o sangue.

Um soldadinho muito jovem caiu a meus pés e vi uma rosa vermelha brotar em seu rosto; a bala tinha entrado por um olho, e ele ainda estava vivo. Quis correr e chamar os padioleiros, mas Angelita, que estava por perto, indicou com um gesto que o deixasse, já era tarde demais para ele. Ela estava aplicando um torniquete na perna de outro soldado que se contorcia de dor. Sentei-me ao lado do rapazinho e acomodei sua cabeça em meu colo, murmurando a canção de ninar que meu Papo cantava para mim: "*Dorme, meu filho, dorme, meu sol, dorme, pedaço de meu coração...*" E, quando ele adormeceu para sempre, coloquei-o no chão e rastejei até outro ferido, com a roupa e as mãos manchadas do sangue dele, com um tremor no estômago e os olhos nublados de lágrimas e fumaça. Aprendi a deixar os mais graves, aqueles que não iam sobreviver de forma alguma, e concentrar-me em quem podia salvar-se.

Naquele campo de morte tropeçávamos nos corpos dos cavalos inertes, com olhos vidrados abertos, e em outros que estavam vivos, mas não conseguiam se levantar por causa das patas quebradas ou do ventre aberto por um golpe de sabre. Se eu tivesse uma arma, teria dado um tiro de misericórdia nos pobres animais. Alguns cachorros famintos rondavam por perto, atraídos pelas vísceras, mas ainda não ousavam chegar muito perto. Não vi a Covadonga em lugar nenhum. Perdi a conta dos homens que vi morrer, perdi a conta dos que pude ajudar, perdi a conta das horas.

A luta corpo a corpo era muito mais brutal do que o tiroteio, porque era preciso matar e morrer olhando-se nos olhos, abraçados. Os nossos caíam às dezenas, às centenas. Com uma coragem insana, lançavam-se contra os fuzis de repetição de peito aberto, com baionetas caladas e *corvos* chilenos. Um soldado de uniforme branco me avistou na poeira e chegou a me apontar a arma, antes que um de casaco azul lhe cortasse o pescoço com sua faca de açougueiro. Também tive a impressão de ver com o rabo do olho Angelita enristando seu *corvo*, mas pode ter sido miragem.

Já não sei quanto presenciei e quanto imaginei, tudo é confusão e horror em minha memória. Eu não tinha visto a violência e a morte de perto, nada nos meus vinte e cinco anos de existência havia me preparado para tanta barbárie, tanto sofrimento. Enquanto as balas silvavam ao meu redor, e os homens caíam, arrebentados ou desarticulados como marionetes sem cordas naquele inferno indescritível, enquanto cumpria de maneira automática a incumbência que Angelita me havia dado, ressoava em minha mente, com eco de sino, a certeza de que toda aquela crueldade e aquelas mortes eram inexplicáveis, absurdas, inúteis, um desperdício de vida, um jogo sinistro dos homens no poder. Como é possível que desde os primórdios de sua presença neste planeta os homens se matem uns aos outros sistematicamente? Que fatal demência carregamos na alma? Esse afã de destruição é o pecado original.

Angelita havia explicado que o trabalho mais doloroso vem depois da batalha, quando se percorre o terreno recolhendo os feridos, quando fechamos os olhos dos mortos, quando rezamos diante de uma grande cova cheia de cadáveres amontoados uns sobre os outros, todos iguais, unidos no mesmo desconsolo, quando o mundo se enche de pássaros pretos de mau agouro, do fedor de podridão e da fumarada das fogueiras nas quais ardem as carcaças dos cavalos e das mulas. No entanto, nada disso nos aconteceria. Angelita estivera em várias batalhas do Exército chileno, todas vitoriosas, mas na de Concón íamos abandonar nas mãos do inimigo o campo semeado de corpos.

Quanto tempo durou a batalha? Não posso saber com precisão. Parece-me que foi um dia inteiro, ou uma semana, ou para sempre, mas, pelo que me contaram, durou pouco mais de quatro horas antes que ocorresse a debandada das tropas de Balmaceda. Vi alguns soldados virando o casaco do avesso, para parecer branco, e tirando dos congressistas caídos os braçais vermelhos que os identificavam. Não ouvi o toque de retirada dos clarins, acho que ninguém deu a ordem, simplesmente aqueles que não passaram para o lado do inimigo soltaram os fuzis inúteis e dispararam a correr em todas as direções, salve-se quem puder, na frente a cavalaria, seguida pelos que estavam a pé, tanto oficiais como soldados rasos e também nós, vivandeiras.

Angelita Ayalef foi uma das primeiras a perceber que tínhamos sido derrotados, saiu à minha procura no caos do momento, pegou minha mão e me arrastou consigo, porque, se nos apanhassem, não haveria piedade, disse. Corremos e corremos e corremos colina acima, ofegantes, impelidas pelo desespero, imundas, ensanguentadas. Na subida tiramos as saias do uniforme, que estavam grudentas de sangue dos soldados feridos, e continuamos escalando sem mais roupas do que a camisa e as calças. A cavalaria inimiga nos perseguiu por um trecho, e alguns dos nossos caíram baleados pelas costas ou despedaçados por espadas. Soube que mais tarde veio a loucura do triunfo, "o repasse", como chamam a tarefa desumana de matar os feridos. A vitória dos rebeldes foi completa. A derrota do governo também.

Os sobreviventes, abatidos, recuaram em completa desordem na direção de Valparaíso, onde o General Barbosa estava reorganizando seus homens. Nem todos chegaram. Dezenas de feridos ficaram caídos na estrada, e muitos homens desapareceram, imagino que tenham se livrado da farda e desertado, fugindo para o mais longe possível. A noite nos surpreendeu, a Angelita Ayalef e a mim, escondidas no mato de uma ravina. Não sei o que aconteceu com as outras mulheres. Tínhamos escalado as colinas atravessando o matagal, agarrando-nos à densa vegetação, tropeçando e caindo, sem forças. Não comíamos nada desde o dia anterior, mas encontramos uma poça de água deixada pela chuva e matamos a sede sem nos importarmos com o cheiro de podre.

Angelita molhou o lenço e limpou meu rosto, depois tirou um desinfetante do estojo que carregava na cintura e o aplicou em minha testa. Eu não havia percebido que tinha arranhões profundos e uma ferida aberta acima da sobrancelha direita; também tinha sangue nas mãos, mas não sabia se era meu ou de algum dos caídos.

— Vai ser preciso dar uns pontos nesse corte para cicatrizar bem, mas vamos esperar a luz da manhã — disse.

— Pontos?

— Não vai ser a primeira vez que faço isso, gringa. É como pregar botão. Para isso tenho linha e agulha, entre outras coisas — explicou, apontando para o estojo.

Enfaixou minha testa com o mesmo pano úmido e depois nos aninhamos entre duas rochas, cobertas com galhos de um arbusto, tiritando. No começo, o silêncio da noite nos pareceu absoluto, porque tínhamos nos ouvidos o fragor da batalha, mas, quando recobramos o fôlego e nos acalmamos um pouco, conseguimos diferenciar os sons da natureza do eco de vozes, de alguns tiros e do crepitar dos incêndios. Avistamos ao longe um resplendor de chamas e chegou até nós o cheiro inconfundível de madeira queimada. Angelita deduziu que os soldados em fuga estavam ateando fogo às florestas para mostrar o caminho àqueles que vinham atrás, mas achava muito arriscado aventurar-nos no escuro sem conhecer o terreno.

Passamos as horas seguintes abraçadas para infundirmos calor uma à outra, sem conseguirmos dormir, apesar de estarmos mortas de cansaço e não termos descansado na noite anterior. A umidade da costa, o frio e o terror de sermos descobertas nos mantiveram alertas. Nossas roupas estavam molhadas, os pés, tão gelados que não os sentíamos, e no estômago havia um vazio angustiante.

— O que eu não daria por um pedaço de pão! — comentei.

— Não pense nisso. Enquanto tivermos água, estaremos bem. Fome se aguenta — disse-me.

— Quanto tempo se aguenta? — perguntei.

— Nas serras do Peru aprendi a mascar folhas de coca, como os *cholos.* Com isso conseguia passar vários dias sem comer nem descansar. Mas aqui não se acha.

— Você teve uma vida muito dura, Angelita. A guerra é um tormento — comentei.

Minha amiga me contou que se uniu ao Exército no último ano da guerra contra o Peru e a Bolívia, sem saber com clareza o que fazia, só queria ficar perto de Manuel, seu marido. Tinham se casado fazia apenas quatro meses quando ele foi convocado pelo Exército. Ela o esperou um bom tempo, mas, assim que apareceu uma oportunidade, uniu-se às vivandeiras.

— Mas no Exército não se escolhe nada, a gente obedece às ordens, só isso, e nunca me aconteceu de estar perto de Manuel — disse-me.

— Fale-me sobre ele — pedi.

— Era um bom homem e um bom soldado. Morreu na batalha de Huamachuco. Não pude ficar com ele, não pude enterrá-lo, não sei o que aconteceu com o corpo dele, pode ter acabado numa vala comum, como milhares de outros chilenos e peruanos que ficaram lá. Espero que Deus tenha tido misericórdia dele, que tenha morrido rápido. Talvez houvesse uma mulher ao seu lado, como eu estive com outros moribundos.

— Sinto tanto, Angelita! Por que você continuou no Exército depois de ficar viúva?

— Para onde vou? Não tenho outra vida além desta — respondeu.

— Isso é muito perigoso. Você pode morrer com um tiro ou espetada por uma baioneta. Você mesma me disse que as prisioneiras são estupradas e assassinadas.

— É por isso que a gente precisa correr como coelho. Não deixe que te apanhem com vida — replicou.

— Você nunca sente medo, Angelita? — perguntei.

— O tempo todo, mas não penso nisso. Quero cair de pé — respondeu.

Pouco depois ouvimos barulho na folhagem, algo que parecia ser muito maior que um rato ou um coelho. Angelita indicou por sinais que deveria ficar em silêncio e agarrou seu *corvo*, pronta para nos defender caso se tratasse de um inimigo, embora fosse improvável que alguém tivesse nos seguido até lá. Esperamos alguns minutos imóveis no escuro, mal respirando, até que de repente soou um breve latido, e a fiel Covadonga saiu ao nosso encontro. É difícil descrever o alívio que sentimos ao abraçá-la. A pobre cadela estava tão assustada e faminta como nós.

Por fim, já muito tarde, conseguimos dormir algumas horas com Covadonga entre as duas, transmitindo-nos seu calor. Naquela noite aprendi que sou mais forte e resistente do que imaginava. Quando achava que não poderia suportar nem mais um minuto o frio, a fome e o medo, fechava os olhos e pensava em meu Papo me mostrando o mundo num mapa, em minha mãe amassando o pão da caridade, em Eric Whelan, meu melhor amigo, com um lápis na orelha comentando alguma notícia. Eu não soube realmente quem sou até que as circunstâncias me pusessem à prova.

Ao amanhecer, o ar ainda estava impregnado de cheiro de fumaça, mas reinava uma calma que nos pareceu sobrenatural. Acordamos num mundo pacífico, ouvimos o trinar dos pássaros, o farfalhar de patinhas de roedores nos arbustos, o rumor da brisa entre as árvores e a presença tranquilizadora da cadela. O céu ficou limpo desde cedo, e apareceu um sol tímido de agosto, que não nos aqueceu, mas levantou nosso ânimo.

— Ainda bem que você não tem espelho, gringa. Está horrível — disse Angelita, rindo.

Retirou a minha bandagem improvisada, limpou o ferimento, que já sangrava muito pouco, e se preparou para costurá-lo. Eu não conseguia abrir o olho afetado, minha cabeça doía, eu estava desorientada e com tanta fome que não era capaz de pensar em outra coisa, mas Angelita cortou minhas queixas pela raiz, não tinha paciência para bobagens e me mandou agradecer aos céus por estar viva e ainda ter um olho são. "Melhor caolha que cega", foram suas palavras de consolo enquanto me costurava com vários pontos de alfaiate. Bebemos água da mesma poça, e à luz do dia vimos que ela continha girinos, sinal de que não estava envenenada; engolir um girino não é nada grave.

Angelita lembrou ou adivinhou o caminho pelo qual havíamos chegado a Concón dois dias antes e me garantiu que em poucas horas estaríamos em Valparaíso. Começamos a andar com cautela, até entendermos que os congressistas não haviam aproveitado a vitória para dar caça aos derrotados; provavelmente tinham ficado no campo de batalha, recolhendo seus feridos e enterrando seus mortos, ou então haviam embarcado de novo. Por precaução evitamos a estrada e seguimos pelo mato, sem perder de vista o mar, que nos servia de bússola. Reconhecemos a paisagem, apesar dos trechos de floresta queimada. Algumas horas depois topamos com alguns soldados do Exército que tinham conseguido sair da batalha ilesos ou com ferimentos leves e se dirigiam para o sul, onde estava o general Barbosa.

Conforme calculado por Angelita, chegamos a Valparaíso ao anoitecer e lá nos despedimos, ela foi se juntar à tropa, seguida por Covadonga. Imaginei que grande parte da população civil havia fugido para cidades próximas ou ido para Santiago. A cidade estava ocupada pelo aparato militar, soldados, cavalos, petrechos e veículos por todo lado. Os hospitais estavam sobrecarregados com centenas de vítimas de Concón, e havia sido ativado um serviço de ambulatório em escolas e hospedarias. Formaram-se grupos de voluntários para saírem em busca dos feridos e dos que tinham morrido na fuga. A cada pouco passavam, rumo ao cemitério, carros fúnebres com seu triste fardo e uma nuvem de moscas zumbindo por cima.

Eu quis me alojar no mesmo hotel em que havia ficado antes e onde estavam o comando militar e outros jornalistas, mas me avisaram de que não havia quartos disponíveis. Acredito que minha aparência tenha assustado o gerente; aquela mendiga de cara arranhada, um olho fechado, curativo ensanguentado, calças de homem e blusa imunda não se parecia em nada com a elegante senhorita estrangeira que estivera lá alguns dias antes. Ele nem entregou minha mala, embora eu lhe tenha mostrado a identificação que sempre carrego comigo. Quando estava discutindo com aquele homem inamovível, que ameaçava me tirar à força do hotel, apareceu Rodolfo León, bendito seja, que demorou um minuto para me reconhecer antes de interceder por mim.

— Não pode ficar aqui sozinha, Emilia. Precisa consultar um médico e se tratar. Está ferida! — exclamou.

— Estou bem, Rodolfo. Só preciso de comida e cama.

— Deixe-me ajudá-lo. Venha para minha casa — ofereceu.

— De jeito nenhum! Como vou incomodar sua família... — respondi, porque já havia aprendido que no Chile não se aceitam favores sem antes recusar pelo menos duas vezes.

— Não é incômodo, muito pelo contrário — respondeu ele, seguindo o protocolo habitual nestes casos.

— Não é um bom momento, Rodolfo, você já tem muitos problemas — insisti, embora desejasse de todo coração aceitar o convite.

Esse intercâmbio durou alguns minutos, como era o correto ali, depois me deixei conduzir à sua casa, que ficava empoleirada numa colina e era bem mais modesta do que eu tinha imaginado, mas contava com uma vista panorâmica do porto. Fui recebida por Sara, sua esposa, jovem amável e organizada, mãe de um menino, que não deu mostras de surpresa ao ver minha aparência.

Ao finalmente me encontrar em lugar seguro, senti que desmoronava por inteiro; minhas pernas se dobraram e caí de joelhos, com o rosto entre as mãos, soluçando e gemendo sem controle, de volta a Concón, aprisionada ao campo de batalha, com os mortos e os feridos e o sangue e a pólvora, com aqueles rapazes infelizes clamando na agonia, com os corpos varados por baionetas e a praia semeada de membros decepados por tiros de canhão. Tantos homens sofrendo e morrendo, tantas mulheres chorando, tantas crianças sem pai.

Sara revelou-se muito sábia, apesar da juventude. Ajoelhou-se ao meu lado, sem me tocar, e me acompanhou calada até que fui vencida pelo cansaço e fiquei enroscada como um recém-nascido no chão, molhada de lágrimas.

— Chore, Emilia, isso vai lhe fazer bem... — balbuciou.

— Os mortos... Aqueles pobres rapazes sangrando até morrer... Nunca me deixarão — acho que murmurei.

— Você vai aprender a conviver com a memória deles, Emilia. Está arrasada, coitadinha, deixe-me ajudá-la.

Levantou-me do chão e, abraçando-me, conduziu-me à cozinha, onde me preparou uma taça de vinho quente com canela, raspas de laranja e açúcar, que teve a virtude de me tranquilizar.

— Agora vou limpar seu rosto e verificar esse ferimento — anunciou.

Sem me dar oportunidade de discutir, retirou cuidadosamente o pano com o qual Angelita havia me enfaixado e começou a me lavar com água morna e sabão. Explicou que o olho estava intacto, mas eu não conseguiria abri-lo por alguns dias, era preciso esperar que a inflamação diminuísse.

— Quem fez esses pontos? — perguntou, surpresa.

— Uma vivandeira amiga minha.

— Bom trabalho. Não é uma ferida profunda, mas vai demorar algumas semanas para sarar. Precisa mantê-la limpa para não infeccionar — disse, aplicando uma gaze com fenol diluído em água.

O líquido doeu, porém menos que os pontos de Angelita, e aguentei sem reclamar, pensando no sofrimento dos ferimentos que havia visto em Concón; o meu não era nada, comparado àquilo.

— Precisa comer alguma coisa e recobrar as forças. Se soubesse que viria, teria feito um bom guisado — disse Sara, e colocou na minha frente um prato com um ensopado espesso de batatas e legumes.

No esforço de caminhar até Valparaíso e enfrentar o recepcionista do hotel, eu tinha esquecido a fome, mas, diante do aroma da comida, voltei a sentir o vazio doloroso no estômago como um soco e me precipitei sobre o delicioso cozido com a ansiedade de um náufrago.

Mais tarde pedi a Sara que cortasse meu cabelo, porque desembaraçar aquele ninho de galinha teria sido uma tarefa eterna, porém para ela aquilo equivalia a uma mutilação. Combinamos que cortaria até o ombro; depois ela me preparou um banho, ajudou a lavá-lo e me penteou com imensa paciência. Ah, que prazer mergulhar na água quente! Senti que renascia. Sara me emprestou uma saia, que me chegou às panturrilhas, blusa e roupa de baixo. Olhei-me no espelho pela primeira vez: meu rosto era um melão amassado.

Fiquei na casa dos meus amigos até o dia seguinte, enquanto Rodolfo recuperava minha bagagem e conseguia um quarto em algum lugar. Dormi tanto que o filho de Sara lhe disse que eu estava morta. O gato da família tinha morrido dias antes, e o menino achava que a morte é contagiosa. Naquelas horas tive tempo de me recuperar do cansaço e de pensar. Tinha ido cobrir a guerra com muita ignorância, disposta a observá-la de prudente distância, mas a guerra havia me engolido com sua goela de dragão. As crônicas de interesse humano, que meu editor queria para entreter leitores indiferentes a dez mil quilômetros dali, eram ridículas e ofensivas diante da realidade que eu vivera em Concón. Achei que nunca mais ia poder escrever sobre assuntos frívolos, como havia feito tantas vezes antes. Nada me interessaria o suficiente, porque nada poderia se comparar ao que eu acabava de presenciar naquela praia. Lá me familiarizei com o medo visceral, aquele que se instala nos ossos e fica de tocaia, pronto para nos assaltar ao menor pretexto. Depois de conhecê-lo de perto, percebi que já não conseguia me livrar dele. A paz do lar de Sara e Rodolfo León, com o barulho da criança e o cheiro da cozinha, era uma paz ilusória, uma pausa na violência do mundo.

Daquela casa no morro pude ver um breve combate de dois navios dos congressistas que planejavam tomar a cidade, mas os poderosos canhões do forte de Valparaíso os dissuadiram rapidamente, e eles recuaram mar adentro, sem sofrerem avarias. De longe, pareciam brinquedos na imensidão do horizonte. Enquanto isso, chegavam de trem à cidade milhares de soldados que vinham do sul para reforçar o Exército, quase todos muito jovens. Os generais Barbosa e Alcérreca preparavam-se para enfrentar os rebeldes com tropas frescas, como me explicou Rodolfo. O termo me pareceu chocante. Homens sem nome nem rosto, descartáveis, carne fresca destinada ao matadouro.

Tomei conhecimento das tremendas perdas que o Exército sofrera em Concón e da represália selvagem que se seguiu à batalha. Os vencedores liquidaram os feridos, arrasaram o hospital de sangue, fizeram dois mil prisioneiros, apoderaram-se da artilharia, de milhares de fuzis e munições e engrossaram suas fileiras com centenas de desertores.

Angelita Ayalef tinha razão quando me obrigou a escapar; se tivessem nos agarrado, também não teriam piedade de nós.

Saí da casa de León, onde tinha sido tão bem acolhida, e me alojei numa pensão do porto, conseguida por Rodolfo com sua influência, que era muita. Não havia quartos livres na cidade.

10

Durante os dois dias que se seguiram à derrota de Concón, a imprensa internacional se despejou em massa em Valparaíso, onde o Exército iria travar a batalha decisiva pelo poder. Havia correspondentes da Europa, do México, da Argentina e dos Estados Unidos. Entre eles finalmente reencontrei Eric Whelan, de quem me havia separado em junho em Iquique. Tivéramos pouquíssimo contato por algumas cartas e telegramas que me chegavam pelo escritório de Patrick Egan e mensagens que eu lhe enviava, sempre usando o código ridículo que havíamos concebido. Ao vê-lo de longe, com sua cabeleira ruiva e sua cara de irlandês esfarrapado, meu coração deu um salto, e descobri que naqueles dois meses tinha sentido terrível saudade dele. Ele também me viu, e nós dois corremos para nos abraçar com inusitada urgência. Emilia!, Eric!, repetíamos e, numa dessas exclamações, acabamos nos beijando. Foi um beijo interminável ou talvez muitos beijos seguidos, o necessário para ambos admitirmos que estávamos apaixonados. Não sei se aquilo aconteceu naquele instante ou se vinha sendo gestado havia muito tempo. Nossa amizade era tão sólida, tão prática e fácil, que nenhum dos dois a interpretara como amor, mas naquela guerra alheia sempre tivemos dúvida de que algum dia nos veríamos de novo. A possibilidade de isso não acontecer seria insuportável para nós. O plano original de nos separarmos para cobrir mais terreno se revelou absurdo, qualquer um dos dois poderia ter morrido sem conseguir se despedir, sem descobrir que nos amávamos, como disse Eric quando, finalmente, mais calmos, nos sentamos numa confeitaria diante de xícaras de chá para nos pormos em dia sobre os acontecimentos das últimas semanas.

— O que aconteceu com você, meu amor? — perguntou ele, acariciando meu rosto com delicadeza.

— Não sei exatamente, acho que fui atingida de raspão por uma bala ou caí quando estava fugindo de Concón, não senti nada. O olho está melhor, já posso abrir um pouco.

— Poderiam ter te matado, Emilia, e eu teria ficado para sempre com a tristeza deste amor que não chegou a se realizar — disse-me, emocionado.

— Mas isso não aconteceu, Eric. Aqui estou, viva e disposta a viver muito — respondi, beijando-o depressa, para não chamar a atenção de outros fregueses.

— Espero que viva muito tempo comigo. E que aprenda a me dar ouvidos de vez em quando. Eu pedi, por favor, que se refugiasse na embaixada americana.

— Você teria feito isso? A ação está aqui, Eric. Não me peça que faça o que você não faria — respondi.

Contei a Eric o que havia vivido em Concón, a derrota e a represália bárbara dos congressistas, o modo como se encarniçaram, matando médicos, enfermeiros e socorristas, estraçalhando as pessoas com espadas, até as mulheres. A bordo de um navio, ele não havia presenciado o horror de frente.

— Como pode haver tanto ódio entre compatriotas, Eric?

— Foi assim nos Estados Unidos. Na guerra civil morreu mais gente do que em todas as guerras que tivemos. O país ficou muito ferido, e acho que nunca vai cicatrizar — disse ele.

— Você acha que os chilenos também vão se odiar para sempre? — perguntei.

— O ódio permanece adormecido sob a superfície e volta a brotar intacto se as circunstâncias ajudarem. É assim nos Estados Unidos; somos um país dividido.

Então me contou o que havia acontecido em Lo Cañas enquanto eu me preparava para ir atrás das tropas de Barbosa rumo a Concón.

Lo Cañas era uma fazenda a poucos quilômetros de Santiago, cujo dono, um dos aristocratas mais poderosos do país, estava refugiado numa embaixada estrangeira. Ele era o principal dirigente do Comitê Revolucionário de Santiago, cujos membros pertenciam, na maioria, a famílias ricas; eram jovens e estavam inflamados pelo conflito que dividia o Chile, mas não tinham experiência militar. Estavam dispostos a correr riscos pela exaltação da aventura e porque sempre tinham gozado da impunidade que sua posição social lhes garantia. Os jovens decidiram reunir-se na fazenda, onde se organizariam para cortar o telégrafo e as pontes de acesso a Santiago, para impedir que o Exército se concentrasse na defesa da cidade. Era uma ideia tão audaz quanto insensata, uma vez que o presidente havia dado ordem de atirar em qualquer um que se aproximasse das pontes sem a devida autorização. Não sabiam que o general Barbosa tinha sido informado do plano e estava preparado para enviar soldados a Lo Cañas.

— Os detalhes do que aconteceu lá são arrepiantes, Emilia. O governo levou a cabo uma carnificina tão brutal quanto a perpetrada pelos congressistas em Concón. Torturaram todos antes de massacrá-los. A crueldade é igual em ambos os lados — disse-me Eric.

— Quem são esses monstros? Nenhuma das pessoas que conheço seria capaz de cometer tais atrocidades — afirmei.

— Está enganada, Emilia. Os mesmos que se persignam na missa podem ser sanguinários se estiverem em grupo e tiverem um pretexto. Um dos mandamentos divinos é não matar... a não ser na guerra. A crueldade se alimenta de mais crueldade.

— Nenhum animal age assim. Os animais só matam por fome e para defender suas crias — disse eu.

— Em quase todas as espécies os machos lutam. A humanidade não é diferente. Nunca haverá paz, Emilia. A violência é o vício dos homens.

Eric acrescentou que o massacre havia horrorizado o país. Até os fanáticos partidários do governo denunciaram os crimes como atos de inconcebível barbárie, enquanto os opositores se uniram numa só voz para clamar vingança. Os primeiros são enfraquecidos pela vergonha, e os outros são fortalecidos pela raiva. O dia 19 de agosto será uma data inesquecível, porque nesse dia o presidente Balmaceda perdeu a guerra. Nenhuma vitória militar pode apagar essa derrota moral.

Levei Eric para o meu quarto no mesmo dia em que nos encontramos. Em circunstâncias normais, teríamos agido com mais prudência, mas na guerra o tempo se enreda, e tudo adquire urgência imediata. Hoje não podemos esperar, porque talvez o amanhã nunca chegue. As convenções sociais também desmoronam, e a opinião do mundo deixa de importar. Graças à infinita tolerância do meu Papo, gozei de uma liberdade pouco usual numa jovem solteira; posso ter provocado mexericos, mas não provoquei escândalo. No entanto, naquele dia de agosto em Valparaíso, quando dois exércitos se preparavam para um confronto final, e o fragor da guerra era percebido no ar como uma vibração surda, não pensei em minha reputação, só pensei em fazer amor com Eric antes que a violência nos separasse. Peguei a mão dele e levei-o ao meu quarto sem pedir sua opinião, e com a mesma ousadia fulminei a proprietária, viúva mal-humorada, que tentou nos deter porque aquela era uma casa respeitável, como balbuciou intimidada.

Os hotéis da cidade estavam ocupados pelos militares, por políticos e pela imprensa. Minha pensão se localizava num nível um pouco mais elevado do que as desastrosas tabernas e pousadas para marinheiros, que eram pagas por hora e muitas vezes ofereciam mulheres. Em Valparaíso, cidade de colinas íngremes, já existiam alguns funiculares que tinham sido instalados uns dez anos antes, mas, para subir à minha pensão, só havia uma escada de degraus desgastados entre duas fileiras de casas. Era um velho casarão de madeira precariamente pendurado no morro, decrépito, atravessado por correntes de ar e inóspito, o oposto da asseada morada das irmãs francesas, onde me hospedava em Santiago. Em situação normal, eu precisaria dividir o quarto com outras duas pessoas, mas Rodolfo negociou um só para mim. Nas cartas a meus pais batizei-a de pensão das pulgas, e foi assim que a apresentei a Eric.

Às cinco e meia da tarde já era noite, e soprava aquela perene ventania invernal do mar que incita à tristeza. Subimos pela escada empinada, eu na frente com um lampião, ele atrás com uma mão em minha cintura. Agradeci que a luz fraca revelasse pouco da pobreza e da sujeira. O quarto era pequeno, com um teto tão baixo que era preciso movimentar-se com cuidado para não bater a testa em alguma viga. Estava gelado porque não havia carvão para o braseiro, cheirava a peixe, e desconfio que roedores furtivos se escondiam nas frinchas da madeira. Para meu asseio, eu contava com uma jarra de água, uma pia e um penico. A única latrina, que servia para todos os hóspedes, ficava no fundo do quintal, o que era costumeiro no país; só as famílias de alta renda tinham banheiros modernos em casa. O colchão de crina estava tão desgastado que as molas da cama se cravavam nas costelas, e não sei se tinha percevejos, porque eles não me picam, não gostam do meu sangue. Nesse cenário sórdido, Eric e eu teríamos de inventar o amor perfeito.

Owen Whelan era um bom instrutor nas possibilidades do prazer, ensinou-me a conhecer meu corpo e o dele, a superar o pudor, a pedir o que quero, a dar tanto quanto recebo e a participar do amor com a alegria inocente das crianças. Essas lições, tão úteis ao fazer amor com ele, foram um estorvo em outras ocasiões, porque me tornaram mimada e exigente. Desde então admiti poucos visitantes em minha intimidade, não muitos — por que me gabar? —, que, quando comparados com Owen, saíam perdendo. Nesse sentido, posso dizer que Eric foi uma exceção, porque o amor ilumina e transforma tudo. Eu estivera apaixonada pelo irmão dele, é verdade, mas foi como tentar agarrar com a mão um peixe na água. Ele afirmou desde o início que se tratava de uma aventura breve, mas não acreditei. O que senti por ele não foi apenas um capricho, demorei vários meses para superar a decepção, e isso talvez tenha me deixado desconfiada em relação ao amor até aquele dia memorável em que Eric e eu nos beijamos na rua.

Quando conheci Owen, chamou-me a atenção o fato de ele ser tão diferente de Eric na aparência e na personalidade, e a explicação que ele me deu foi que seu irmão era o produto melhorado de um deslize da mãe, porque não podiam ser filhos do mesmo pai. Essa diferença também se notava no amor. Owen era um mestre na prática, livre e leve como um pássaro, enquanto seu irmão era inexperiente, intenso e sentimental. Para Eric, nosso encontro foi desde o início um compromisso formal, e isso me tornou indulgente, achei que poderia ajudá-lo a conhecer meu corpo, enquanto explorava o dele. Podíamos guiar-nos mutuamente. Eu faria isso aos poucos e com cuidado, porque a autoestima dos homens é muito frágil, como me advertiu certa vez Omene, a ousada dançarina exótica; é preciso fazê-los acreditar que sabem mais que nós, principalmente na cama.

Cresci entre mulheres: minha mãe, as amigas dela, as vizinhas, as trabalhadoras de pão e outras que afluíam à nossa casa, onde a porta estava sempre aberta. Chegavam para descansar um pouco, depois de realizar suas tarefas, sentavam-se em círculo para costurar, tricotar e conversar. Às vezes rezavam, se fosse preciso pedir clemência divina para um doente ou celebrar um santo importante, outras vezes ouviam em silêncio minha mãe, que lia para elas capítulos dos romances de vingança e despeito de Brandon J. Price, mas em geral aproveitavam aquele breve interlúdio de sua esforçada existência para trocarem confidências. Quando eu era pequena, me encolhia num canto para espiá-las, porém mais tarde pude fazer parte do círculo. Aquelas mulheres falavam de tudo, riam em coro, algumas choravam, todas ofereciam conselhos e, se fosse o caso, agiam em equipe. Em La Misión havia vários homens violentos que enchiam a cara de tequila e depois arremetiam contra a mulher e os filhos, a menos que as guerrilheiras do círculo saíssem em defesa das vítimas, armadas de rolos de massa e conchas. Em todos aqueles anos, nunca ouvi menção a relações carnais. Não se pronunciava jamais a palavra "sexo". Por pudor, cada referência a esse assunto era velada e salpicada de eufemismos tão rebuscados que, se eu não tivesse contado com meu Papo, teria chegado aos vinte anos com amplo conhecimento da reprodução das galinhas, mas sem suspeitar de como os humanos se viravam para a mesma coisa. Minha mãe me criou como havia sido criada pelas freiras: a alma pertence a Deus, o corpo, ao diabo, e com a mente é preciso ter muito cuidado. Quando meu corpo começou a mudar durante a puberdade, corri para meu Papo em busca de respostas. O que lhe pareceu ofensivo explicar-me com palavras, ele me mostrou em seus livrecos. Da polinização das flores, passamos por vários capítulos antes de chegarmos aos mamíferos, mas, até conhecer Owen, tive de me limitar a desenhos anatômicos de homens esfolados com músculos e ossos à vista, mas de cuecas.

Estou mais bem informada do que as moças decentes, cuja virtude é medida pelo tamanho da sua ignorância, mas ainda assim o assunto me constrange. Não posso falar dele, mas talvez possa escrever.

Arrastei Eric para o quarto da pensão das pulgas com o propósito evidente de fazer amor, mas, chegando lá, perdi de repente qualquer vestígio de audácia e me vi tremendo de frio, agarrada ao lampião. Eric parecia tão perturbado quanto eu e, depois de fecharmos a porta atrás de nós, demorou alguns minutos eternos para tirar a luz das minhas mãos e a capa pesada de meus ombros, para me envolver num abraço e beijar-me de novo. Achei lisonjeira a sua voracidade, mas ela teria contribuído muito pouco para despertar minha paixão se eu não estivesse à sua espera, úmida de antecipação e tonta de amor. Não estou exagerando, sentia uma palpitação furiosa no estômago e tremor nos joelhos. A pressa não é recomendável nesses casos, mas Eric e eu precisávamos nos desafogar, antes de pormos em prática a primeira lição, que consiste em prolongar ao máximo as carícias antes de prosseguir para o momento definitivo. O maior prazer está nos preâmbulos, que dão tempo para limpar a mente de pensamentos que distraem. Normalmente estou cheia de pensamentos, meu Papo diz que sempre tive um refogado de ideias cozinhando dentro de minha cabeça e, naquela ocasião, eu carregava também a lembrança horrível da recente carnificina que havia vivenciado em Concón.

Eric não teve dificuldade para me despir porque não uso espartilho, e minha blusa não tinha vinte botões minúsculos, como era moda, mas cinco grandes. Também não estava usando botinas com cadarços nem uma torre de cabelo próprio recheado de cachos alheios, bastava tirar três grampos para eu ficar com o cabelo cortado por Sara esparramado nos ombros, em vez da cabeleira comprida até a cintura que minha mãe cultivou desde a minha infância como símbolo de feminilidade.

Deixei-me levar para a cama, onde Eric me abraçou, tirando minha roupa aos puxões. Ele cheirava a tabaco e suor doce de homem novo. Apesar da pouca luz, pude apreciar sua pele delicada e a penugem suave em seu peito. O que ele descobriu ao me ver? Não sei, porque nunca me vi nua num espelho, mas, se agradei aos homens, espero não tê-lo decepcionado, apesar de estar longe do ideal feminino: tenho poucas curvas e demasiadas linhas longitudinais, mãos fortes e pés de caminhante. Meu Papo garante que sou tão bonita quanto minha mãe, mas a opinião dele não vale. Se eu tivesse cara de sapo, ele me acharia linda. Sou sua princesa.

Minha cabeça estava abarrotada de imagens pavorosas, eu não podia fechar os olhos sem me ver novamente manchada de sangue, sufocada pela fumaça, sacudida pelo estrondo das armas e pelos gritos de dor. Fazia várias noites que dormia aos sobressaltos, atormentada por pesadelos com rapazes destroçados e cavalos agonizantes, e não sabia que assim seriam minhas noites durante muito tempo. Tive a sorte de sair ilesa da batalha, mas as feridas da memória demorariam muito para cicatrizar. Ninguém que tenha experimentado a guerra volta a ser a mesma pessoa; algo fundamental muda quando enfrentamos a crueldade sistemática e a morte brutal. Perde-se para sempre a inocência. No entanto, o amor pode ser mais determinante que o horror, e, apesar do trauma de Concón, pude juntar-me à paixão de Eric, sustentada pelo ardor exigente da juventude.

Nós nos abraçamos com desespero, e em poucos minutos ele acabou em cima de mim com um longo gemido. Senti o peso de seu corpo desfalecente e sua respiração em meu pescoço, murmurando palavras de amor e de desculpas por não ter me esperado. Mas ainda era cedo, tínhamos muitas horas pela frente, antes que a luz do dia nos devolvesse à realidade.

Eric adormeceu por alguns minutos, e nesse tempo consegui me tranquilizar um pouco e entender que, na vertigem do desejo, tinha agido com a imprudência contra a qual o irmão dele havia me prevenido meses antes. O medo da gravidez ou de uma daquelas doenças que ninguém ousa nomear costuma arruinar completamente o mais romântico dos amores, algo que ficou muito claro para mim desde que meus seios brotaram quando eu tinha quatorze anos e minha mãe me martelava o terrível risco da sensualidade.

— Não deixe nenhum homem tocar em você, Emilia. A gente começa de mãos dadas e termina numa cloaca. A ruína da mulher está em se entregar à impudicícia da carne — pregava Santa Molly, certamente pensando em sua própria experiência com o Romeu chileno.

Eu sei me cuidar usando o meio limão de borracha dado por aquele médico com nariz cor de berinjela, mas estava na bolsa, e eu não tivera privacidade para colocá-lo até que meu parceiro adormecesse. Quando acordou, Eric acendeu o lampião em cima de uma cadeira próxima à cama para me ver melhor, como disse. Começou a me acariciar, extasiado com a suavidade de minha pele, com os seios firmes, o ventre liso, as pernas longas e outros atributos normais numa mulher da minha idade, mas que lhe pareciam excepcionais e ele descrevia com a eloquência do amor, recitando-os como uma canção. Beijou-me no pescoço, nos mamilos, no umbigo, no sexo, ofegante, contagiando-me com seu desejo e disposto a me dar o prazer que me faltara momentos antes, mas deve ter sentido minha inquietação, porque se deteve antes de me penetrar.

— Não tenha medo, vou cuidar de você, tiro na hora certa. Desculpe se não fiz isso antes — murmurou entre dois beijos.

— Não é necessário, não vou ficar grávida. Mas não posso me proteger de uma doença... — disse-lhe.

— Nunca tive nada disso! — exclamou ofendido.

— Preciso perguntar, Eric.

— Estou vendo que você tem experiência — respondeu, magoado.

— Não sou virgem nem tonta e suponho que você também não — respondi, fechando sua boca com a minha para impedir que estragássemos com assuntos prosaicos a oportunidade de nos amar.

Todos temos um jardim privado onde guardamos segredos, arrependimentos, ressentimentos que nos envergonham e também as lembranças preciosas que desejamos preservar intactas, porque, ao serem partilhadas, esmigalham-se como pão na sopa.

Nunca tentei invadir o jardim de outra pessoa, porque defendo zelosamente o meu. Nele guardava minha aventura com Owen Whelan e parecia-me inoportuno confessá-la naquele momento. Pensava em começar do zero e construir um amor duradouro com Eric, de modo que, mais cedo ou mais tarde, teria de lhe contar o que vivi com o irmão dele, porque uma omissão de tal magnitude seria uma fissura profunda nos alicerces de nossa relação. Ia lhe doer, embora aquilo tivesse acontecido muito antes de a ideia de nos apaixonarmos pairar no ar, por isso me calei naquela noite; tínhamos pouquíssimo tempo, eu não poderia empaná-lo com ciúmes e incompreensão. Não quis feri-lo. Acreditava conhecer Eric muito bem, sua inteligência, sua retidão, seu toque de cinismo, porém no amor revelaram-se para mim a delicadeza de sua alma e a solidão de seu coração. Os ombros largos e o nariz quebrado de homem duro escondiam grande vulnerabilidade.

— Eu não sabia, Emilia, mas te esperei a vida toda. Lembro-me da primeira vez em que te vi na sala de Chamberlain, bonita, muito séria e digna, com um horrível pássaro morto no chapéu. Você me conquistou quando te vi esvaziar o brandy na escarradeira — disse-me Eric.

— Ah! Achei que você estava com raiva porque ia ter de dividir o caso Arnold Cole comigo — lembrei.

— Gostei de tudo em você, segurança, inteligência; achei que podíamos ser bons colegas.

— E amantes, talvez? — insinuei.

— Não. Eu estava acostumado com a solidão, com minhas rotinas de solteirão; a ideia de dividir a existência com uma mulher me assustava. Nunca imaginei que pudesse existir essa alegria. Como pude viver tanto tempo sem amor? — disse-me.

— Não é tanto assim, Eric. Você tem trinta e seis anos; acho que lhe faltam vários para a decrepitude da velhice — respondi.

— Estou falando sério, não brinque. Agora que te encontrei, não tenho a intenção de te soltar nunca mais. Case-se comigo — implorou.

— Quando? — perguntei rindo.

— Amanhã. Diga que sim.

— Estamos em guerra, Eric! — exclamei.

— Por isso mesmo não podemos esperar — argumentou.

— O medo de morrer não é motivo para casar — disse eu.

— É a melhor razão de todas — insistiu ele.

— Olhe, se sairmos vivos desta, pode me propor isso de novo. Mas aviso que não vou largar meu trabalho e que não gosto de criança, elas são uma amolação.

— Crianças? Não é um pouco prematuro para falar disso? — comentou, surpreso.

— Estou avisando porque tive de ajudar minha mãe a criar meus três irmãos e aprendi que a maternidade exige muitos sacrifícios e oferece pouquíssimas recompensas — expliquei.

— Você pode mudar de opinião, Emilia. Não gostaria de ter filhinhos ruivos? — perguntou-me com uma piscadela travessa.

— Não.

— Bom, por que estamos fazendo planos de longo prazo? A vida nos surpreende o tempo todo — disse ele.

— E a morte também nos surpreende a qualquer momento — acrescentei.

Minha mãe teria dito que fizemos amor como coelhos, mas seria exagero. Fizemos como qualquer casal apaixonado, que tem a primeira oportunidade de amar-se a sós e algumas horas para fazê-lo. Por volta da meia-noite por fim adormecemos debaixo dos ásperos cobertores de lã que cheiravam a cachorro molhado, tão estreitamente abraçados que eu não sabia onde terminava meu corpo e começava o dele, de quem eram estes braços e estas pernas, se o sonho era meu ou o mesmo de nós dois. O amor recém-inaugurado manteve afastados os espectros de Concón, que esperaram sua vez de me atormentar nos cantos escuros do quarto.

Eric e eu tivemos três dias em que o inverno e a guerra recuaram para nos dar uma trégua. Enquanto outros correspondentes passavam dia e noite atentos ao telégrafo e às notícias que chegavam da capital, entrevistando os oficiais e informando seus jornais e revistas, evitamos nos aproximar dos locais onde a imprensa estava aquartelada. Sem acordo prévio, nenhum de nós entrou em contato com o *Examiner*, de modo que não ficamos sabendo das mensagens frenéticas de Chamberlain, que, não obtendo resposta nossa, imaginou que havíamos morrido na revolução. A cidade inteira estava apreensiva, preparando-se para a próxima batalha, enquanto nós dois aprendíamos o amor.

No primeiro dia acordamos aturdidos por uma intimidade absoluta que nenhum de nós havia experimentado antes, como um casal de idosos que conviveu durante uma longa vida. Aquela sensação de confiança antiga contrastava com a novidade da paixão física que havíamos vivido horas antes, quando ficamos nus pela primeira vez. Na luz leitosa do dia, que se filtrava pelas frestas das venezianas sacudidas pelo vento, examinei Eric com curiosidade: os cabelos ondulados, o mapa de sardas douradas no rosto, que de longe parecia um eterno bronzeado de férias, os olhos sonolentos cor de avelã, os cílios escuros, o nariz quebrado de bandoleiro, a boca delineada e quase feminina, o queixo forte. Assim, entregue e sem defesas ao meu escrutínio, pareceu-me muito jovem e sensível, diferente do homem autoconfiante que eu acreditava conhecer tão bem. Ele também me observava com a intensidade de um retratista.

— Tenho tanto medo de te perder! — murmurou, tocando com delicadeza o curativo colocado por Sara sobre o ferimento, que, apesar dos arrebatamentos da noite, continuava no lugar.

Encolhidos debaixo dos cobertores, defendíamo-nos do frio opressivo do aposento, mas por fim, forçados pela fome, tivemos de nos mover. Ele saiu da cama primeiro e vestiu as calças e calçou as botas com pressa, tiritando. Precisou quebrar a crosta de gelo do jarro de água para lavar o rosto e as mãos. Depois me ajudou a pôr as meias, a blusa e a anágua coberta com a manta. Joguei água gelada no rosto e prendi meu coque desgrenhado com os grampos.

Eric precisava trocar de roupa no hotel, onde se hospedava num quarto com alguns outros jornalistas ingleses. Concordamos que, por mais desconfortável que fosse, meu alojamento era a única coisa disponível com alguma privacidade. Não convinha que nos vissem juntos; ele estava mais preocupado com minha reputação do que eu. Achei que meu atrevimento de me entregar abertamente ao amor assustaria Molly Walsh: sua filha tinha virado uma mulher ruim. Meu Papo, em compensação, entenderia que, naquelas circunstâncias, não havia espaço para frescuras. De qualquer modo, evitamos o centro da cidade e nos limitamos aos bairros mais afastados, onde poderíamos andar de braços dados.

Ao pé da longa escadaria que subia a colina em direção à nossa pensão ficava El Condorito, baiuca onde se vendia pão fresquinho a qualquer hora do dia. Tomávamos o desjejum com chá, queijo e aquele pão cheiroso; comíamos comida fresca nos balcões do mercado. Eric não tinha provado peixe desde a adolescência, quando era a única coisa que ele e o irmão tinham, e, só de pensar nisso, sentia repugnância, mas naquele mercado popular descobriu a diferença entre aquilo de que se lembrava e um peixe com escamas reluzentes, recém-saído do mar e frito em azeite com pimentão e cebola.

Eric precisava ficar num dos navios da esquadra, já que lhe cabia passar informações sobre os rebeldes, mas desembarcou em Valparaíso num barco, protegido pela escuridão. Confessou que fez aquilo com o único propósito de me encontrar, porque fazia várias semanas que não recebia notícias minhas e temia, com razão, que eu tivesse desobedecido às suas instruções de procurar refúgio seguro. Conseguiu se registrar na imprensa internacional antes de me ver na rua e abandonar seu dever para se dedicar a mim, mas, depois daquela primeira noite juntos, a luz do dia lhe devolveu o senso de responsabilidade.

— Passei estes meses informando Chamberlain só sobre os congressistas. Preciso falar com os soldados de Balmaceda para ter uma ideia mais completa do que está acontecendo na frente de batalha, mas o acesso é muito limitado — disse-me.

— A imprensa tem acesso — lembrei-lhe.

— Desconfiam de mim, porque estive com os rebeldes. Não gostam do que publiquei no *Examiner*. Estou na lista negra, como inimigo do governo.

— Se fosse assim, você já estaria preso — falei.

— Sou jornalista com salvo-conduto dos Estados Unidos, suponho que por isso ainda não puseram as mãos em mim — explicou.

— Tenho uma ideia — anunciei.

Enquanto Eric recuperava sua bagagem, fui ver Angelita Ayalef, que pude encontrar facilmente, porque todos a conheciam. Não estava acampada com as tropas de Barbosa e Alcérreca, como eu esperava, mas servindo no hospital para onde iam os derrotados de Concón. Tinha conseguido outro uniforme e estava limpa, parecia que tinha acabado de tomar banho. Não era a única, vi várias vivandeiras circulando entre as centenas de feridos que enchiam até os corredores. A maioria dos homens jazia em enxergões no chão, muitos com as roupas rasgadas e ensanguentadas, tremendo de febre e frio.

— Olá, gringa, parece que não vai perder o olho. Na próxima semana vou tirar os pontos, e essa costura vai ficar bordada em ponto-cruz — disse minha amiga.

— Que horror, Angelita! — exclamei, apontando para as pessoas no chão.

— Para esses rapazes pelo menos há esperança. Os que não conseguiram escapar e os que ainda estão jogados no caminho não têm nenhuma — comentou.

— Já se passaram vários dias, não deve haver mais ninguém vivo...

— É difícil morrer — respondeu secamente.

— Já se sabe quantas baixas houve em Concón, Angelita?

— Ainda não. É difícil calcular. Várias centenas morreram ali mesmo, e os feridos graves não são contados, mas vão morrer por estes dias. Os outros fizeram muitos prisioneiros e também houve oficiais e soldados que desertaram. Isso não é mencionado para não semear pânico, mas todo mundo sabe. Imagino que você tenha vindo ajudar — disse-me.

— Não posso, Angelita, me perdoe.

— Por quê?

— Descobri que estou apaixonada — balbuciei, vermelha de vergonha.

— Por quem? Barbosa? — perguntou rindo.

— Por um amigo que conheço há algum tempo. É um repórter da Califórnia, como eu. O nome dele é Eric. Quero estar com ele porque não sei o que vai acontecer — expliquei.

— O que vai acontecer é outra batalha e será pior que Concón, mas desta vez vamos vencer — garantiu.

Angelita concordou em conversar com Eric, e uma hora depois nós três nos encontramos numa taberna do porto. Serviram-nos um prato típico de Valparaíso, uma verdadeira bomba chamada *chorrillana*, digna de um magnata, que consistia em uma camada de batatas e cebola fritas, linguiça e carne bovina, tudo coroado por ovos e regado com um vinho que rascava a garganta e, segundo Angelita, dissolvia a gordura do intestino.

Precisei funcionar como intérprete, porque naqueles meses entre chilenos Eric tinha aprendido apenas algumas palavras de espanhol, que serviam para comunicar suas necessidades essenciais, mas entendia muito pouco o sotaque do país. Angelita lhe contou que os reforços que estavam chegando de trem eram de soldados muito jovens e sem experiência, não haviam passado pelo batismo de fogo, mas superavam em número o inimigo, e que o general Barbosa tinha escolhido um local inexpugnável, chamada Placilla, a poucos quilômetros de Valparaíso. Ali haviam posicionado a artilharia pesada e erguido barricadas.

Ao anoitecer, Angelita nos levou até onde estava aquartelado um dos batalhões. Continuavam chegando tropas, e havia tanto movimento de gente e equipamentos que quase ninguém notou nossa presença, e pudemos passar algumas horas entrevistando os soldados, em cujo ânimo pesava como uma lápide o desastre da batalha recentemente travada. Ficamos sabendo que somavam cerca de nove mil e quinhentos soldados.

— Não é verdade que eles têm vantagem numérica, porque os congressistas têm mais de onze mil homens. Além disso, eles estão mais bem armados. Têm canhões Gebirgskanone — informou-me Eric, depois de nos despedirmos de Angelita.

— Canhões? Como vão levá-los colina acima? — perguntei.

— São de montanha, completamente desmontáveis. Eles transportam as peças em mulas e as montam com facilidade nas posições adequadas. Isso vai ser um massacre, Emilia — disse-me ele.

— Não temos certeza do que vai acontecer. Pode ser que os generais cheguem a um acordo... — sugeri com pouca convicção.

— A luta é inevitável, só falta saber quando vai acontecer. Não posso estar ausente, Emilia, por isso vim para o Chile — explicou.

— Não sou capaz de participar de outra batalha, Eric. Você não sabe o que é isso. Por favor, fique comigo... — implorei.

— Não posso. Você tem de se pôr a salvo, mas eu preciso me unir às tropas rebeldes — repetiu.

— Está louco, Eric?! Teu lugar é com a imprensa. Você é um observador imparcial, esse é o teu único papel — insisti.

— Não vamos discutir, Emilia, temos pouco tempo, precisamos aproveitá-lo — disse-me.

11

Não estive na batalha de Placilla que, segundo me disseram, foi a mais sangrenta de todas as travadas pelo Chile desde a sua fundação e a mais cruel, porque se enfrentavam camaradas que haviam lutado ombro a ombro na guerra anterior e nas campanhas da Araucânia: chilenos contra chilenos, irmãos contra irmãos. Um pouco mais tarde, quando foi possível fazer um inventário do horror, calculou-se que, na guerra civil, haviam morrido em poucos meses mais homens do que nos quatro anos de guerra contra o Peru e a Bolívia.

Na noite de 27 de agosto, Angelita foi à minha pensão para nos avisar que havia chegado a hora da verdade, pois ambos os exércitos estavam posicionados a tão pouca distância que cada um podia ouvir as conversas do inimigo e sentir o cheiro da fumaça do seu cigarro. Abraçou-me brevemente e saiu correndo para se juntar às outras vivandeiras. Eric estava pronto, fazia alguns dias que esperava esse momento, dividido entre o entusiasmo de fazer amor o tempo todo e os ímpetos da impaciência de experimentar de uma vez por todas a demência da guerra. Proclamava-se racional e pacifista, mas, como quase todos os homens, havia sucumbido ao fascínio da violência.

Às cinco da manhã nos despedimos, depois de termos passado boa parte da noite amando-nos em alguns momentos e discutindo a guerra em outros; ele, com um pé na porta para ir embora, e eu argumentando que, se me amava de verdade, devia ficar.

— Prometa que vai se cuidar e voltar inteiro — implorei, agarrando-me ao paletó dele, quando percebi que era inútil continuar insistindo.

— Vou me cuidar, não se preocupe. E você me prometa que não vai sair do quarto e vai manter a porta fechada até eu voltar.

— Sim, sim.

— Prometa, Emilia! Você tem de me esperar aqui. Voltarei assim que puder e aí vamos nos casar, ouviu? — disse-me, desvencilhando-se dos meus braços.

Despedi-me dele na porta com um último beijo e o vi dirigir-se para as escadas do morro com a mochila pendurada num ombro e uma lanterna na mão, e, quando a noite o engoliu, senti sua ausência como uma rajada de vento gelado no peito.

Eric Whelan foi um dos poucos correspondentes que não procuraram proteção no local destinado à imprensa, distante das balas, mas suficientemente perto para dar testemunho do que acontecia em Placilla. Ainda era jovem e se sentia imortal, não tinha vivido o bastante para imaginar a morte. Misturou-se aos soldados congressistas com facilidade, porque no norte fizera vários amigos entre os oficiais, conhecera o general Del Canto, que dirigia a esquadra, e os comandantes de todos os navios. Achou que, depois de ter convivido com eles durante semanas de ócio e espera, bebendo e apostando nas cartas, seu lugar como repórter era entre eles, onde sempre disse que estaria, onde teria experiência direta do confronto. Ia compondo mentalmente os informes que enviaria ao *Examiner*.

Despediu-se de mim com a certeza de que voltaria em breve à pensão das pulgas, e eu estaria esperando para nos casarmos. Tínhamos dito, meio a sério e meio de brincadeira, que eu seria sua guia na cama. Admitiu que não sabia nada de amor romântico e pouco de sexo, que não tivera oportunidade de aprender nada sobre isso. Eu também não tinha vasta experiência, mas concordamos que pelo menos o superava em imaginação e ousadia. Contou-me que aos dezessete anos, morando em Nova York, trabalhava durante o dia e frequentava uma escola noturna, onde se apaixonou por uma jovem professora, sem desconfiar que ela era namorada de seu irmão. Pouco depois ela engravidou e se casou com Owen, deixando-o com o coração partido. Foi para o mais longe possível de Nova York para não presenciar a felicidade do irmão e distanciar-se da cunhada.

Na Califórnia, ganhou a vida com publicidade, como tinha feito antes, até conseguir emprego com o senhor Chamberlain e rapidamente se tornou o melhor repórter do *Examiner*. O gosto pelo trabalho e o ritmo frenético de São Francisco o curaram do amor frustrado em tempo hábil. Na cidade, ainda não assentara o pó do ouro fácil, e reinava uma desordem impaciente de empresários gananciosos, políticos e policiais corruptos, imigrantes e marinheiros de todas as cores, mulheres de vida airada e pregadores apocalípticos. Era o lugar perfeito para o jovem jornalista. Perdoou o irmão e arrancou a professora do coração, mas nunca superou a timidez com as mulheres. Garantiu que, se eu não tivesse cruzado seu caminho no momento certo, ele teria continuado como solteirão empedernido pelo resto da existência.

Talvez o mais honesto de minha parte tivesse sido aproveitar aqueles dias em que nos contamos a vida para confessar o que havia acontecido entre mim e o irmão dele, mas nossa felicidade era frágil e preciosa, eu não queria colocá-la em risco para tirar um peso da consciência. Sentia-me culpada por não lhe ter dito logo de início, e a cada dia que passava essa omissão se parecia mais a uma mentira, e meu fardo se tornava mais pesado. Eric foi para Placilla com meu último beijo nos lábios, e eu fiquei com um vazio no estômago e uma agitação de presságios no coração.

O campo de batalha não se revelou como Eric tinha imaginado pelas descrições bem regadas a álcool que tinha ouvido no norte, entre os marinheiros da esquadra insurgente. Até aquele momento, não tinha ideia do que significava mobilizar tropas, milhares e milhares de soldados, ambulâncias, armamentos, mulas e cavalos, comida para homens e animais, barracas de campanha e até água para beber.

Os batalhões dos congressistas tinham marchado do acampamento perto de Concón e estavam formados ao pé das colinas de Placilla, cada homem atento, fuzil nas mãos crispadas, rosto ansioso, impaciente para começar a ação. Os canhões alemães, montados às pressas, estavam posicionados na distância apropriada. Eric perdia de vista a multidão de uniformes, a infantaria e os cavaleiros. Estavam muito próximos das posições do governo, em campo aberto. Os generais Barbosa e Alcérreca tinham posicionado seus homens no lugar perfeito, uma meseta protegida entre as colinas em forma de semicírculo que fechavam a estrada para Valparaíso, com um outeiro no meio para defesa da cavalaria, terraços naturais para a artilharia e ravinas que desciam quase paralelas como um leque, íngremes e muito perigosas para a infantaria inimiga, que ficava exposta por todos os lados ao tiroteio de cima.

Diante daquela topografia abrupta, que parecia impossível de escalar, Eric se perguntou, horrorizado, o que se passava pela mente do general Del Canto, que devia estar mandando seus homens para um massacre, e lembrou-se do que havíamos concluído certa vez, quando falamos daquela guerra que nos cabia presenciar: ódio e mais ódio, milhares de vítimas, de mães desconsoladas, viúvas e órfãos por nada, por uma rivalidade política, pela divisão ilusória do poder. Era um delírio.

Ao amanhecer do dia 28, quando acabava de clarear, pouco depois de me despedir de Eric, fui ao hospital oferecer meus serviços. Pedi à dona da pensão que dissesse a Eric para onde eu tinha ido, caso ele fosse me procurar antes de eu voltar. A cidade inteira já estava alerta, porque os dois exércitos tinham começado a atirar, e ouviam-se em surdina os canhonaços ao longe. A primeira luz de um sol tímido de agosto iluminava o horizonte, mas persistiam a umidade e o frio da noite, que senti nos ossos. Eu precisava de uma xícara de chá e comer alguma coisa, mas El Condorito estava fechado e provavelmente assim ficaria o dia todo. O padeiro, como o restante da população, aguardava atrás de portas e postigos trancados. Depois do que vivera em Concón, eu não me achava capaz de presenciar a dor e a morte que havia vislumbrado pouco antes no hospital, mas iria ser necessária toda a ajuda possível quando começassem a chegar as vítimas de Placilla. O mínimo que eu podia fazer naquelas circunstâncias era oferecer meus serviços de limpeza ou qualquer trabalho pesado que quisessem me atribuir. Isso me pareceu preferível a ficar trancada, à espera de notícias, como havia prometido a Eric. Eu não teria suportado a angústia.

O hospital tinha mais de cem anos de existência, era uma construção vetusta de tijolo e alvenaria, com pintura descascada e paredes manchadas por um século de sofrimento. Era dividido em área geral, que ocupava a maior parte do prédio, pavilhão feminino e outro isolado para loucos, mas fazia uma semana que tudo estava destinado aos feridos. O necrotério ficava no porão e também tinha sido superlotado pela guerra; os corpos se amontoavam onde houvesse espaço. No pátio me encontrei com outras mulheres que estavam lá com a mesma intenção de ajudar, algumas de evidente classe alta, a julgar pelas roupas de boa feitura e pelo ar de superioridade que as distinguiam das demais. Vi Sara León e corri até ela.

Uma freira alta, com ombros largos de estivador, trepou num banquinho e, de lá, se apresentou como irmã Gerda, enfermeira-chefe, e nos deu instruções básicas em tom militar e com leve sotaque estrangeiro.

— Se alguém aqui se assusta com sangue e gritos, que vá embora agora mesmo. Ninguém vem aqui para olhar ou rezar, só para trabalhar. Precisamos de braços fortes. Todos os médicos, enfermeiros e até os dentistas e veterinários de Valparaíso foram convocados. Uns operam e amputam, outros tratam ferimentos e cicatrizações; as senhoras só obedecem a ordens, lavam o chão, o sangue, os vômitos e o cocô. Entenderam? As vovós deem um passo à frente.

As mulheres de mais idade obedeceram.

— As senhoras vão ajudar na cozinha. Também irão cuidar de arrumar os cadáveres para despachá-los com dignidade para o outro mundo. Levante a mão quem pode conseguir colchões, travesseiros, cobertores, panos para bandagens e fumo. Às vezes a única coisa que um moribundo pede é um cigarro. Quem pode fornecer comida quente? Transporte?

Várias saíram para buscar o necessário, e a nós, que ficamos, foi dada indicação de onde deixar chapéus e casacos e foram fornecidos aventais de mangas compridas para proteger as roupas; depois, fomos distribuídas pelos pavilhões. As salas eram escuras e mal ventiladas, com janelas pequenas que deixavam passar pouquíssima luz, mas estavam limpas. Fazia vinte anos que nos hospitais da Europa e dos Estados Unidos era obrigatória a lavagem minuciosa das mãos dos cirurgiões e dos instrumentos, o uso bandagens esterilizadas e a pulverização de fenol para eliminar bactérias do ar; assim tinham sido drasticamente reduzidas as infecções e a gangrena, que antes matavam a maioria dos pacientes com ferimentos abertos. Onde antes imperava o fedor nauseante de pus e putrefação, agora se respirava o cheiro medicinal dos desinfetantes. Naquele recinto antigo e pobre de Valparaíso, a assepsia era tão rigorosa quanto nas melhores clínicas da França e da Inglaterra. As camas eram catres de metal com surrados colchões de crina, mas os lençóis, embora cinzentos e quase transparentes pelo uso e pelas múltiplas lavagens, estavam limpos. Suponho que em tempos normais enfatizava-se a ordem e o asseio, mas a guerra tinha convulsionado o hospital como um vendaval de caos e padecimento. Não consegui imaginar onde iriam acomodar as novas vítimas da batalha que estava sendo travada naquele mesmo dia a curta distância. Sara León me disse que estavam montando barracas militares nos pátios.

Na noite anterior, haviam chegado ao hospital vários médicos estrangeiros pelos barcos do porto. Arregaçaram as mangas para trabalhar ao lado de seus colegas chilenos e organizaram transporte para cuidar de alguns pacientes a bordo. Às sete e meia da manhã notícias de Placilla iam nos chegando a cada dez ou quinze minutos. As forças rebeldes tinham atacado pela frente e pelos flancos com todas as suas brigadas e suas reservas. O general Barbosa opunha resistência tenaz. O vento nos trouxe o cheiro acre da pólvora e da fumaça dos canhonaços e dos incêndios.

Foram chegando os primeiros feridos das tropas do governo, que se somaram aos que já tínhamos de Concón. O processo começava com a seleção dos mais graves que ainda podiam se salvar; esses eram levados imediatamente para as mesas de operação, e os demais esperavam. As freiras e os enfermeiros aplicavam torniquetes, lavavam e desinfetavam feridas, imobilizavam fraturas e davam pontos. Tudo escasseava: macas, éter, clorofórmio, morfina, desinfetantes, bandagens limpas. Os feridos gritavam de dor, e a ajuda que podíamos lhes dar limitava-se a láudano, aguardente e rum. Apesar da urgência e da pressa, cada um desempenhava seu papel, só eu dava voltas desorientada. Sara León foi encarregada de vários barris de bebida alcoólica que ela nos distribuía em cantis para dar aos pacientes, único alívio no indescritível desconsolo de cada um.

Um dos primeiros soldados que tive de embriagar era um rapaz com o braço estilhaçado. Tinha sido atendido pelo veterinário do clube hípico, o mais famoso consertador de ossos da cidade, que também havia extraído a bala com a destreza de um mágico, mas, quando seu paciente acordou do éter, a dor era brutal. Eu estava nisso, dando-lhe goles do meu cantil, quando apareceu diante de mim a figura imponente da irmã Gerda.

— Disseram que a senhora fala inglês. Venha comigo — ordenou, entregando-me um pedaço de sabão. — Lave bem as mãos, até os cotovelos. Vai dar assistência ao dr. Whitaker, que não fala espanhol.

Ficou vigiando para ver se me lavava direito e depois me conduziu para trás de uma pesada cortina de encerado, que isolava uma das salas de cirurgia improvisadas.

De repente me vi diante de uma cena dantesca, iluminada pela luz esbranquiçada que se filtrava por duas janelas estreitas. Sobre uma bancada de madeira com tampo de metal jazia o paciente, seguro por dois atendentes corpulentos. Suas calças tinham sido cortadas para serem retiradas, ele estava coberto apenas pela camisa, e vi que a parte inferior da perna direita estava destroçada até o pé. No chão havia uma espessa camada de serragem que não conseguia absorver tudo o que jorrava da mesa, que evidentemente já havia sido usada para operar outros infelizes.

Whitaker, o cirurgião inglês, com as mangas arregaçadas e um avental de encerado manchado, parecia-se um pouco com o que Eric seria daí a uns quinze anos: alto, forte, cabelos ruivos agrisalhados e costeletas abundantes cobrindo grande parte das bochechas. Tinha amarrado um lenço na testa, como um pirata, para evitar que o suor caísse sobre seus olhos. Reparei imediatamente em seus braços musculosos e nas mãos enormes e vermelhas, mãos de açougueiro. Seu assistente, um médico chileno de sobrenome Tobar, muito jovem e magro, parecia um estudante; estava limpando com desinfetante a área acima do joelho do paciente.

— Administre o clorofórmio — ordenou-me o inglês sem levantar os olhos.

— Eu nunca fiz isso — balbuciei.

— Então o que está fazendo aqui?! — gritou.

A irmã Gerda pegou a máscara e me explicou o procedimento. Precisava administrar o suficiente para fazer o ferido dormir e dar-lhe mais durante a cirurgia, se necessário. Avisou que uma dose excessiva podia causar sérios danos ao coração ou aos pulmões.

— Respire profundamente, meu filho. Calma. Não tenha medo, não vai sentir dor, tudo vai ficar bem — disse ela ao ferido com um tom doce de mãe, bem diferente do seu jeito habitual de falar com o resto do mundo.

Em poucos segundos, o homem estava inconsciente, e ela me deu as últimas instruções.

— Controle o pulso e observe bem a cor da pele — pediu-me, mas eu não tinha ideia de como fazer isso.

A freira saiu apressada, deixando-me tão assustada que minhas mãos tremiam. O jovem médico deu uma piscadela de cumplicidade.

— Não sei tomar o pulso. Vim para limpar o chão... — murmurei com um fio de voz.

— Calma. Eu estou atento aos sintomas. A senhorita cuida só do clorofórmio — disse-me ele, enquanto recolocava o torniquete na coxa do rapaz adormecido sobre a mesa.

Felizmente o inglês não entendeu o que estávamos dizendo e não tomou conhecimento de minha angústia e de minha falta de jeito. Traduzi as poucas frases que os dois médicos trocaram durante a operação. Presenciei a amputação com um espasmo no estômago e náuseas, que me assaltavam em ondas, fazendo um esforço imenso para me manter em pé e cumprir a tarefa que me havia sido designada.

O cirurgião fez um profundo corte circular na carne, separou a pele e os músculos rapidamente, empurrou-os para cima, e apareceu o fêmur. O ferimento se inundou de sangue, apesar do torniquete, e o outro médico passou a fechar os vasos com pinças e a absorver o sangue com esponjas. O paciente continuava inconsciente, mas tive a impressão de que gemia e, sem vacilar, dei-lhe mais clorofórmio para inalar.

— Serra — disse o inglês, e eu não sabia traduzir, porque não conseguia me lembrar dessa palavra em espanhol, mas o dr. Tobar sabia exatamente o que fazer.

Então pude apreciar as manzorras e os braços fortes do inglês, que com três passadas certeiras cortou o osso. Decisão, sangue-frio, rapidez, as marcas do bom cirurgião. Um dos atendentes retirou a perna descartada e a atirou numa bacia onde zumbiam moscas e já havia outros pedaços humanos que eu não quis ver. O médico chileno passou a suturar os tecidos e a enfaixar o coto, deixando um dreno.

— Nove minutos — destacou o inglês, olhando para o relógio de parede.

— Muito bem, dr. Whitaker — aprovou o chileno, e eu traduzi.

— Não, doutor. Antes da invenção da anestesia isso era feito em três minutos. Não há razão para agora demorarmos mais.

— Antes da anestesia, a rapidez era essencial. Agora podemos ser mais cuidadosos.

— Acha que não fui cuidadoso? — perguntou o inglês bruscamente.

— Eu não disse isso! Quis dizer que antes muitos morriam pelo trauma, além de infecções.

— Ainda morrem. Mas esse rapaz é forte e vai viver — concluiu o cirurgião.

— Acho que está acordando — interrompi.

Verificaram que o paciente tinha pulso normal, e os atendentes o levaram numa maca. Logo o jovem iria sofrer os vômitos produzidos pelo clorofórmio e a horrível dor da amputação.

— Pode conseguir uma xícara de chá? — pediu o inglês, lavando as mãos numa bacia de água com cloro, preparando-se para a intervenção seguinte.

Nas horas seguintes a batalha de Placilla se decidiu. Às dez e meia da manhã, as tropas do governo recuaram em debandada, e o inimigo iniciou uma perseguição feroz, que deixou o terreno semeado de novos cadáveres e feridos. Nessa etapa final mataram os generais Barbosa e Alcérreca. Eu não soube em detalhes como foram mortos, mas nos chegaram rumores de que haviam sido desonrados com crueldade e de que os soldados derrotados estavam sendo assassinados metodicamente.

As vítimas iam chegando às centenas ao hospital, às barracas de campanha, às ambulâncias improvisadas e até às casas de algumas famílias que aceitaram recebê-las. Soubemos que o hospital ambulante dos congressistas, que havia atuado com eficiência exemplar na batalha de Concón e contava com uma equipe bem treinada de seis cirurgiões, dez internos e trinta atendentes, além de duzentas macas e não sei quantas mulas, estava atendendo os casos mais urgentes em Placilla, mas havia sido organizada a transferência dos seus feridos para Valparaíso. Calculo que naquelas horas nos chegaram pelo menos quatrocentos soldados do general Del Canto. Não sei quantas foram as baixas do governo.

Ao saber da derrota, Sara León despediu-se de mim e partiu depressa para juntar-se ao filho. Não sabia nada sobre o marido. Temia por ele, porque havia muito pouca esperança de que os jornalistas que tinham apoiado Balmaceda fossem poupados. Rodolfo havia fundado seu jornal para defender a democracia liberal, exaltar a figura do presidente e divulgar suas conquistas. Durante os meses da guerra, o jornal havia atacado em cada página os congressistas insurgentes. Nada disso seria perdoado a Rodolfo León.

Lembrei-me de Eric sem me preocupar demais, porque ele estava entre os vencedores e porque eu mesma estava tão ocupada, tentando ajudar no hospital, que não me sobrou tempo para pensar em mais nada. Até aquele momento, atendíamos por igual os feridos de ambos os lados. Não importava a cor do uniforme, todos recebiam o mesmo cuidado de acordo com a gravidade, mas depois do meio-dia daquele

28 de agosto tudo mudou. Os maqueiros nos traziam os feridos das tropas dos congressistas com uniformes brancos em farrapos e ensanguentados, e deixavam de lado os sobreviventes do exército derrotado, que só seriam recolhidos muito mais tarde. Os vencedores tiravam os pacientes das camas para acomodar os seus; muitos que poderiam ter sido salvos foram deixados sem atenção até morrer.

Ninguém nos avisou, no hospital, que o governo tinha perdido a guerra, não foi necessário, porque ouvimos os sinos das igrejas e um estrondo de salvas e canhonaços de triunfo. A maioria da população apoiava os congressistas, e as pessoas saíram às ruas para comemorar, agitando bandeiras chilenas; as mulheres, vestidas festivamente, misturavam-se às hordas de soldados embriagados de vitória e violência.

De longe, ouvi explosões, tiros para o alto, relinchos de cavalos, barulho de vidros quebrados, gritaria. Imediatamente começaram os incêndios do comércio e das casas dos partidários de Balmaceda. A fumaça densa e escura penetrou em todos os lugares. Não tive tempo de me alarmar, porque estava muito ocupada com os feridos que iam chegando um após outro e porque supus que o hospital fosse um lugar seguro. Como os feridos congressistas recebiam atenção prioritária, concentrei-me nos de uniforme azul e vermelho que iam ficando caídos nos pátios e nos corredores, e foi assim que encontrei Angelita Ayalef.

Eu a distingui de longe por causa da cadela Covadonga, que estava ao lado dela, em meio àquele pesadelo de sofrimento humano. Minha amiga estava deitada no chão, com as costas apoiadas num paredão, era a única mulher entre os homens, a única trazida naquelas horas. Ainda vestia o uniforme e carregava o barrilzinho das vivandeiras e o estojo de instrumentos médicos, mas havia perdido o quepe, e suas tranças pretas estavam cobertas de sangue. Aproximei-me, chamando-a repetidamente, mas ela não levantou a cabeça, que estava inclinada sobre o peito. Com um grito preso nas entranhas, agachei-me a seu lado, repetindo seu nome, Angelita, Angelita, mas ela já não me ouvia, sua alma estava se afastando. Levantei sua cabeça e vi seu rosto exangue, cinzento, pálpebras fechadas, boca entreaberta e uma espuma rosada deslizando para o queixo, mas ela ainda respirava. Afastei com delicadeza a cadela, que tentava lamber seu rosto, e abri sua jaqueta em busca do ferimento, que não encontrei. Quando fiz isso, foi como se a frágil estrutura que a sustentava tivesse desmoronado, e o corpo inerte de uma boneca de pano caiu em cima de mim. Segurei-a nos braços, dizendo-lhe bobagens, que logo iam atendê-la, que respirasse, que o médico estava para chegar, que ela ia ficar bem, que por favor não me deixasse, que pelo amor de Deus não morresse, Angelita, Angelita.

Ela nunca recobrou a consciência e em poucos minutos morreu em meus braços. Não percebi de imediato, porque estava chorando, embalando-a, chamando-a, repetindo uma ladainha de palavras sem sentido. Quem sabe quanto tempo se passou, até que em algum momento senti a mão firme da irmã Gerda me sacudindo.

— Deixe-a, já não pode fazer nada por ela, precisamos da senhora na cirurgia — disse-me.

E então, quando me separei do corpo de Angelita e a deitei de lado no chão, vi a parte de trás da jaqueta rasgada de cima abaixo e encharcada de sangue. Tinham-lhe dado uma espadada por trás.

— Troque o avental, lave as mãos e volte ao trabalho — ordenou-me a freira e, depois de breve pausa, acrescentou no tom maternal com que se dirigia aos seus pacientes que lamentava muito a morte da minha amiga.

Que destino tiveram as outras vivandeiras? Não soube se algumas sobreviveram ao massacre. Senti que as tinha traído, que por covardia não estive com elas; não quis voltar a viver o horror de Concón. Estava viva porque naquela ocasião Angelita me pegou pela mão e me obrigou a correr e correr, não escapou sozinha, levou-me consigo. Se tivéssemos estado juntas em Placilla, talvez ela tivesse feito o mesmo e, na tentativa de me ajudar, teria se salvado daquela terrível espadada que lhe rasgou as costas.

Angelita Ayalef não temia a morte, mas também não a procurava. Acho que realizou seu desejo de cair de pé, mas isso não era consolo para mim.

Eric sabia que o exército de Balmaceda havia sido reforçado por tropas vindas do sul e de Santiago, mas com o moral quebrantado pela derrota de Concón e pelo medo dos novos fuzis de repetição alemães, cujo efeito devastador eles já haviam sofrido. Os homens tiveram vários dias para reagrupar-se e descansar, mas também para calcular perdas, feridos e desertores, aqueles que tinham fugido ou passado para o inimigo. O general Barbosa não conseguiu incutir-lhes a confiança que haviam perdido. Os soldados congressistas, em contrapartida, exaltados pela vitória anterior, pareciam indiferentes aos tremendos obstáculos do terreno em Placilla.

Assim que o dia clareou, o general Del Canto deu ordem de ataque em dois flancos. A infantaria, gritando a plenos pulmões, lançou-se à frente de peito aberto contra a descarga cerrada da artilharia governista e começou a subir para a meseta. Eric avançou com eles, tropeçando, agarrando-se ao que pudesse, colado ao chão para se esquivar das balas que zumbiam acima de sua cabeça. Seguia os homens que iam na frente, mas não entendia as ordens, o barulho era atroador, e logo o tropel das botas transformou o solo num lamaçal, e ele escorregava e caía pelo desfiladeiro abrupto da colina. Tinha a vantagem de não carregar arma como os outros, o que lhe dava mobilidade, mas isso não compensava o grave inconveniente da sua falta de treinamento. Fazia vários anos que não dava atenção ao corpo, já não tinha mais força e a flexibilidade dos vinte anos, quando o irmão o obrigava a lutar boxe para aprender a se defender.

Em poucos minutos a metralhada da artilharia governista derrubou as primeiras fileiras, e Eric se viu mergulhado no inferno, rodeado de homens feridos que pediam ajuda, ficavam jogados ou rolavam pelas ravinas, muitos destroçados ou inertes, com expressão de surpresa por não saberem que já estavam mortos. Mas atrás vinham outros correndo, subindo, pulando por cima dos caídos, com o olhar para a frente, cegos e surdos ao clamor dos companheiros, com a determinação suicida de se apoderar da artilharia e deter aquela matança.

A razão ordenou a Eric que se protegesse, aquela guerra não era dele, ele estava lá apenas para fazer uma reportagem, mas estava contagiado pela raiva assassina dos outros, sentia a brutal camaradagem dos homens dispostos a matar e morrer, o instinto do caçador e do guerreiro. Tirou o fuzil das mãos de um cadáver e continuou avançando com os outros.

Não chegou a ver o ataque audaz da cavalaria, trezentos hussardos que galoparam pelo único acesso à meseta, repleto da artilharia de Barbosa, e irromperam como uma horda de sarracenos brandindo suas espadas. Pouco antes, Eric foi arremessado longe pela explosão de uma granada. Primeiro foi a labareda, um clarão repentino, depois um empurrão formidável que lhe esvaziou todo o ar do peito e, finalmente, uma luz branca incandescente e um silêncio fantasmagórico. O impacto o surpreendeu num dos picos que chamavam de faca por causa de seu formato acerado, e de lá ele rolou até que uns grandes penhascos interrompessem a queda.

Eram nove e quinze da manhã. Ao meio-dia, graças à coragem insana dos hussardos, as tropas do general Del Canto ocuparam a meseta de Placilla, e as de Barbosa recuaram em debandada. O exército do presidente Balmaceda se desintegrou.

A guerra civil havia terminado.

A explosão da granada lançou Eric ladeira abaixo e deixou-o deitado entre as pedras, machucado e inconsciente. Essa providencial queda afastou-o do centro da batalha e, de certa forma, salvou-lhe a vida, pois outros que estavam no trajeto da artilharia tiveram pior sorte. Ele conseguia endireitar-se de vez em quando e tentava em vão levantar-se, mas voltava a cair aturdido. Toda a manhã transcorreria antes que ele se recuperasse o suficiente para se dar conta de onde estava e começar a mover-se. Apalpou o corpo e verificou que estava coberto de escoriações e cortes, uma tira de pele da mão esquerda havia sido arrancada, e os arranhões dos joelhos sangravam entre os buracos das calças rasgadas. Ergueu os olhos para o cume da colina, tentando calcular quantos metros tinha rolado pela ravina e agradeceu o milagre de estar vivo. Só tinha perdido o fuzil, a mochila e o relógio, a corrente estava partida. Ficou olhando para o pano vermelho amarrado no braço sem se lembrar do que significava. Surpreendeu-se com o silêncio ao redor, silêncio surdo, algodoado, como o de estar afundado numa paisagem nevada; ainda sentia por dentro o estrondo da batalha. O único som era um zumbido de abelhas ou talvez o vento sussurrando entre os pinheiros próximos.

Ergueu-se aos poucos, uma articulação de cada vez, tonto, quis pôr-se de pé, e as pernas lhe faltaram. Sentiu uma dor aguda no tornozelo esquerdo, mas constatou que era possível usar a perna. Tentou duas vezes antes de conseguir e de erguer-se a duras penas, apoiado nas rochas.

Passeou o olhar à sua volta sem entender como tinha chegado até aqueles penhascos ao pé da colina, sem ter quebrado o espinhaço. Sentiu vertigem, pareceu-lhe que se balançava a grande altura sobre um abismo; fechou os olhos e respirou profundamente, buscando equilíbrio. Passaram-se longos minutos antes que começassem a surgir em sua mente as imagens da batalha, tão confusas como fragmentos de pesadelo. Apenas o cheiro cáustico de pólvora e incêndio, que impregnava o ar, lhe indicou que não estava sonhando, que algo tinha acontecido ou estava acontecendo, algo terrível que lhe escorria da memória, mas era fundamental apanhá-lo. Fez um esforço para reter as visões fugazes que o assaltavam, com a esperança de lhes dar alguma ordem que o ajudasse a compreender o ocorrido e decidir o que deveria fazer. Deu alguns passos vacilantes, gemendo pelo tormento de mover cada músculo, rígido e crispado pelas horas de imobilidade sobre o terreno gelado.

A dor de cabeça foi uma bordoada surpreendente que o cegou durante uns minutos e quase o pôs de joelhos novamente, mas ele conseguiu manter-se de pé e avançar alguns metros lentamente. Deu-se conta de que o mar não estava longe, podia vê-lo como uma brilhante franja preta lá embaixo, mas não conseguia ouvi-lo. Estava havia meses em contato com o mar, em Iquique, nos navios da esquadra e nos portos, metera-se em suas veias o ruído inconfundível do oceano Pacífico rebentando em ondas enormes, eterno, poderoso, incansável, pura espuma e fúria. Por que de repente tinha se calado? Impossível. Só então desconfiou que algo anormal o impedia de ouvir e que o murmúrio do vento era na verdade um assobio persistente em sua mente. Assustado com aquele silêncio abismal, gritou várias vezes. Sentia a exalação de cada grito, porém nada mais, nem um som. "Meu Deus, estou surdo!", exclamou, e, ao modular as palavras, pôde senti-las na boca, mas não as ouviu. "Calma, preciso tentar pensar, preciso sair daqui", murmurou. Concluiu que o mar era sua única referência e, se conseguisse chegar à costa, poderia localizar-se.

O declive do terreno ajudou-o a avançar com cautela, passo a passo, engolindo as náuseas, dominando a sensação de vertigem. Demorou um tempo que lhe pareceu interminável para percorrer um trecho que ele normalmente teria feito em meia hora, até conseguir ir caminhando ao longo da costa, muito perto do mar. Começou a andar para o norte, na direção de Valparaíso, mancando por causa da dor no tornozelo. Não precisou se perguntar sobre o resultado da batalha de Placilla, porque pelo caminho viu muitos homens que se esgueiravam entre as árvores, fugindo, em mangas de camisa, sem casaco, e, pelas calças vermelhas, soube que eram os soldados derrotados do governo.

Horas depois, Eric chegou às cercanias de Valparaíso. O sol estava afundando no horizonte, e o céu nublado tingia-se de alaranjado; era a hora dourada, quando a luz está prestes a desaparecer, e o mundo adquire uma transparência de aquarela. Ele viu a silhueta de vários navios no mar, a esquadra completa, e o brilho das luzes diminutas das casas cintilando nas colinas.

À medida que entrava na cidade, começou a se lembrar vagamente das avenidas principais, das praças, do edifício da alfândega, da taberna que havia frequentado, das ruelas tortuosas, do salão de chá dos ingleses, das escadas e dos funiculares. "Emilia! Emilia!", balbuciou. Precisava me encontrar. Apressou o passo, apesar da tontura e do tornozelo torcido, e logo se viu perto do bairro do porto. A cidade estava iluminada pelos incêndios e pelas tochas, ele sentiu o cheiro da fumaça e viu gente correndo, saltando, lutando, tudo em silêncio; estava novamente mergulhado no mesmo pesadelo de surdez e confusão. Reteve um homem pelo braço e perguntou-lhe em inglês o que estava acontecendo, mas não ouviu sua própria voz e, aparentemente, o homem também não, pois lhe respondeu com um empurrão de mula, que o atirou ao chão, e afastou-se, para se unir aos que iam na frente.

Por toda parte reinavam um carnaval grotesco, a violência, a exaltação, o instinto animal sem rédeas, o poder irresistível da turba desenfreada, a impunidade e o anonimato para a destruição. Grupos de soldados de farda incompleta ou esfarrapada e civis armados de paus e tochas assaltavam estabelecimentos comerciais e residências, roubavam, quebravam vidros, agrediam os homens que capturavam, arrastavam as mulheres pelos cabelos, disparavam contra os cães vadios pelo prazer da crueldade. Os uniformes brancos confirmaram o que Eric já sabia. A visão da guerra assaltou-o de repente com absoluta clareza, as tropas congressistas, a marcha em direção a Placilla. Emilia! Lembrou-se de mim tal como me vira pela última vez, despedindo-se com um beijo. Não conseguia localizar-se, e as hordas que perambulavam pela cidade o arrastavam de um lado para outro. Notou que todos usavam uma braçadeira ou um pano vermelho como o dele e entendeu que aquilo o livrava de agressões, o pano o transformava em mais um entre os vencedores.

Por volta da meia-noite, Eric Whelan viu-se perdido num labirinto de ruelas, à procura da pensão das pulgas, cujo endereço não conhecia porque tinha chegado lá guiado por mim. Sentia-se fraco. Tentou pedir ajuda a mais de um, porém ninguém se deteve para socorrê-lo, a euforia do saque não tinha amainado, ainda circulavam grupos brandindo fuzis e bandeiras, gritando, cantando, ameaçando. Caiu várias vezes, levantava-se de novo e continuava em frente sem rumo, até que, num daqueles tropeções, ficou no chão a poucos passos de uma pensão miserável, um tosco barracão de madeira. Ele não era o único, as ruas estavam cheias de homens curtindo a bebedeira ou recuperando-se de uma sova.

Tinha saído antes do amanhecer, apressado, em direção a Placilla e, enquanto esperava com os soldados ao pé da meseta que iam conquistar, conseguiu meia tigela de café aguado de chicória e um pedaço do pão de centeio da tropa. Ali, encolhido no chão, não pensava na fome, mas foi tomado pela sede que não tivera tempo de sentir durante todas aquelas horas, e concluiu que as marteladas na cabeça e a tontura se deviam ao fato de estar seco por dentro. Conseguiu rastejar até a pensão, onde ainda havia gente bebendo, e, segurando-se como podia, aproximou-se do balcão para pedir água. Lembrou-se da palavra em espanhol. *Agua, agua.*

Uma mulher obesa e suada passou-lhe uma jarra, e ele a bebeu a grandes goles de camelo. Ela lhe disse alguma coisa que ele não conseguiu ouvir, mas adivinhou o significado: precisava pagar. Procurou no paletó e constatou que seu dinheiro e seus documentos estavam intactos, não os tinha perdido na queda pela ravina. Deu-lhe uma moeda, e ela colocou à sua frente um copo de vinho tinto, mas Eric precisava pôr algo no estômago ou ia desmaiar ali mesmo e fez o gesto universal de comer. O valor da moeda era mais do que suficiente para uma refeição substanciosa, mas naquela hora tardia já não havia nada no estabelecimento, e ele teve de se conformar com o vinho azedo.

A mulherona da pensão percebeu à primeira vista que aquele homem, que mal se aguentava nas pernas, era estrangeiro, um gringo inconfundível, como tantos que havia em Valparaíso, que andava com bastante dinheiro. Rodeou o balcão, aproximou-se dele solícita e conduziu-o, cambaleante, até um barracão atrás da pensão.

Eric viu-se num quartinho de madeira ao lado de uma cabra, um cavalo adormecido com as patas recolhidas, um monte de palha e dois tonéis de madeira. A mulher, convencida de que aquele freguês era surdo ou imbecil, segurou-o pela roupa e obrigou-o a sentar-se num canto. Com gestos, indicou-lhe que ficasse ali descansando e deixou-o sozinho. Exausto, Eric acomodou-se entre o cavalo e a cabra em busca de calor e proteção contra o ar gelado que se infiltrava entre as tábuas. Adormeceu em poucos minutos. Não percebeu quando lhe esvaziaram o bolso.

12

Fui detida no hospital quando anoitecia, naquele dia inesquecível da última batalha. Fazia mais de doze horas que trabalhava sem descanso e sem mais sustento do que duas xícaras de chá, mas não sentia cansaço nem fome, estava embrutecida pelo sofrimento alheio, pela morte de Angelita, pela avalanche de vítimas que ia aumentando a cada momento e por algumas cenas espantosas que tive de presenciar brevemente da porta do hospital, como os cadáveres nus e humilhados dos dois generais vencidos que arrastaram pela rua. Eu não conhecia o outro, mas identifiquei de imediato o general Barbosa — uma trouxa de ossos coberta por uma pele de lagartixa —, atravessado sobre o lombo de uma mula, vaiado com insultos e zombarias, ensanguentado, salpicado de cusparadas e lixo.

Nunca saberei quem me denunciou, suponho que poderia ter sido qualquer uma das pessoas que me conheciam e ficaram sabendo de minha amizade com o embaixador Patrick Egan e com gente do governo de Balmaceda, como Rodolfo León. Também pode ser que as minhas crônicas no *Examiner* tivessem encontrado a forma de se difundir no Chile e fossem a causa da minha queda.

Encontraram-me na sala de cirurgia junto ao doutor Whitaker, que só pudera descansar uma hora antes de voltar a seu posto. Se eu estava exausta, é fácil imaginar como estaria ele, que tinha nas mãos a vida de tantos infelizes. Vendo-o operar ao longo daquele dia, senti afeto e admiração por ele, porque, apesar de seus modos bruscos e da pressa desenfreada da sua atividade, ele se revelou um homem bom. Depois que adquirimos o ritmo do trabalho e eu consegui traduzir sem vacilar, ele me tratou com respeito, explicando-me o que fazíamos como um professor.

Quando os soldados entraram para me deter, eu estava administrando clorofórmio com a segurança que tinha adquirido ao longo do dia, e ele estava terminando de suturar o couro cabeludo de um rapaz, que chegou à mesa com pedaços de metal incrustados no crânio aberto. Whitaker confiava que poderia salvá-lo, mas teria de ver em que condições; disse-me que essa pergunta ainda o atormentava depois de vinte e três anos de prática da cirurgia, porque, se ele fosse o paciente que acorda da anestesia e se vê com um cérebro de coelho, preferiria mil vezes não acordar nunca mais.

Eram três homens, dois fardados e outro que parecia um burocrata, os dois primeiros com carabinas, e o terceiro com uma lista na qual, ao que parecia, figurava meu nome.

— Emilia del Valle? Venha conosco! — ordenaram-me.

Pegaram-me pelos braços, mas o doutor Whitaker, com o bisturi numa mão e secando, com o dorso da outra, o suor que lhe molhava a testa, apesar do lenço, postou-se à frente deles com a tremenda autoridade da sua altura, com seu vozeirão e o avental de borracha ensanguentado. Intimou-os, em inglês, a me soltarem, mas, mesmo que tivessem entendido suas palavras, não lhe teriam dado ouvidos.

— Não se meta nisto, míster! Não lhe convém — ameaçou-o o homem com a lista, e tive de traduzir o que disse.

— Essa moça é cidadã americana! Não estão vendo que estamos operando? — gritou o médico.

— Isso não importa nem um caralho. Afaste-se — replicou o outro.

— Emilia! Diga a esses animais que preciso de você aqui e que não podem levá-la sem ordem judicial — insistiu Whitaker.

Pareceu-me inútil continuar traduzindo. O inglês ainda não se dava conta de que a guerra tinha varrido toda e qualquer sombra de legalidade, e a única lei do momento era a violência. Eu lhe disse que com certeza se tratava de um mal-entendido e que, por favor, enviasse um telegrama à embaixada dos Estados Unidos avisando o que estava acontecendo comigo. Duvidei que Patrick Egan pudesse fazer algo por mim, devia estar muito ocupado tentando proteger sua imunidade diplomática, porque os novos governantes do Chile o detestavam, mas era essencial que alguém soubesse que eu tinha sido presa. Algumas pessoas desapareciam para sempre depois de serem presas. Gostaria de enviar uma mensagem a Eric, mas concluí que Whitaker não teria como localizá-lo.

Levaram-me do pavilhão quase arrastada, a puxões e empurrões. Ao cruzar o pátio, consegui ver a Covadonga, ainda no mesmo lugar, junto ao cadáver de Angelita, e a irmã Gerda, que ia passando apressada. Chamei-a, com a louca ideia de que aquela alemã autoritária pudesse intervir para me resgatar, mas ela estava longe e não me ouviu. A cadela, no entanto, levantou-se quando reconheceu minha voz.

— Silêncio, sua puta! — exclamou um dos soldados, e deu-me um bofetão feroz na cara com o dorso da mão.

A dor me cegou, minhas pernas se dobraram, e minha boca se encheu de sangue, mas as garras que me aprisionavam os braços mantiveram-me de pé. Assim me conduziram por várias quadras até a prisão de homens de Valparaíso, onde estavam reunindo os presos políticos. A Covadonga me seguiu de perto. No trajeto, consegui ver algo do saqueio da cidade.

As tropas congressistas, encharcadas de álcool, tinham entrado enraivecidas na cidade e a ocuparam com impunidade para exercer à vontade sua desforra. Muitos civis se uniram à destruição, ao roubo, aos estupros e às mortes, assim como soldados desertores se aproveitaram do caos para sumirem na multidão. Suponho que os partidários do governo de Balmaceda tenham fugido aterrorizados para as colinas ou se entrincheirado onde puderam encontrar refúgio. Sei que muitos se misturaram às turbas vitoriosas para não serem identificados, mas outros foram apanhados. Vi como arrastavam dois homens para o meio da rua e os surravam com fúria, enquanto um oficial a cavalo observava a cena, rindo. Várias mulheres participavam desse exercício de crueldade, chutando os caídos com uma alegria insana; talvez fossem mulheres normais que, umas horas antes, desempenhavam seu destino de mães e esposas.

O dia 29 de agosto amanheceu, e a farra da vitória foi-se diluindo em Valparaíso, porque as tropas vitoriosas partiram para Santiago, onde a Junta Revolucionária ia ocupar o posto que o presidente Balmaceda abandonara na madrugada daquele mesmo dia. Aos poucos, restabeleceu-se alguma lucidez nas ruas de Valparaíso, e teve início a tarefa hercúlea de apagar os últimos incêndios, escavar entre os escombros, limpar o lixo, recolher os espancados, enterrar os mortos e restaurar alguma ordem. O pessoal da saúde e grupos de voluntários saíram em busca dos feridos que tinham ficado em Placilla. Os carroções fúnebres, puxados por mulas, percorriam a cidade com sua triste carga de homens aniquilados, os voluntários do norte misturados no mesmo montão com as tropas frescas do sul, a bucha de canhão, os rapazes recrutados com cães. Cavaram-se valas comuns, para onde iam levados os pobres soldados que ninguém conhecia e ninguém reivindicava, uns por cima dos outros, amontoados como lenha, polvilhados com cal viva e cobertos com terra. A fetidez e a putrefação chegavam em ondas, misturadas ao cheiro de carne queimada de cadáveres de animais incinerados em grandes fogueiras.

Em Santiago, o presidente Balmaceda acompanhou os acontecimentos pelo telégrafo e por mensagens que lhe iam chegando à medida que as horas passavam. Naquela noite, celebrou com alguns dias de atraso o onomástico da esposa Emilia com um jantar do qual participaram seus filhos, alguns amigos e ministros de seu gabinete, num clima de tranquilidade forçada, porque, na falta de notícias otimistas, todos começavam a suspeitar do fatídico desenlace em Placilla. Acabavam de servir a sopa quando lhe trouxeram um telegrama, que ele leu sem se alterar, dobrou-o e colocou-o junto a seu prato.

O telegrama anunciava a derrota total e a morte de seus dois generais, Barbosa e Alcérreca. Ele demorou apenas alguns segundos para voltar a pegar a colher e continuar tomando a sopa com a calma que o caracterizava e que nos últimos meses tinha chegado a ser tão extrema que Rodolfo León a qualificou de estado hipnótico. Nada em seu semblante de aristocrata revelou qualquer emoção quando ele soube que seu ambicioso sonho para o Chile tinha terminado horas antes num banho de sangue. À pergunta de sua mulher sobre o telegrama, respondeu que não havia nenhuma notícia, e comeu o segundo prato conversando com os convidados sem dar mostras de estar preocupado, mas retirou-se para o seu escritório antes da sobremesa para dar suas últimas instruções.

O que pensou nesses momentos? O que sentiu? Tinha a profunda convicção de ter cumprido seu dever, de ter servido o Chile em sua longa carreira política e de ter exercido sua autoridade de presidente com honra. Não duvidava que essa autoridade era fundamental para dirigir o país com ordem e com visão de futuro; em contrapartida, o projeto de seus inimigos políticos, de estabelecer um regime parlamentar, só redundaria em caos, corrupção e vantagens para os capitais estrangeiros. Mas a guerra civil tinha terminado mal para ele, que compreendeu que, para evitar mais levantes em seu país quebrado e dorido, ele deveria deixar o poder naquela mesma noite. Era demasiado orgulhoso para fugir. Se teve a ideia de se entregar, logo a descartou, porque já lhe tinham chegado rumores da violenta desforra dos vencedores em Valparaíso, e ele adivinhou que os seus inimigos seriam implacáveis com ele; devia preservar a dignidade de seu cargo, não podia se prestar a ser humilhado. Antes de mais nada, devia pôr sua família a salvo.

Passada a meia-noite, cinco dos filhos de Balmaceda saíram do palácio de La Moneda em direção à embaixada dos Estados Unidos, onde Patrick Egan lhes ofereceu asilo, e pouco depois se juntou a eles sua esposa, que se despedira chorando, sem desconfiar que não veria de novo o marido. Ela e os filhos ocuparam as mesmas camas nas quais, uma noite antes, tinham dormido refugiados da oposição.

Enquanto isso, o presidente redigiu cuidadosamente sua renúncia do cargo num documento escrito à mão com caligrafia elegante, sem uma única correção, como se o tivesse preparado de antemão, e transmitiu o comando a um velho general, herói de guerras anteriores, na esperança de que o seu prestígio facilitasse a transição do poder de seu governo para o da Junta Revolucionária. Disse que era necessária a mão firme de um militar, porque um civil não seria respeitado, para reprimir os exaltados, manter a ordem e evitar a violência. O general tentou escusar-se dessa responsabilidade, mas o presidente explicou-lhe que há situações em que um homem de bem não pode se eximir e o intimou a dar sua palavra de honra e de cavalheiro de que faria respeitar a vida e as propriedades de quem o havia apoiado como presidente e dos funcionários públicos e militares que haviam cumprido o dever durante sua administração. Lembrou-lhe que o seu governo era o governo constitucional do Chile e que a Junta Revolucionária tinha tomado o poder pelas armas e era ilegítima.

Balmaceda errou ao escolher seu sucessor. O militar, que tanta coragem tinha demonstrado no campo de batalha, revelou uma espantosa fraqueza de caráter ante a tarefa que o presidente lhe delegou naquela noite. Praticamente dormiu na cadeira presidencial enquanto à sua volta o caos se espalhava. Não era o homem adequado naquelas circunstâncias, mas talvez nenhum outro pudesse evitar o que aconteceu nos dias seguintes.

Antes da madrugada, os sinos da catedral repicaram, celebrando o triunfo dos congressistas, no que foram acompanhados pelos sinos dos bombeiros. A Igreja católica detestava Balmaceda, porque o culpava pelas leis liberais que tinham diminuído sua influência, e, desde o início de sua administração, uniu-se à oligarquia conservadora para conspirar contra ele. Rodolfo León dizia que no Chile os mais ferozes inimigos do progresso eram as mulheres e os padres.

Só então, quando o eco dos campanários reverberava no silêncio da noite, o presidente saiu sem pressa de La Moneda e dirigiu-se a pé à embaixada da Argentina, com seu capote preto e botas de montar, armado de um revólver e acompanhado por dois amigos. Ao saber do ocorrido em Placilla, o embaixador Uriburu lhe havia enviado uma mensagem, oferecendo-lhe refúgio, e ele aceitou. Patrick Egan também lhe tinha oferecido o mesmo, mas ele decidiu não ir à embaixada dos Estados Unidos por supor que sua família estaria mais segura separada dele. O embaixador argentino em pessoa abriu-lhe a porta sigilosamente, deu-lhe boas-vindas em voz baixa e guiou-o para um quarto do segundo andar, onde lhe haviam preparado uma cama.

Por uma daquelas estranhas coincidências, o presidente Balmaceda ocupou o mesmo quarto onde pouco antes meu pai tinha morrido.

Eric Whelan acordou com a língua áspera da cabra lambendo-lhe a cara. Assustado, afastou o animal com um tapa e levantou-se desorientado. Demorou alguns minutos para se lembrar do acontecido no dia anterior e reconhecer o barracão da pensão onde tinha dormido parte da noite. Tinha a mente mais clara e podia perceber os sons do mundo, embora alterados pelo zumbido de abelhões que persistia em seus ouvidos. "Pelo menos não vou ficar surdo para sempre", pensou.

Apalpou a cabeça, que doía como se estivesse presa por uma coroa de ferro, e descobriu um inchaço do tamanho de um ovo na base do crânio. Deduziu que era uma contusão e que o razoável era mover-se o menos possível, mas faltava-lhe tempo para isso, tinha de me encontrar. Ficou em pé e constatou que seu tornozelo estava muito inchado, sacudiu a palha do cabelo e da roupa e lavou o rosto e as mãos no bebedouro do cavalo. Ainda estava com o pano vermelho no braço, o salvo-conduto para sair à rua sem ser atacado. Precisava comer algo.

Àquela hora, a pensão estava quase vazia, exceto por alguns clientes que roncavam a bebedeira escarranchados nas cadeiras e por uma moça que limpava o chão e recolhia copos e pratos. Eric indicou que queria comida, procurou no paletó e praguejou, ao ver que todas as suas moedas tinham sumido. Por sorte, os documentos ainda estavam no bolso.

A moça olhou-o com grandes olhos aterrorizados, brandindo a vassoura à frente como uma arma, diante daquele mendigo esfarrapado, com a roupa rasgada, sujo, desgrenhado e mastigando uma algaravia de outro lugar. Eric lamentou mais do que nunca sua incurável falta de jeito para os idiomas. Tentou acalmá-la com gesticulações, sem se aproximar, até que ela compreendeu que aquele gringo extravagante não representava perigo, baixou a vassoura e tentou entender o que ele se esforçava por lhe dizer. Indicou que esperasse, desapareceu durante alguns minutos e voltou com um pedaço de queijo duro e uma cebola. Colocou-os sobre uma das mesas rústicas e trouxe uma caneca de cerâmica com água. Eric lhe explicou com mímica que não podia pagar, e ela encolheu os ombros e voltou à tarefa de varrer, enquanto ele devorava, entre goles de água, o rude alimento, que lhe pareceu delicioso. Despediu-se da moça com um beijo na mão e uma bênção em inglês. Ela pôs-se a rir com gosto, aquele gringo estava louco.

Eric saiu mancando. Na claridade do dia, a cidade era menos ameaçadora, mas não tinha recuperado a normalidade. As cenas sangrentas da noite anterior teriam parecido monstros engendrados por seu cérebro lesado, se ele não tivesse visto escombros e cinzas por toda parte, vidros quebrados, portas desconjuntadas e animais mortos. Dirigiu-se à igreja matriz, guiando-se pelo campanário que sobressaía acima dos prédios próximos. Os sinos do triunfo, que tinham tocado alegremente durante vinte e quatro horas, continuavam soando a cada meia hora, chamando os fiéis para dar graças ao Santíssimo por ter salvado a pátria.

A igreja ficava no coração do bairro do porto, erguida no mesmo local desde meados do século XVI. Tinha sido reconstruída várias vezes, por causa de terremotos e de ataques de piratas, até se transformar na basílica que Eric encontrou facilmente. O templo estava com as portas abertas de par em par, e lá dentro se celebrava uma missa com vários padres diante de um público colorido, enquanto lá fora a multidão de paroquianos — muitos deles sem dormir, devido à violenta baderna do dia anterior — se espalhava sobre os nove degraus da entrada e pela esplanada empedrada. Ele estava lá, olhando ao redor para se orientar, quando um senhor de cartola e gola de pele no capote lhe pôs uma esmola na mão. Eric decidiu que o primeiro passo era conseguir algum dinheiro, não tinha nem um peso, e depois deveria procurar um telégrafo para enviar a notícia do fim da guerra ao *Examiner*. Achou que eu estava segura na pensão das pulgas e que em breve nos reuniríamos.

Encaminhou-se para a praça da Intendência, que, pelo que se lembrava, ficava perto da igreja, e logo chegou diante do elegante edifício do Banco de Valparaíso. Sua aparência de náufrago parecia muito suspeita, mas ele tinha documentos para provar a identidade e acreditava, com a certeza do norte-americano que nunca antes esteve fora de seu país, que não teria problemas. Como cidadão dos Estados Unidos e correspondente de imprensa, ia conseguir um adiantamento enquanto o *Examiner* enviava uma transferência para o mesmo banco. Encontrou o estabelecimento trancado, devido à desordem da guerra e porque era sábado.

Na praça havia vários soldados ingleses e alguns marinheiros norte-americanos armados, fáceis de identificar pelo uniforme e pelo ar de quem tinha caído ali de outro planeta. Finalmente entre compatriotas, Eric pôde explicar aos fuzileiros, em sua língua, que estava em apuros, e um deles lhe deu alguns pesos. Explicaram-lhe que estavam ali para cuidar dos negócios e das residências de estrangeiros, não conheciam a cidade, mas podiam indicar-lhe como chegar ao hotel onde a imprensa se reunia. Eric verificou o nome de quem lhe tinha dado dinheiro para devolver mais tarde.

No hotel, Eric reencontrou vários colegas, que, ao vê-lo naquele estado precário e faminto, o convidaram para o desjejum e lhe contaram os pormenores da batalha do dia anterior. As baixas de ambos os lados tinham sido catastróficas, e, somadas às de Concón e de confrontos anteriores, calculavam que em poucos meses aquela guerra fratricida tinha custado ao Chile milhares e milhares de mortos. O telégrafo estava reservado para fins militares, mas no hotel havia um instalado para a imprensa estrangeira, e ele pôde enviar um primeiro telegrama a Chamberlain com o que conseguiu averiguar e um segundo telegrama para tranquilizá-lo: tanto ele como Emilia del Valle estavam bem e entrariam em contato assim que as comunicações se normalizassem.

Naquela cidade de colinas, ruas tortuosas, escadas intermináveis e funiculares, era difícil orientar-se, a não ser que se vivesse lá por muito tempo. Eric não tinha como perguntar, mas foi salvo por um golpe de sorte. Depois de muitas voltas, viu-se de repente perto de El Condorito, a pequena padaria ao pé da escadaria da colina, onde tínhamos comprado o pão do desjejum durante os três dias em que ele viveu comigo. Soltou um grito de alívio, ao aspirar do lado de fora a fragrância do pão. Cada passo nos degraus retumbava em sua cabeça; subiu gemendo por causa do tornozelo machucado e esfregando o inchaço na cabeça.

A dona da pensão abriu-lhe a porta com um pano vermelho no braço e outro da mesma cor no pescoço. Tinha visto Eric algumas vezes durante o pouco tempo que ele esteve comigo e não tinha simpatia por nenhum de nós. Na madrugada em que Eric foi para Placilla, ouvi-a murmurar que tínhamos tomado a casa dela de assalto, éramos dois gringos imorais que chafurdavam como porcos na lama, como se lá fosse a casa da mãe joana; nós, norte-americanos, éramos todos arrogantes, grosseiros e, ainda por cima, estávamos do lado de Balmaceda. O comentário era dirigido à serviçal, mas ela deu um jeito de me fazer ouvir do meu quarto. Estranhei, porque sempre a tratara com respeito, e Eric lhe dera boa gorjeta. Suponho que não tinha se atrevido a nos expulsar antes, mas as coisas haviam mudado desde a vitória do dia anterior. Os meses de guerra civil tinham prejudicado seu negócio e complicado sua existência, não lhe importava quem ganhasse, desde que aquela confusão terminasse logo. Quis impedir Eric de subir ao segundo andar, mas ele era um homem musculoso e desesperado, e ela, uma viúva franzina e tímida. Além disso, o maldito gringo estava usando uma braçadeira vermelha, de modo que a mulher teve de engolir a contrariedade e dar passagem.

Eric subiu para o quarto que tínhamos dividido e, ao verificar que eu não estava, desceu para enfrentar a dona da pensão.

— Emilia? Emilia? — perguntou aos gritos.

Ela respondeu com uma careta desdenhosa, encolhendo os ombros, mas ele já havia suportado demais e não ia permitir que aquela bruxa zombasse dele. Sentiu o sangue batendo nas têmporas e o inchaço da cabeça crescendo, crescendo como uma bolha que ia rebentar a qualquer momento. Pegou a mulher pela roupa e a levantou um palmo do chão, sacudindo-a, vermelho de fúria e insultando-a em inglês, até que ela, aterrorizada, balbuciou a palavra "hospital", que soava quase igual em inglês.

Claro que eu tinha ido ajudar no hospital, pensou Eric, irritado. Ele havia arrancado de mim a promessa de ficar no quarto com a porta fechada até que a situação se resolvesse e ele voltasse, mas percebeu que eu nunca tivera a intenção de cumpri-la. Não era a primeira vez. Concluiu que não se podia confiar em mim, eu fazia o que me dava na telha. Enfim, pensou, pelo menos no hospital eu estava a salvo. Decidiu que, antes de ir me buscar, devia se lavar, fazer a barba e trocar de roupa para que não voltassem a lhe dar esmola como a um mendigo.

Todo mundo conhecia o hospital, e a pessoa a quem Eric perguntou, usando aquela palavra mágica, pôde indicar-lhe o caminho. A calma relativa das ruas terminava nas proximidades do hospital, onde se vivia em permanente estado de emergência desde a batalha de Concón. Os feridos dos congressistas tinham sido transferidos de Placilla e ocupavam os pavilhões, enquanto os outros foram acomodados em outros prédios e em barracas de campanha. Continuavam chegando vítimas, muitas transportadas em macas improvisadas por pessoas de boa vontade, enquanto o pessoal da saúde de ambos os lados unia forças para atendê-las. No dia seguinte à peleja, já ninguém no hospital distinguia amigos de inimigos, todos os feridos sofriam por igual. O pessoal da limpeza via-se em apuros para lavar o sangue, descartar membros humanos, ferver bandagens usadas e retirar os cadáveres, que iam para o necrotério, onde esperavam sua vez de serem reivindicados, caso pudessem ser identificados, ou enterrados em valas comuns.

Na agitação que reinava no hospital, ninguém tinha tempo para atender um gringo que andava por todos os lados, incomodando, e que nem sequer conseguia se expressar em espanhol. Um bom tempo depois, Eric topou, num dos pavilhões, com uma freira altiva que o deteve bruscamente e lhe ordenou que saísse, não podia ficar lá. Como visse que ele não compreendia, repetiu a frase em alemão, mas Eric era tão teimoso como ela e ficou ali plantado a repetir Emilia, Emilia, Emilia, até que a irmã Gerda percebeu que ele estava à procura da tradutora norte-americana e deu-lhe o nome do doutor Whitaker.

O cirurgião tinha operado sem descanso durante trinta horas antes que o cansaço o vencesse. Tiveram de levá-lo amparado a um catre de campanha instalado num quartinho de limpeza adjacente ao pavilhão de cirurgia, no qual ele desabou e começou a roncar antes que conseguissem pôr-lhe um cobertor em cima. Fazia um bom tempo que estava profundamente adormecido quando Eric Whelan conseguiu descobrir onde ele estava e apareceu no quartinho. Encontrou o médico de bruços num catre curto para ele, com os pés no ar e os braços pendentes, rodeado de vassouras, escovas e baldes. Levou alguns minutos para acordá-lo e dizer-lhe que andava à procura de Emilia del Valle, e Whitaker precisou de mais dois minutos para se sacudir a modorra e responder.

— Foi presa — disse.

— Como assim foi presa? Quem? Por quê?

— Foi ontem à noite. Estávamos operando quando a levaram. Pediu-me que avisasse o embaixador dos Estados Unidos em Santiago, mas não tive tempo de fazer isso e, além disso, não se consegue telégrafo — explicou.

— Para onde a levaram?

— Não sei. Eram guardas fardados. Imagino que já a tenham libertado, porque não se atreveriam a reter uma cidadã dos Estados Unidos — disse Whitaker.

— Tenho de encontrá-la! — exclamou Eric.

— No seu lugar, eu iria perguntar na prisão — aconselhou o cirurgião antes de cair novamente sobre o catre.

Um sargento de casaco desabotoado e olhos vidrados de canseira ou álcool atendeu Eric Whelan atrás de um balcão na prisão de Valparaíso. Durante o tempo que teve de esperar, Eric viu como traziam prisioneiros, na maioria das vezes espancados, e como eram engolidos por uma porta metálica que levava ao interior do sinistro recinto. Ao imaginar que eu poderia estar atrás daquela porta, sentia uma bola de fogo na boca do estômago, suas mãos tremiam. Amaldiçoou mais uma vez por não conseguir se comunicar e por não ter dinheiro suficiente para subornar aquele sujeito. O sargento não reagiu ao nome que ele repetiu várias vezes, mas, quando estava prestes a explodir, apareceu outro homem fardado que parecia ter mais autoridade. Deu-lhe um lápis e indicou que escrevesse o nome numa caderneta que estava sobre o balcão. Eric obedeceu e ainda lhe mostrou sua identificação como membro da imprensa estrangeira. O outro examinou o papel e o passaporte, indicou-lhe que esperasse e saiu.

Passaram-se duas horas ou talvez três ou quatro, Eric já não conseguia calcular o tempo; estava desesperado, sentado no chão, porque não havia assentos, observando o desfile macabro de prisioneiros, guardas e militares. Finalmente, o mesmo homem voltou e lhe deu a entender, com gestos inconfundíveis, que a pessoa que ele procurava não estava ali.

— Vocês a prenderam! Ela não pode ter desaparecido! Diga onde ela está! — gritou Eric, mas o outro não o entendeu ou não quis entender.

Foi tirado de lá a empurrões e compreendeu que, se não tivesse a braçadeira vermelha e a documentação, também teria sido preso.

QUARTA PARTE

13

Fui acordando aos poucos no calabouço. Mal me lembrava do que tinha acontecido, os socos, os insultos, os pontapés, quase não conseguia respirar por causa da dor no peito e no estômago. O ferimento na testa tinha-se aberto, mas já não sangrava; meu cabelo estava grudento de sangue seco. Demorei a perceber onde estava: um quarto pequeno, quadrado, vazio, com paredes de cimento, escuras, e o chão imundo. Suponho que estive semi-inconsciente durante muito tempo, talvez horas, porque um fio de luz entrava por uma fenda na altura do teto; isso significava que já tinha amanhecido. Ouvi gritos, ordens, batidas de portas, pancadas, o barulho de algo pesado sendo arrastado. As paredes eram finas.

Levantei-me devagar e vi que estava vestida com o avental do hospital, duro de sujeira, e por baixo a saia e a blusa, também as calcinhas e a anágua molhadas de urina, e as minhas botas. A medalha de Nossa Senhora estava presa no meu sutiã. Deduzi que, se não a tinham roubado e se eu estava completamente vestida, não tinha sido estuprada, e isso foi um alívio tão grande que comecei a chorar, sufocada, e cada soluço era como uma faca cravada no peito. Estava certa de que tinham me quebrado algumas costelas. O que havia acontecido? Por que eu tinha sido presa? Do que me acusavam? Essas perguntas surgiam como relâmpagos, mas eu estava assustada demais para pensar. Encolhi-me no chão e fechei os olhos.

Talvez tenha adormecido ou desmaiado de novo, porque, quando despertei, estava mais claro. Lá fora já era de dia. Reparei que as paredes estavam rachadas, com manchas de umidade, riscadas com nomes talhados de modo rudimentar. A única porta era de tábuas mal ajustadas, e pelas juntas entravam pinceladas de luz. Um ratinho atrevido esgueirou-se junto aos meus pés e desapareceu por um buraco. Chamei-o, para que me fizesse companhia, e logo ele voltou por breve tempo, para dar umas voltas de reconhecimento.

Aquele dia 29 de agosto, dia de terror absoluto, foi um dos piores de minha vida. Tive vaga ideia da passagem do tempo pelas mudanças na escassa luz que se filtrava no calabouço, tiritando de frio e medo, sedenta, arrasada com os gritos das chicotadas e dos espancamentos e pelos tiros das execuções. O horror do que acontecia do outro lado daquelas paredes não me abandonou nem um instante, eu sentia no meu próprio corpo a agonia dos outros e repetia como uma ladainha as orações que minha mãe me ensinou na infância. Fazia anos que estava afastada da religião, agnóstica como o meu Papo, mas em minha angústia clamava à Virgem de Guadalupe, "santa mãezinha de Jesus, ajuda-me nesta cela de espanto, não me abandones agora e, se eu tiver de morrer, mãe de Deus, não me abandones na hora da minha morte...".

Só uma vez a porta se abriu e alguém entrou, mas calculei que seria inútil implorar ou fazer perguntas e permaneci encolhida no chão com as pálpebras fechadas. Os passos que rangiam contra o chão de cimento eram lentos e pesados, passos de botas.

— Nós pesamos a mão com essa aí — disse uma voz de homem à porta.

Senti um leve pontapé nas pernas e não consegui controlar um estremecimento ao prever o que ia me acontecer.

— Está viva? — perguntou a mesma voz.

— Só atordoada — respondeu o que estava ao meu lado.

Retiraram-se, ouvi o ferrolho da porta e respirei aliviada. Por enquanto me deixavam em paz. Vi que tinham trazido um prato e uma caneca de latão, então senti o clamor da fome que a dor das pancadas havia calado. O pior era a sede. Arrastei-me até a tigela e bebi toda a água em quatro longos goles, com desespero, e depois peguei a colher de pau e devorei a papa cinzenta do prato. Minutos depois vomitei tudo.

Estava tão exausta que, durante a segunda noite eterna, deitada no chão e mergulhada na escuridão, escapei por curtos períodos numa espécie de hipnose, algo que não era desmaio nem sono, que me livrava por momentos do pesadelo de castigo e sofrimento que ocorria em outras celas. Era um alívio muito breve, uns instantes benditos em que me tornava surda para o mundo, como se estivesse em grande profundidade debaixo de água.

Custava-me muito respirar, cada inalação era dolorosa, eu engolia ar em sorvos curtos, sufocada. Agachada num canto, urinei um líquido avermelhado e não soube se sangrava do ventre ou da bexiga. Assim amanheceu o segundo dia do meu encarceramento. Durante a manhã, voltaram os homens da noite anterior; um era guarda ou soldado raso com metade do rosto deformada por uma antiga queimadura, e o outro parecia ter mais autoridade, talvez um oficial. Encontraram-me encolhida no mesmo canto. O primeiro ficou na soleira da porta, o segundo aproximou-se e preparei-me para o que vinha.

— Conhece Rodolfo León? — gritou-me.

Neguei com a cabeça porque não consegui articular uma palavra, tinha a garganta e a boca secas como se tivesse engolido areia.

— Quer água, não é? Então responda!

— Não — murmurei.

— Não estou ouvindo! Fale claro e não minta, gringa de merda! Conhece?

— Não — repeti.

— Veremos se é verdade, porque ele está na cela ao lado e vamos arrancar dele os nomes dos espiões do ditador — disse.

— Sou jornalista...

— Espiã, isso é o que é, cadela imunda! — insistiu.

Ficaram um tempo interminável me observando em silêncio e, por fim, foram embora sem me tocar. Uns minutos depois, o da queimadura voltou com uma tigela de água, que bebi a grandes goles.

— Mais, por favor — implorei.

— Não posso — disse, mas pegou a tigela, saiu e depois voltou com mais água. Não me atrevi a pedir-lhe mais.

Pouco tempo depois, começou o suplício de Rodolfo León, que pude ouvir nitidamente através da parede: insultos, acusações, espancamento, o ódio mais violento, a crueldade mais atroz. Não pretendiam obter informações, não lhe perguntaram nada, nenhum nome, tratava-se apenas de castigá-lo, de vingar-se pelo seu jornal, pela sua trajetória na Câmara dos Deputados, por suas ideias progressistas, por sua lealdade ao presidente. Os gritos de dor dele perdiam-se na gritaria dos torturadores, mas em nenhum momento Rodolfo cedeu. Numa pausa do tormento, disse que tinha defendido o governo legítimo e a Constituição, que era um chileno digno, marido e pai. Não lhe permitiram falar mais. Ouvi um ruído seco, como se quebrassem uma jarra de barro com uma bordoada, seguido de uma pausa, de um silêncio sinistro e, por fim, um tiro e depois mais dois.

— Levem-no e limpem essa sangreira — ordenou alguém.

Tive pouquíssimo tempo para chorar por Rodolfo León e pensar na sorte de Sara e do menino. Vieram me buscar e fui levada, entre dois guardas, para a frente de três fardados que se dispunham a me julgar.

Imaginei que poderiam ser os mesmos que haviam lutado em Placilla, saqueado Valparaíso, passado dois dias torturando e pouco antes assassinado meu amigo. Estavam tresnoitados e sujos, sustentados pela euforia da violência. Meu aspecto era muito pior, fedendo a urina, vômito e suor, desgrenhada, asquerosa. Como temeram que eu desmoronasse antes de me julgarem, trouxeram uma cadeira e me deram água. Quis escapar da realidade agarrando-me à lembrança de Eric e de nossas noites de amor, mas, quando começou o interrogatório, meu único pensamento foi manter a calma e não permitir que o terror me derrotasse.

— Emilia del Valle, sabe o que é um conselho de guerra?

— Sim — respondi, tentando controlar o tremor da voz.

— Fale mais alto! — ladrou o interrogador.

— Um tribunal presidido por um general e vários oficiais de alta-patente — disse eu, lembrando-me de que tinha usado essa informação num dos romances de dez centavos escritos por Brandon J. Price.

— Exatamente!

— Usa-se para julgar um crime militar... — acrescentei.

— Estamos em guerra — interrompeu-me.

— Não é minha guerra. Não sou militar.

— Está sendo julgada como combatente. Você participou da batalha de Concón com o uniforme do Exército. Perdeu qualquer imunidade que tivesse como membro da imprensa estrangeira — disse-me.

— Sou jornalista dos Estados Unidos. Tenho documentos — insisti.

— Chegou ao Chile no *Charleston* para confiscar as armas legitimamente adquiridas pela Junta Revolucionária.

— Vim como jornalista — repeti.

— Sabemos que colaborou com o ditador e publicou artigos sobre ele nos Estados Unidos.

— Entrevistei o presidente Balmaceda uma vez para o meu jornal — repliquei.

— Também colaborou com o traidor Barbosa.

— Estive com o general três minutos. Precisava de autorização para entrevistar as suas tropas. Todos os jornalistas fizeram o mesmo — expliquei.

— Denunciou o plano dos jovens do Comitê Revolucionário em Lo Cañas e por sua culpa todos foram vilmente assassinados.

— Eu não sabia nada daquilo! Como poderia saber? Estava em Valparaíso! — exclamei com a clara convicção de que qualquer coisa que dissesse era inútil, já estava condenada.

— É acusada de espionagem e alta traição. Este é um julgamento sumário e a sentença é a pena de morte por fuzilamento, que será realizado amanhã ao amanhecer. Entendeu?

— Não. E também não entendo esta farsa. Vão me matar de qualquer forma, por que se dão o trabalho de dar um verniz de legalidade? — consegui dizer antes que me agarrassem pelos braços e me arrastassem para fora.

Deixaram-me no mesmo calabouço que tinha ocupado antes. Algumas horas depois, o mesmo guarda me trouxe uma caneca de água, um prato de sopa e um pedaço de pão, que dividi com o rato amigo.

— Pediram para lhe perguntar se quer um padre — disse-me.

— Que me tragam um bispo — respondi desafiadora, com a última pitada de coragem que me restava.

Em minha última noite, as horas passaram lentamente, dando-me tempo de ir soltando a pesada carga do medo. Não estive sozinha, fui acompanhada pelo rato atrevido, que me observava com seus olhos pretos, brilhando como lantejoulas na penumbra, e também pela Morte, que permaneceu calada num canto, esperando a sua vez. Não se apresentou como um esqueleto repulsivo, com uma foice, mas como uma dama madura e paciente, vestida de branco, que me inspirou uma estranha sensação de conformismo, como se aquele momento estivesse escrito no relato de minha existência desde o nascimento e nada pudesse mudá-lo.

Esqueci o frio, a fome e a sede que tinham me mortificado desde que fora presa; desprendi-me do corpo e fiquei suspensa no ar, olhando de cima com certa curiosidade para aquela mulher patética no chão. Não, não estava caída no chão, era sustentada pelos braços de um homem de cabelo ruivo.

Eric apareceu ao meu lado na cela tal como o tinha visto pela última vez ao nos despedirmos na porta da pensão das pulgas. Eu o invoquei com a força formidável do desespero, e ele se materializou tal como eu precisava: o amante, o amigo, o protetor. Imaginei o calor de seu corpo, o cheiro de sua roupa, sua respiração em minha nuca, a firmeza de seu peito e seus braços me segurando, e foi uma impressão tão real que temi que não fosse uma ilusão de minha mente febril, mas seu espírito, vindo do Além para me consolar. Não! Eric estava vivo! Eu tinha de me agarrar a essa certeza e não pensar que ele pudesse ter morrido em Placilla. Pouco depois, também vieram meus pais de São Francisco para me dizer adeus, e isso me tranquilizou, porque compreendi que Eric era como eles, uma visão prodigiosa, e não um fantasma. Minha mãe se instalou para rezar o rosário, e meu Papo se sentou ao meu lado e repetiu seus ensinamentos fundamentais: "Lembre-te de que os outros têm mais medo do que você, a cabeça sempre erguida, só importam o amor e a honra."

E chegaram para me dar as boas-vindas Rodolfo León e Angelita Ayalef, sem marcas de guerra, incólumes, e Gonzalo Andrés del Valle, jovem e bonito como nos tempos em que seduziu Molly Walsh. Afligia-me ter de ir com eles aos vinte e cinco anos, mas eles argumentaram que não havia nada que lamentar, porque naqueles anos eu tivera um destino completo, família, amigos, aventura, amor e batalhas. Era verdade, mas não queria me despedir tão cedo de Eric, tínhamos acabado de nos apaixonar, não havíamos conseguido nos conhecer a fundo nem ter uma história juntos, tudo nos acontecera num piscar de olhos. "Ai! Se eu pudesse ficar para sempre aninhada em teus braços", disse a Eric. "E por que não?", perguntou-me. Meu Papo diz que inventamos a imortalidade porque não conseguimos suportar a ideia de desaparecer no nada, mas minha mãe acredita no céu e na eterna felicidade das almas boas. Se ela estivesse certa, Eric e eu nos reuniríamos no céu, porque ele é uma alma boa e eu também; essa história de eu ser uma mulher ruim é apenas uma piada familiar. Só pude sorrir diante da gloriosa fantasia da vida eterna; é bem difícil ser agnóstica às portas da morte.

As lembranças me chegavam como duendes, em saltos e corridas, sem ordem nem razão: o balanço que o meu Papo instalou no pátio de El Orgullo Azteca, a boa Rufina rezando junto ao leito de meu pai, o meu primeiro livro de dez centavos com cheiro de tinta e papel, os viajantes de terceira classe no trem de Nova York, o mate passando de mão em mão entre as mulheres das minas, um entardecer dourado no mar infinito visto do convés do *Charleston*, meus irmãos escapando às gargalhadas das chineladas de minha mãe, a intimidade maravilhosa do amor com Eric numa cama desconjuntada. Entre essas imagens, de repente, infiltravam-se outras espantosas de Concón e do hospital, mas eu as exorcizava xingando, que fossem embora, malditas, que me deixassem em paz, e então elas se afastavam como pipa na brisa.

Desde criança, tenho a mania de ver tudo o que me acontece como uma história que vou narrando a um interlocutor mudo, e nesse exercício de contar sou capaz de organizar minha existência e dar-lhe sentido. Naquela noite, gostaria de ter papel e lápis para escrever minhas memórias, porque muito em breve uma descarga de fuzis apagaria minha história por completo. Achei que minha história não interessava a ninguém, seria pura vaidade tentar preservá-la, mas o papel e o lápis me ajudariam a reconstruir a cadeia de acontecimentos que me conduziram àquela cela e a aceitar a injustiça da minha condenação. Compreendi que a sorte de cada um dos soldados daquela guerra valia o mesmo que a minha, que todas as nossas vidas são preciosas e todas estão à mercê de forças que não podemos controlar. Eu ia morrer por nada que valesse a pena, tal como aqueles homens morriam por nada; éramos todos descartáveis, seres anônimos, números no balanço de generais e políticos da história.

Pedi à Virgem de Guadalupe que me ajudasse, que não me deixasse fraquejar, que, ao chegar o amanhecer, me desse coragem e dignidade. E ela respondeu que me acompanharia, não havia nada que temer, seria rápido, barulho apenas, eu nem chegaria a sentir dor, não seria como o final terrível de Rodolfo, de tantos outros torturados naquela prisão, dos pobres soldados que se esvaíam em sangue.

Suponho que o cansaço me derrotou, e a intervalos adormeci na companhia de Eric e de outros espíritos vivos e mortos porque, quando a escuridão começou a se dissipar e a primeira luz alaranjada se infiltrou pelas fendas, dois guardas entraram na minha cela e tiveram de me acordar.

O paredão das execuções ficava no fundo do pátio de atrás da prisão. Suponho que os vizinhos, se existiam, ouviam dia e noite os gritos dos torturados e os disparos dos fuzilamentos. Durante a noite tinha chovido, e as poças brilhavam como espelhos pretos no chão de terra. Aspirei profundamente o ar frio, que ainda cheirava à fumaça dos incêndios e a pólvora; a dor aguda entre as costelas partidas foi quase prazerosa, sinal de que eu ainda estava viva. Os pássaros tinham voltado, ouvi-os nas proximidades e achei que trinavam para mim. Um cão latiu do outro lado da muralha e perguntei-me o que teria sido da Covadonga. Senti a umidade do chão atravessando as solas das minhas botas, estava tremendo de frio e medo, apertei a mandíbula, tentando disfarçar o barulho dos dentes batendo.

Os homens tinham amarrado minhas mãos às costas, mas não permiti que me arrastassem pelos braços.

— Soltem-me. Não preciso de ajuda para isso — disse-lhes, e eles obedeceram surpresos, talvez não estivessem habituados a fuzilar mulheres.

Era um pátio comprido, e no centro havia um poste grosso, tingido de sangue: o poste das punições, onde três dias antes haviam sido açoitados os opositores de Balmaceda e agora servia para martirizar aqueles que o tinham apoiado. Passei ao largo, tentando não pensar em nada daquilo, precisava apenas imaginar Eric ao meu lado, o meu Papo do outro, minha mãe na frente, rezando por mim, a Virgem de

Guadalupe e sua promessa de que eu ia morrer num suspiro, sem dor. Tropecei algumas vezes no chão escorregadio de lama, mas os homens que me conduziam não tentaram me segurar, mantiveram-se atrás de mim a alguns passos de distância.

Caminhei em direção ao fundo, onde estava o pelotão de fuzilamento à minha espera, cinco soldados e um oficial, e parei perto do paredão salpicado de sangue fresco. Estava tiritando, tomada por um terror visceral, encharcada de suor gelado. Durante a noite tinha me resignado à minha sorte, mas naqueles instantes finais a coragem esmorecia. Murmurei como uma oração as palavras do meu Papo: "Cabeça erguida, princesa, sempre erguida."

O oficial deu uma ordem, um dos guardas aproximou-se com um pano para me vendar os olhos.

— Não me toque, soldado — disse-lhe, e surpreendeu-me a firmeza de minha voz, porque sentia o corpo sem ossos, mole, prestes a desmoronar.

— Tem certeza? — perguntou-me o oficial.

— Certeza — respondi.

O oficial hesitou uns instantes antes de acenar com um gesto, e o guarda recuou com a venda na mão. Puseram-me contra o paredão.

— Apontar! — exclamou o oficial com a espada em riste, e vi os cinco fuzis se levantando ao mesmo tempo, cinco buracos negros, e fechei os olhos.

— Fogo! — gritou o oficial.

A última coisa que ouvi antes de desabar foi o estrondo dos fuzis. Nada mais, nenhuma dor, apenas escuridão e vazio.

14

Ninguém conseguiu evitar a retaliação em Santiago. Quando os sinos repicaram anunciando o fim da guerra civil, a população saiu em massa para celebrar a queda do tirano, vociferando palavras de ordem e insultos a plenos pulmões, um estrondo ameaçador de centenas e centenas de gargantas pedindo a cabeça de Balmaceda. O indeciso general designado pelo presidente deposto para resguardar a ordem e assegurar uma transição do poder dentro da lei não foi capaz de fazer tais coisas, pois lhe faltaram caráter e ajuda; até a guarda do palácio havia fugido, e ele contava apenas com alguns policiais que não se atreviam a sair porque o povo os agredia a pedradas.

O centro da cidade e a praça em frente ao palácio de La Moneda foram invadidos por uma multidão febril que, proveniente dos subúrbios, dos bairros modestos e de algumas mansões de opositores, despejou-se das ruas adjacentes como um mar de panos vermelhos e bandeiras, ponchos, chapéus cônicos de palha, mantos e trapos, hábitos negros de freiras e padres em êxtase, cartolas e gravatas, todos misturados, muitos brandindo paus, bengalas e facas.

O júbilo foi crescendo sem que nenhuma autoridade quisesse controlá-lo e transbordou em anseios de bater, vexar, queimar e destruir. Soltaram os presos políticos de Balmaceda, e as celas se encheram com os novos presos políticos da Junta. Os delinquentes comuns saíram pela porta principal e juntaram-se à turba.

Por fim, aquele inverno trágico começava a recuar, e no meio da manhã o sol brilhava; então começaram os saques muito bem organizados. Iam em grupos, ironicamente chamados comissões, com um chefe à frente, montado a cavalo, tocando uma sineta para anunciar sua presença; levava uma lista de casas, comércios e escritórios dos partidários do governo. Esses bandos eram compostos por membros da Irmandade de São José, grupos de choque do clero e dos conservadores, presos comuns, meliantes, voluntários que figuravam como "pessoas de bem" e "guardiões da ordem", além de alguns bombeiros e padres que se apropriavam das melhores obras de arte para suas igrejas. Contavam com carroças e coches de serviço público para transitarem pela cidade e transportarem o saque. Dizia-se que as mulheres da oligarquia e os sacerdotes tinham ajudado a elaborar aquelas listas, as mesmas pessoas que celebravam com champanhe e missas a derrota do governo. Tinham instruções precisas de deixar inabitáveis as casas particulares: aqui podem roubar, mas não queimem nada, aqui podem queimar, mas poupem os documentos, aqui podem quebrar tudo e levar o que quiserem, aqui vamos incendiar simplesmente tudo. Os moradores deviam ser humilhados e assustados, mas sua vida seria respeitada, e alguns deviam ser presos.

Estavam marcadas as casas que iam ser saqueadas, especialmente aquelas de quem tinha participado do poder. Os saqueadores irrompiam brandindo machados e porretes, jogavam na rua móveis preciosos e os despedaçavam, decapitavam estátuas, rasgavam a facadas quadros insubstituíveis, incendiavam as casas e queimavam em fogueiras infames o que escapava do machado, inclusive livros de coleção e exemplares raros das bibliotecas. Mas as vítimas não foram só da classe alta, em todos os níveis sociais o saque serviu para vinganças mesquinhas, para resolver ressentimentos e invejas acusando outras pessoas de terem colaborado com o governo. Não era necessário apresentar provas, a suspeita bastava. O cocheiro de Paulina del Valle teve de se esconder enquanto destruíam sua modesta morada e matavam seu cão. Foi acusado pelo cunhado, com quem tinha se desentendido por uma dívida insignificante.

As comissões apresentaram-se na embaixada dos Estados Unidos aos gritos de "Morte a Balmaceda!". Aquilo despertou em Patrick Egan o guerreiro irlandês que estava subjugado havia anos, à espera de uma oportunidade, e ele saiu vermelho de fúria, acompanhado por dois filhos seus para enfrentar sem armas o povo exaltado em seu espanhol mastigado.

— Balmaceda não estar aqui! Se estar, jamais eu o entregaria! Ir-se de aqui, canalhas! Esta ser legação diplomática! Para entrar vão passar em cima de eu! Esse dia já não haver mais Chile!

E, diante daquele estrangeiro iracundo, os assaltantes recuaram.

Os congressistas refugiados que tinham permanecido durante meses nas embaixadas saíram para se reunir com suas famílias, e os que se escondiam longe da capital anunciaram seu regresso, enquanto os novos perseguidos pediam asilo nas mesmas embaixadas e ocupavam as camas ainda quentes de seus adversários políticos.

Dois dias depois, as tropas triunfantes entraram na capital em meio a um festival delirante de aclamações e foguetes, marchas militares e o repicar de sinos de todas as igrejas anunciando a queda do Anticristo, o tirano que havia imposto o casamento civil, a igualdade entre filhos ilegítimos e legítimos, a promiscuidade nos cemitérios entre mortos católicos e hereges. A Junta preparou-se para ocupar o palácio de La Moneda. Durante a noite, conseguiu-se estabelecer algum tipo de ordem naquela farra de fúria; a plebe cansada começou a retirar-se, os vândalos organizados e os bêbados frenéticos deram-se por satisfeitos, e aquele dia 29 de agosto terminou com uma triste lua minguante assomando ao céu por entre a fumaça que impregnava o ar. Os bombeiros dedicaram-se a combater os incêndios, e os novos policiais recém-recrutados saíram para patrulhar as ruas, mas os saques ainda continuaram durante mais alguns dias, nos quais o furor se abateu sobre casas de penhores, adegas e armazéns.

Por fim, quando o cansaço se tornou mais forte que a raiva, a cidade recuperou alguma normalidade, e então os civis emergiram timidamente das suas tocas para avaliar a imensa destruição, limpar os escombros, lavar o sangue das ruas, queimar as carcaças de animais e enterrar os cadáveres. Ficou pairando no ânimo de todos uma vaga sensação de vergonha por tanto ódio inexplicável.

Paulina del Valle, que tinha ficado entrincheirada no seu palacete durante meses, pôs sobre os ombros a opulenta capa de pele e saiu de braço dado com o marido para medir a magnitude do descalabro e oferecer hospitalidade à mãe de Balmaceda. Encontrou a casa da amiga com portas e janelas abertas, saqueada até o último canto, com o fino mobiliário francês e o piano de cauda destroçados no meio da rua e o busto de mármore do filho pendurado num poste de luz. Uma empregada aterrorizada informou-lhe que a senhora havia se asilado, mas não sabia onde, e o mesmo havia feito o restante da família do presidente.

— Temos de fazer alguma coisa, Frederick — disse Paulina, pensando que na confusão e na violência daqueles meses bem poderia ter sido ela a sofrer a sorte da amiga.

— O que propõe, querida? — perguntou ele.

— Para começar, é preciso limpar esta casa, consertar portas e janelas, fazer um inventário dos móveis que se salvaram, enfim, você verá como podemos ajudar a minha amiga.

Frederick Williams, imperturbável e eficiente como sempre, cumpriu as instruções da mulher. Suponho que a casa haveria de permanecer fechada durante anos, até que a dona ou seus descendentes pudessem voltar a ocupá-la. Àquela altura, o eco da guerra civil teria se desvanecido da memória pesada coletiva, Balmaceda teria uma estátua numa praça principal, e seus partidários teriam voltado do exílio para reintegrar-se na política. O meu Papo tinha me ensinado que isso acontece com frequência na história dos povos. Desconfio também que, se Balmaceda tinha razão, o regime parlamentar teria falhado, e os dez mil mortos seriam uma nota de rodapé no relato do que ocorreu naquele fatídico ano de 1891.

Não me mataram. Talvez meu coração tenha parado e eu tenha ficado morta durante breves instantes, não sei. O primeiro indício de que ainda estava neste mundo foi o eco de risadas que vinham de muito longe, do outro lado do mar, risadas sem alegria, risotas de zombaria. Abri os olhos deitada sobre a terra avermelhada pelo sangue de outros condenados e vi o pelotão de soldados com as armas ainda nas mãos, apontando-me e rindo às gargalhadas.

— Hoje não é o teu dia, gringa de merda. Prepare-se para morrer amanhã — disse o oficial.

Tinham disparado tiros de festim.

Não fui a única a passar por essa agonia inútil. O assassinato brutal de Rodolfo León, que espancaram com sanha, quebrando-lhe a mandíbula com um balaço, e o crânio com uma paulada antes de o matarem a tiros, produziu uma reação em cadeia entre os correspondentes estrangeiros, que enviaram a notícia para seus países. Os congressistas tinham acusado Balmaceda de censura e, mal tomaram o poder, passaram a destruir gráficas e editoras e a prender jornalistas que tinham apoiado o governo anterior. Em menos de vinte e quatro horas, quando os detalhes hediondos da morte de Rodolfo León apareceram publicados em vários países da Europa e dos Estados Unidos, os embaixadores dessas nações protestaram perante a Junta Revolucionária e o general que ocupava temporariamente a cadeira presidencial. A Junta estava decidida a reprimir a imprensa chilena que se opusesse aos seus desígnios, mas precisava estabelecer sua frágil legitimidade aos olhos do mundo; não lhe convinha indispor-se com os correspondentes e deteriorar sua imagem lá fora. Vários jornalistas que tinham sido presos e esperavam ser executados a qualquer momento foram libertados depois de receberem o castigo que os seus captores consideraram necessário e a advertência de que não haveria consideração com eles no futuro. Alguns foram "fuzilados" com tiros de festim por cruel diversão, como eu.

A mim não soltaram porque eu estava inapresentável, imunda, espancada, coberta de sangue seco, encurvada como uma velha e respirando a pequenos sorvos, por causa das costelas quebradas. Era uma das poucas mulheres da imprensa e, além disso, gringa; teria chamado atenção demais, suponho que não sabiam o que fazer comigo e esperavam instruções. Deixaram-me na mesma cela, e o soldado de cara queimada trouxe-me um cobertor, comida e uma tigela de chá preto.

— Não se assuste. Ouvi dizer que também não vai ser fuzilada amanhã — disse-me num sussurro.

Mas não tive de esperar até o dia seguinte, porque ao entardecer foram me buscar. O mesmo oficial que naquela manhã estava me esperando à frente do pelotão entrou na cela acompanhado por outro homem que trazia uma jarra e um embrulho de roupa. Dirigiu-se a mim num tom formal e respeitoso, como se nada tivesse acontecido antes.

— Trouxemos água e sabão para se lavar, senhorita. Não conseguimos um vestido do seu tamanho, mas pelo menos pode trocar a roupa de baixo e tirar esse avental — disse-me.

— Quer que eu me arrume antes de me matarem? Então traga-me um chapéu de plumas — respondi, encorajada pelo que o outro guarda tinha me adiantado.

— Tem visita — respondeu secamente.

Depois de me lavar, conduziram-me por um corredor, abriram a porta de metal, e do outro lado estava Eric, emagrecido, com olheiras, com o paletó tão amarrotado como se tivesse dormido com ele. Não consegui me mexer, mas ele avançou e apanhou-me nos braços murmurando meu nome, acho que estava chorando. A seu lado vi Frederick Williams, impecável num traje de viagem com remendos de couro nos cotovelos e uma boina de tweed. Levaram-me entre os dois até o carro que esperava à porta. Então ouvi um breve latido e vi que a Covadonga estava na rua e tinha nos seguido. Aquela cadela fiel tinha me esperado durante todo aquele tempo; talvez tivesse passado vários dias sem comida nem água.

— E este cão? — perguntou Frederick.

— É minha — murmurei com uma voz quase inaudível.

Isso foi suficiente para Frederick — amante dos cães — convidar a Covadonga a subir no carro. A pobre cadela estava pele e osso e coberta de pulgas. Encolheu-se aos meus pés, extenuada, ofegante de sede, enquanto nos dirigíamos para a estação de trem.

Durante meu cativeiro, o tempo distorceu-se, os minutos pareciam horas, e senti que tinha estado vários meses no calabouço do rato. Eric conseguiu encontrar-me porque se plantou à frente da prisão com a determinação dos apaixonados, até que alguém lhe disse que havia uma gringa alta e maltrapilha num dos calabouços. Contou-me que era um guarda baixinho com a cara deformada, e eu soube que era o mesmo que se compadeceu de mim. Ao perceber que não ia conseguir nada sem ajuda, Eric mandou um telegrama ao embaixador Patrick Egan explicando minha situação e depois recorreu a um capitão de fragata com quem tinha jogado incontáveis partidas de cartas no norte. A Junta Revolucionária o tinha encarregado da governança marítima de Valparaíso. Eric alegou que eu era cidadã americana, jornalista e, o mais importante, membro da família Del Valle.

Calculo que, enquanto Eric se apresentava ao amigo, eu estava sendo julgada pelo conselho de guerra que me condenou à morte; sem a intervenção providencial daquele capitão, o pelotão de fuzilamento teria usado balas de verdade. Também graças a ele, que deu a Eric uma carta com suas instruções para levar à prisão, fui libertada quando ele foi me buscar.

Eu estava tão esbodegada que me deixei conduzir ao trem sem fazer perguntas. Durante várias semanas os trens tinham sido destinados a fins militares, mas a guerra havia terminado, e Frederick Williams conseguiu que acrescentassem um vagão de primeira classe. Como fez isso? Não sei se por meio de misteriosas conexões com as novas autoridades ou simplesmente com dinheiro. Por dentro, o vagão era de fina madeira, estofado, com lâmpadas a gás, cortinas com borlas e sofás de veludo verde capitonê, como o salão de fumantes de um clube inglês. Éramos os únicos três passageiros, atendidos por um garçom que, obedecendo a instruções de Frederick, colocou uma tigela de água na frente da Covadonga. A cadela bebeu, bebeu sem parar. O garçom instalou uma mesa com toalha comprida e serviu-nos três pratos, vinho e sobremesa. Atirei-me à comida com a voracidade de quatro dias de fome, dividindo-a com a Covadonga, e depois comecei a chorar de cansaço e alívio. Eric tentou me acalmar com abraços e uma cantilena de palavras de consolo, enquanto Frederick Williams continuava impassível, fumando seu cachimbo, até minhas lágrimas se acabarem.

— Para onde vamos? — perguntei quando finalmente consegui falar.

— Para Santiago. Peço que aceite nossa hospitalidade, Emilia. Você precisa de descanso e cuidados — replicou o inglês com amabilidade.

Informou-me que, ao receber o telegrama de Eric, o embaixador Patrick Egan se comunicou com Paulina del Valle. Tal como eu supunha, o embaixador estava sobrecarregado com os seus novos refugiados e com as negociações de uma trégua com a Junta Revolucionária, que o considerava seu inimigo declarado. Não podia ocupar-se pessoalmente do meu caso, mas ofereceu-me asilo na embaixada assim que me resgatassem da prisão. Paulina del Valle rejeitou essa sugestão de imediato, porque para isso eu tinha família, e ela, conexões. Eu já não era uma *huacha*, era a filha reconhecida de Gonzalo Andrés del Valle, meu lugar era na casa dela.

— A situação política ainda é muito instável, senhor Williams. Acredito que Emilia estará mais segura na embaixada — interveio Eric.

— Em nossa casa ninguém se atreveria a tocar na senhorita Emilia, senhor Whelan. Apesar de termos estado na oposição, passamos os meses da guerra civil sem sermos incomodados pelo temível aparato de segurança do governo. Agora Paulina tem uma situação privilegiada entre os congressistas — explicou-nos Frederick Williams.

— Agradeço-lhe muito — disse eu.

— Claro, o convite também é para o senhor Whelan — acrescentou o inglês.

Estive muito doente durante duas semanas, urinando sangue e com um ronco de tigre no peito, mas muito bem cuidada no palacete de Paulina e Frederick. Ao chegar, deram-me um banho e viram que eu estava com o corpo cheio de hematomas roxos que demorariam semanas para desaparecer; além disso, tinha piolhos. Envolveram-me a cabeça numa toalha com vinagre durante algumas horas, e depois uma das pacientes empregadas retirou os bichos mortos com um pente especial. Também tiveram de dar banho em Covadonga, que não se afastava do meu lado e dormia na minha cama. O mastim de Frederick e o cachorrinho peludo de Paulina não gostaram nada da atenção que a minha cadelinha recebia.

O médico da família, que estivera asilado numa embaixada desde o início da guerra civil em janeiro e finalmente estava livre, veio ver-me diariamente. Receitou-me os mesmos remédios caseiros que minha mãe usava — cataplasmas quentes de ervas medicinais, limonada com rum, infusão de casca de salgueiro — e ordenou que eu guardasse repouso até que as costelas partidas sarassem.

Deram-me um quarto com vista para a cordilheira dos Andes e uma cama de cortesã com quatro pilares e um dossel de brocado e franjas. Paulina quis contratar uma enfermeira para me atender, mas todas estavam ocupadas com os pacientes da guerra, que iam morrendo dia após dia de gangrena, e teve de se resignar com os serviços de uma freira.

A Eric deram um quarto no outro extremo da mansão, um pouco menos luxuoso que o meu, mas muito confortável. Não estávamos casados, e era impróprio agirmos como amantes; a freira estava sempre presente quando ele vinha me ver. Quase nunca ficávamos sozinhos naquela casa, mas isso não teve muita importância, porque eu não estava em condições de cometer o pecado da luxúria.

Acho que Eric não sentiu falta de mim, porque estava ocupado em enviar ao *Examiner* reportagens sobre a transição de poder no Chile. Teve a generosidade de assinar seus informes com o seu nome e o meu, para lembrar a Chamberlain que eu também era sua correspondente. Para as horas de lazer, encontrou um companheiro ideal em Frederick Williams, que se encarregou de levá-lo para caçar patos e beber uísque com os cavalheiros de boa estirpe no seu clube. Descobriram que tinham muito em comum.

No início, Paulina del Valle assomava à porta de meu quarto de vez em quando para perguntar por minha saúde, mas, quando a febre baixou, começou a me visitar, frequentemente acompanhada pela neta Aurora. A menina fingia ler ou desenhar, mas não perdia uma palavra da conversa. Era muito mais esperta do que a avó pensava. As visitas se tornaram mais longas e assíduas, tomávamos chá com docinhos enquanto ela me interrogava. Queria saber da minha mãe, do meu Papo, de minha vida em São Francisco, até mesmo sobre as conversas que consegui ter com Gonzalo Andrés del Valle. Ocorre-me que ela tentava ter certeza de que eu não era uma impostora, de que ele era meu verdadeiro pai. Assim que me senti mais forte, comecei eu a perguntar, e foi como abrir a caixa de Pandora. Aquela mulher petulante e desconfiada começou a falar-me de sua família, de sua vida, de seu primeiro marido, com quem comungou uma grande paixão de dois fora da lei, como disse, de como fez fortuna com gelo na Califórnia e de como a estava duplicando com vinhas no Chile.

— Propus ao Gonzalo Andrés que tomasse conta do meu negócio de vinhos, mas ele era um preguiçoso, como todos esses mocinhos que não sabem nem limpar o cu — disse-me com a sua habitual desfaçatez.

As famílias da aristocracia chilena são clãs fechados, e as questões familiares são sagradas; a palavra de ordem inviolável é: roupa suja se lava em casa. Paulina acabou por me aceitar como uma Del Valle a mais, caso contrário nunca teria me contado os segredos do seu extenso clã. Eu soube, por exemplo, que não sou a única *huacha*, porque vários homens Del Valle semearam filhos ilegítimos e não os reconheceram, além de não ajudarem as infelizes mães. Numa ocasião em que estávamos sozinhas, ela me confidenciou que o pai de Aurora era seu filho mais velho, que, tal como fez o sobrinho com Molly Walsh, seduziu uma moça em São Francisco e a abandonou.

— Mas Aurora não é *huacha*, porque um dos meus sobrinhos limpou a barra da família, casando-se com a mãe e dando-lhe nosso sobrenome.

— Por que a menina vive com a senhora? — perguntei.

— A mãe dela morreu no parto, e o pai, o meu filho, morreu de uma doença rara. Os avós maternos ficaram com ela durante algum tempo lá na Califórnia e depois a entregaram a mim. E a estou criando.

— E o que aconteceu com o seu sobrinho que se casou com a mãe da Aurora?

— Eu o convenci de que a menina está melhor comigo. Ele se casou, tem muitos filhos e continua aumentando a prole. A mulher vive grávida, mas isso não a impede de ser a pessoa mais interessante da família. Ela controla o marido e os filhos com o dedo mindinho, mas faz isso com doçura e senso de humor. É lúcida de pensamento e generosa de coração: parece-se muito comigo — disse-me sem um pingo de modéstia.

Além das costelas quebradas e dos rins lesados, tive pneumonia, que costuma ser fatal, mas eu tinha sido criada no pátio de terra de El Orgullo Azteca com galinhas e cães, o que me tornou imune aos males que costumam matar outras pessoas. Recuperei-me mais depressa que o habitual nesses casos, deixei de cuspir sangue e de tossir como uma tísica e consegui sair da cama e passear no jardim com a Covadonga, mas admito que não me sentia forte.

— Visto que você não vai morrer, Emilia, chegou o momento de lhe dar uma informação sobre a herança deixada por seu pai — anunciou-me Paulina.

— Herança? — perguntei, surpresa.

— Não se iluda, é uma miséria. Como sabe, Gonzalo Andrés dilapidou a fortuna que recebeu do pai.

Explicou-me que o único bem que Gonzalo Andrés del Valle tinha neste mundo era um pedaço de terra no sul profundo, nas encostas da cordilheira. Ficava muito longe, não havia estradas, apenas trilhas de mulas, e era território de índios. Os brancos que viviam por aquelas bandas eram colonos austro-húngaros, que, junto a alemães e franceses, tinham chegado ao Chile havia mais de quarenta anos, graças a uma lei de imigração seletiva. A ideia era povoar o sul com profissionais e artesãos estrangeiros que trouxessem civilização e progresso para onde os chilenos ainda relutavam em se instalar. Nas entrelinhas, estava bem claro que, além disso, tratava-se de branquear a cor da raça e combater a tendência nacional ao desperdício e à preguiça. Estavam conseguindo, segundo Paulina. Deram-lhes uma terra que os mapuches consideravam sua havia vários séculos, e eles a expandiram por meio de subornos de álcool e compras fraudulentas a preço de banana. Também não lhes faltavam pretextos para eliminar os indígenas a tiros quando o resto falhava.

— Os mapuches assaltam as propriedades dos colonos, queimam as plantações e matam os animais — disse-me.

— Com razão, não acha? É a maneira deles de fazer justiça — argumentei.

— Quem lhe disse que há justiça neste mundo? Os fortes ganham sempre e os mais fracos que se fodem — concluiu Paulina.

Acrescentou que seguramente o terreno de meu pai não estava colonizado por causa da distância e porque não servia para cultivo nem para pecuária; ele não conseguira vendê-lo e, com o tempo, esqueceu-se de que o tinha. Mas, ao examinar os documentos dele, Frederick Williams havia descoberto o título de propriedade. Eram cinquenta hectares perto do lago Pirihueico, na província de Valdivia. Eu era sua única descendente reconhecida, portanto sua única herdeira.

— Imagino que não lhe interesse, Emilia, mas é seu, e, se algum dia o terreno ganhar algum valor, o que duvido, você poderá vendê-lo. Cinquenta hectares naquela vastidão selvagem é o mesmo que nada. Ninguém nesta família vai disputá-lo, ninguém sequer sabe que aquilo existe, e não serei eu a contar — acrescentou Paulina.

A primeira coisa que me veio à mente foi a obsessão de minha mãe com a questão da herança que eu deveria receber de meu pai. A notícia ia deixá-la encantada: sua filha era uma legítima proprietária aristocrática no Chile. As vicissitudes da guerra, o espancamento, os ossos quebrados e a brincadeira macabra de sua execução por fuzilamento tinham valido a pena. Naquela mesma noite escrevi-lhe para contar e não me pareceu necessário dizer-lhe que a propriedade ficava no fim do mundo e não servia para nada. Aquela sorte inesperada seria a cura definitiva do ressentimento da minha mãe; ela poderia se libertar para sempre da amarga lembrança do primeiro amor.

Não voltei a pensar naquele lugar remoto, que por acaso me pertencia, até meados de setembro, quando o médico considerou que eu tinha me recuperado o suficiente para dar um passeio. Ia me fazer bem o ar puro da primavera que chegava com o seu cortejo de abelhas e botões em flor a celebrar as festas pátrias e contribuir para a felicidade do novo Chile, livre do longo inverno da ditadura e da guerra civil, como declamou em tom emocionado aquele médico. Tinha uma maneira lírica de se expressar que não chamava a atenção naquele país onde os poetas brotavam por toda parte, mas que era difícil de conciliar, porque os próprios chilenos que tanto amavam a poesia podiam ser sanguinários. Quando comentei esse fato com Paulina del Valle, ela respondeu que os russos eram iguais.

— Conheci vários em São Francisco. Antes vinham vender peles, mas depois chegaram atrás do ouro. Digo-lhe uma coisa, Emilia, eles eram uns bárbaros capazes da maior brutalidade, mas choravam com canções românticas.

Assim que suspeitou que eu não ia morrer, Paulina mobilizou-se entre os parentes com o fim de conseguir para mim um enxoval adequado à estação, pois eu tinha chegado à casa dela sem mais nada além da roupa do corpo. Enquanto eu tiritava como um franguinho na cama, as mulheres do clã Del Valle desfilavam trazendo roupa de presente. Paulina instalou uma costureira para encompridar saias e mangas, mas não conseguiu encontrar sapatos femininos do meu tamanho. Quando me recuperei o suficiente para me vestir, tive de usar trajes primorosos de organdi e chapéus alegres de palha com as minhas botas miseráveis, enquanto um sapateiro me fazia um calçado mais apresentável.

— Arrume-se, Emilia. Vamos fazer um retrato seu com o mestre Juan Ribero. É muito famoso. As botas não vão ser vistas, vamos tapá-las com a saia — anunciou-me a matriarca.

— Quer ter um retrato meu? — perguntei-lhe, espantada.

— Não é por afeição. Você ainda não a ganhou. É para me lembrar da tua cara quando você for embora. Então você será o único membro da família fora da minha órbita — replicou.

— Ou seja, não vai poder mandar em mim — comentei com ironia.

— Exato, a Califórnia fica muito longe — respondeu-me seriamente.

A fotografia não tinha progredido muito desde a minha primeira experiência, quando posei com uma harpa empoeirada no estúdio do holandês de São Francisco. No Chile já circulavam as imagens das recentes batalhas, feitas depois que o tiroteio silenciara, e só restavam mortos posando imóveis para sempre. Campos desolados, fumegantes, cadáveres de homens e animais, armas abandonadas, escombros e ruína. Talvez algum dia a câmera consiga captar a ação. Eric trouxe umas fotografias para casa, e Paulina não permitiu que caíssem nas mãos de Aurora, porque ela não tinha idade para ver aquilo, mas nada escapava à curiosidade e à astúcia daquela menina. Ela insistiu em me acompanhar ao estúdio, onde o senhor Juan Ribero nos imortalizou de mãos dadas, com vestidos quase idênticos e olhos assustados.

No dia 18 de setembro, quando se comemora a independência do Chile, a cidade acordou cedo com um escarcéu de sinos chamando para a missa e um ânimo festivo de patriotismo. Bandeiras chilenas e bandeirinhas vermelhas da Junta tremulavam em casas e edifícios públicos, nas praças foram erguidas barracas improvisadas de vendedores de bebidas e comida; organizaram-se rodeios e corridas de galgos, a população vestiu-se de festa e saiu em massa para se embriagar e dançar *cueca* ao som de violões. Desde cedo, foram fechadas as ruas principais para o desfile militar; os soldados que não estavam mutilados ou agonizando desfilaram com o passo de ganso copiado dos prussianos, seguidos por levas de crianças esfarrapadas e cães de rua.

Toda a "gente bem", como se autodenominava a classe alta, assistiu ao te-déum de vários bispos com paramentos de gala e coros de crianças, celebrando o triunfo de Deus contra os liberais, da liberdade contra a opressão, dos defensores da pátria contra os traidores balmacedistas.

Compareceram, os generais da Junta, com os peitos cobertos de medalhas que eles próprios tinham se outorgado, o corpo diplomático e toda a gente de importância e finos sobrenomes. Esperava-se que o padre Restrepo se destacasse com um dos seus sermões apocalípticos que deixavam os fiéis suando de terror — era um grande propagandista do inferno —, mas por sorte adoeceu do estômago e não pôde comparecer.

— Dizem que se envenenou com caldinho de galinha e está pondo as tripas pela boca e pelo cu. Bem feito. Maldito padre — foi o comentário de Paulina.

A matriarca deu-se ao luxo de pular a missa, mas Frederick, que se dizia anglicano, assistiu como representante da família. A quem perguntasse, dizia que sua mulher estava indisposta, mas duas horas mais tarde ela passeava sem disfarce pela rua.

Paulina e cortejo, ou seja, marido, Eric, cachorrinho, Covadonga e eu, saímos de coche para percorrer as barracas de tábuas e palha onde se vendiam vinho tinto adulterado e empanadas, segundo Paulina, recheadas com carne de gatos de rua. Eram saborosas, e ela comeu duas. Depois assistimos ao desfile militar. De um lugar de honra, o presidente da Junta exaltou os valores patrióticos e sua vitória na guerra, mas o megafone deformava a voz, e entendemos muito pouco. Toda aquela frenética atividade me deixou extenuada, e voltei com alegria para me deitar na cama. Eric veio me visitar enquanto a freira tricotava meias para os órfãos e nos vigiava com um olho, sentada em sua poltrona.

— Estou pensando em ir para o sul — disse a Eric.

Era uma ideia que me martelava a cabeça fazia vários dias.

— Para onde, exatamente? — perguntou.

— Para um lugar que fica perto de um lago chamado Pirihueico. Lá está a minha fazenda, e quero conhecê-la. Bom, não é uma fazenda, é apenas um terreno. Nunca tive nada e agora tenho isso. Como não vou lá ver?

— Para quê? E como pensa chegar lá? — perguntou-me.

— Vou descobrir. Não tenho nenhum senso de orientação nem experiência em viagens de exploração, mas podemos conseguir ajuda — assegurei-lhe.

— Está falando no plural, mas eu não pretendo ir enfrentar índios zangados e pumas.

— Então terei de ir sozinha — disse-lhe.

Acho que ele sentia a mesma curiosidade que eu por conhecer o sul. Apesar de só termos visto guerra no Chile, o país nos cativara. Naquela mesma noite reunimo-nos com Frederick Williams na biblioteca do palacete, onde as coleções de livros encadernados que ninguém tinha lido forravam as paredes, e nos concentramos na tarefa de planejar uma viagem para onde o diabo perdeu as botas, como o qualificou Paulina. Frederick conseguiu encontrar a localização exata da terra que me pertencia e marcou-a com um círculo vermelho no mapa.

No dia seguinte, quando estávamos tomando o chocolate do desjejum na galeria dos pássaros, chegou-nos o rumor que já circulava por toda a cidade. Eric e Frederick saíram para verificar e voltaram muito depressa com a trágica notícia de que o presidente Balmaceda tinha se suicidado na embaixada da Argentina.

---

19 de setembro de 1891

O SACRIFÍCIO

Emilia del Valle

Hoje de madrugada morre de um tiro na têmpora o presidente do Chile, José Manuel Balmaceda, deposto pela Junta Revolucionária que saiu vitoriosa na guerra civil. A última batalha, travada perto do porto de

Valparaíso em 28 de agosto, põe fim ao conflito que dilacerou o país durante oito meses e deixou um saldo de dez mil mortos.

Depois de pôr a família a salvo, Balmaceda se asila na embaixada da Argentina na mesma noite de sua derrota. Seu amigo, o ministro argentino dom José Evaristo Uriburu, oferece-lhe refúgio sem imaginar as consequências. De um quarto pequeno do segundo andar, seu hóspede assiste ao saque da cidade de Santiago, inclusive da casa de sua mãe, por multidões enfurecidas que pedem sua cabeça. Suspeita-se que esteja escondido, mas não se sabe onde. O ministro guarda segredo, mas a situação se torna muito difícil, e ele teme que a turba ataque a sede diplomática, tal como tenta assaltar a embaixada dos Estados Unidos, onde o embaixador norte-americano, Patrick Egan, enfrenta sozinho a multidão e impede sua entrada, correndo risco de vida.

Passam-se os dias de angustiante espera sem que se vislumbre uma saída honrosa para o refugiado, que ocupa as horas solitárias escrevendo cartas, redigindo seu legado político e lendo os jornais que o insultam, ameaçam, chamam de tirano, de ditador, que o acusam de todos os males que o Chile sofre. No início, sua intenção é entregar-se para ser julgado e ter a oportunidade de defender seu governo e sua pessoa, mas muda de ideia ao verificar que a vingança impiedosa dos vencedores atinge tanto seus colaboradores como modestos funcionários públicos, policiais e militares que cumpriam o dever no Exército. Sabe dos amigos presos, torturados, humilhados; ouve os tiros distantes dos fuzilamentos. Decide que não pode submeter-se aos vexames de quem pede sua morte e deseja apagar da história os feitos de seu governo.

O ministro Uriburu não tenta obter um salvo-conduto, porque Balmaceda considera que escapar do país como fugitivo é um ato de covardia indigno de seu cargo como presidente eleito do Chile. Mas o segredo começa a ser um rumor incontrolável, e as novas autoridades pressionam o diplomata para que entregue seu hóspede. A negativa pode provocar um grave incidente internacional.

Isolado, desiludido, triste e consciente do dilema, o presidente compreende que sua presença é muito comprometedora, que põe em perigo o seu generoso anfitrião e não deve prolongar-se. Não há saída honrosa para ele, o único desfecho possível é sacrificar-se, e essa é sua decisão no dia 18 de setembro, dia em que termina seu mandato presidencial.

O ministro Uriburu volta do teatro, vai dar boa-noite ao hóspede e encontra-o tranquilo, quase jovial. Já passou da meia-noite, e o presidente se prepara para seu último ato com a calma e o cuidado que usa em tudo. Deixa cartas para se despedir da esposa, dos filhos e dos amigos mais íntimos. Veste-se de gala, tira a chave da porta, deita-se na cama, aproxima o revólver da têmpora direita e aperta o gatilho. A bala perfura-lhe a cabeça.

O barulho do tiro acorda o ministro Uriburu, que, ao entrar no quarto, vê na cama o cadáver do presidente e na mesa um envelope grosso. É o testamento político de Balmaceda, escrito com pulso seguro, no qual defende seu governo e acusa a Junta Revolucionária de impor um regime arbitrário, violando a Constituição e as leis. Conclui dizendo que é preciso confiar no futuro. "Nossa bandeira, encarnação do governo do povo verdadeiramente republicano, caiu vergada e ensanguentada nos campos de batalha, será levantada de novo num tempo não muito distante e, com defensores numerosos e mais afortunados do que nós, um dia ela se desfraldará para honra das instituições chilenas e para a felicidade de minha pátria, que amei acima de todas as coisas da vida".

O sacrifício do presidente facilita a reconciliação entre chilenos. Já circula um panfleto clandestino que o chama de mártir da pátria. Talvez passe assim para a história.

Fiquei sabendo dos detalhes da morte do presidente por Rufina, a mulher que cuidou de meu pai nos seus últimos dias, de quem cheguei a ser amiga. Quando ela soube que eu convalescia na casa de Paulina del Valle, foi me visitar várias vezes, nunca de mãos vazias. Chegava coberta com o seu manto preto e com um cesto debaixo do braço. Entrava pela porta de serviço, pedia licença humildemente para me ver e sentava-se ao meu lado para rezar e me contar mexericos. Não existiam segredos para a criadagem das famílias nobres. Por mais que procurassem proteger seus vícios e erros, tudo se sabia num degrau mais abaixo da escala social. Rufina trazia-me doces preparados pelo cozinheiro da embaixada, remédios naturais tão eficientes como os cataplasmas e as infusões do médico, escapulários e imagens de santos milagrosos, meias de lã e outros presentes que eu não tinha como retribuir.

— Prometi ao seu pai que ia cuidar da senhorita, e as promessas aos mortos são sagradas. Cuidar da senhorita não posso, mas pelo menos aceite estes docinhos... — dizia-me.

Nunca me atrevi a perguntar-lhe se eram verdadeiros os rumores de que Balmaceda estava asilado na embaixada argentina, porque não queria obrigá-la a mentir, caso fosse verdade, mas depois do suicídio Rufina pôde falar com liberdade. Todo mundo já sabia, a notícia acendeu-se como pólvora, e ao amanhecer se espalhou em Santiago por meio da infalível rede de rumores que conectava as pessoas, enquanto o restante do país ficava sabendo pelo telégrafo. De imediato sentiu-se no ar uma mudança de ânimo. Os mesmos que no dia anterior pediam a cabeça de Balmaceda pareciam um tanto envergonhados e contritos. Até os jornais mais radicais dos congressistas mediram as palavras. Balmaceda tinha se redimido com sua morte.

O ministro Uriburu tinha incumbido Rufina de atender o presidente, tal como antes fizera com meu pai. Ela lhe levava as refeições, preparava o banho, lavava sua roupa e até lhe cortou o cabelo e aparou o bigode. Via-o escrever de forma incansável, maravilhada com o fato de ele conseguir colocar seus pensamentos no papel sem hesitar, sem um borrão, sem corrigir nada. No dia anterior, ele lhe pedira que passasse a sobrecasaca e a camisa mais elegante, como se fosse sair. Disse-lhe que ao amanhecer já não seria presidente, porque teria terminado seu mandato, e desejou-lhe boa noite amavelmente, como sempre fazia. Rufina dormia muito perto, separada do quarto dele por uma parede fina, e foi a primeira a acudir quando o eco do disparo reverberou entre as paredes da embaixada. Minutos depois, irrompeu o embaixador. Ela me contou, chorando, que o presidente estava deitado de costas na cama, com a perna esquerda dobrada debaixo da direita, o revólver na mão na altura da cabeça sobre o travesseiro, e a bala incrustada na parede.

— O ministro não deixou entrar mais ninguém no quarto além de mim, até que o médico e um juiz chegaram. Lavraram um auto da morte presumível, assim disseram, não sei o que é isso. Eu não vi ninguém lavrando nada. O cavalheiro estava morto como uma pedra — disse-me.

Juntou-se uma multidão nas ruas próximas à embaixada, mas ninguém gritava palavras de ordem odiosas, reinava um silêncio respeitoso. Esperaram o dia todo. Às sete da noite chegou um modesto carro fúnebre, parou um momento junto à porta principal e depois partiu em direção ao cemitério. Um capelão saiu à rua para dizer ao povo que o presidente já não estava ali, que se dispersassem. Um pouco depois, quando a rua já estava deserta, partiu de lá um coche de aluguel, no qual eram levados os restos mortais do presidente envoltos numa manta e sustentados por dois agentes de segurança. Tinham sido posicionados piquetes de polícia no trajeto, para prevenir um possível ataque, mas nada aconteceu; o ódio a Balmaceda tinha se diluído como sal na água. No cemitério, puseram o corpo num caixão e o depositaram na sepultura emprestada por um de seus partidários. Eram oito da noite.

O testamento político do presidente não caiu nas mãos da Junta, que certamente o teria destruído. O original foi guardado num lugar secreto por um de seus amigos, mas as cópias circularam de mão em mão naquele mesmo dia, e foi assim como pude escrever minha crônica para o *Examiner*. A paz e a prosperidade retornaram ao Chile para os vencedores da guerra civil e para aqueles que os apoiaram. O restante da população teria de esperar alguns anos.

15

Eric e eu íamos nos casar no início de outubro na igreja colonial de São Francisco, a mais antiga de Santiago. No Chile, o casamento civil era o único válido perante a lei, mas o que realmente contava ainda era o religioso. Ninguém se considerava casado sem o sacramento; o clero e as mulheres se encarregavam de que isso acontecesse. Havia pessoas que não eram crentes, mas ninguém usava o termo "ateu"; considerava-se um insulto.

No nosso caso, ninguém nos conhecia, de modo que a cerimônia religiosa ia ser íntima e simples, mas Paulina del Valle decidiu anunciar oficialmente o nosso noivado, a "*postura de argollas*", como se dizia, com uma festa memorável. Comprou duas alianças de ouro sem perguntar nossa opinião e convidou a flor e a nata das pessoas conhecidas e o clã Del Valle em peso. Fazia muitos meses que estava reclusa e quis usar esse pretexto para abrir suas portas e lembrar ao mundo quem era ela. De passagem, apresentaria a filha de seu sobrinho Gonzalo Andrés del Valle, que descanse em paz. Ninguém tinha de saber que aquela gringa pitoresca havia sido acusada de ser espiã de Balmaceda e resgatada de um calabouço na beira da execução. Era suficiente que meu sobrenome fosse Del Valle para que me aceitassem sem perguntas demais, pelo menos frente a frente. Pelas costas da matriarca havia um furacão de intriga. A conversão religiosa do sobrinho transviado e sua decisão de reconhecer aquela filha forasteira no leito de morte era um pitéu delicioso que todos saboreavam, acrescentando condimentos a cada relato.

Frederick tentou dissuadir a esposa de realizar a comemoração, porque lhe parecia de mau gosto dar uma festa de arromba enquanto tantas famílias estavam de luto, mas ela o calou com o raciocínio de que não era a única pensando em celebração, a sociedade tinha voltado à normalidade; referia-se à sua classe social, pois o restante das pessoas não era sociedade, era mera população. Talvez a única variante fosse que as tertúlias culturais costumavam incluir mesas de espiritismo e tabuleiros ouija para convocar os espíritos ausentes, apesar da proibição eclesiástica. Cada família contava com uma vítima, ou mais, da guerra civil.

A deslumbrante primavera tinha chegado para aliviar o pesadume do ódio que toldava o ânimo do país. A repressão da Junta não era sentida na classe social de Paulina, mas eu era informada do que acontecia fora daqueles círculos por Eric, que se introduzia em todos os lugares para enviar suas notas ao *Examiner*. Não sei como ele se arranjava para obtê-las com a grave limitação de não falar o idioma.

A ideia de nos casarmos me inquietava, porque meus pais não me perdoariam se o fizesse longe deles e com um homem que mal conheciam. Além disso, aos vinte e cinco anos eu nunca tinha sentido a tentação de me tornar esposa e mãe, o mundo estava cheio de possibilidades, e eu queria viver em liberdade durante mais algum tempo, porém Eric se mostrava tão entusiasmado com o casamento quanto Paulina. Mostrei-lhe que precisávamos de tempo para nos conhecermos melhor, não podíamos tomar uma decisão daquela magnitude impulsionados pela paixão do momento, precisávamos dar espaço ao amor.

— Nós nos conhecemos há quase três anos, pelos meus cálculos, e a amizade que temos é a base mais sólida para um casal. Além disso, a bênção de um padre no Chile não tem nenhum valor nos Estados Unidos. Se eu lhe parecer satisfatório como marido, nós nos casamos lá. Não é crime nem pecado casar-se duas vezes com a mesma pessoa. Mas se você se arrepender mais tarde, não nos casamos e pronto. Você fica livre. O que acha? — propôs Eric.

— Não. Não acho bom. Não pode ser uma farsa. Se nos casarmos aqui ou em qualquer outro lugar do planeta, dá na mesma. A intenção é que vale.

— Eu tenho a intenção de te amar para sempre — disse-me ele.

— Para sempre é muito tempo — repliquei.

— Olha, Emilia, isso é importante para a dona Paulina. Seria falta de educação lhe negar esse favor, ela se comportou muito bem com você.

— Não vamos nos casar para dar gosto a ela! — exclamei.

— Então vamos nos casar para dar gosto a mim — insistiu ele, sorrindo.

E assim continuamos discutindo sobre isto e aquilo, onde íamos viver, o que ia ser do meu emprego no *Examiner*, de onde sem dúvida me despediriam porque não permitiam casais, e era sempre a mulher que saía perdendo; adeus à minha ambição de escrever, e, se tivéssemos filhos, ele continuaria tocando sua vida, enquanto eu estaria para sempre amarrada à maternidade e às tarefas domésticas, não haveria mais jornalismo, viagens nem aventuras para mim, o meu mundo se reduziria a quatro paredes. E fomos discutindo mais e mais vezes, até que minhas razões se esgotaram, e percebi que o vazio na boca do estômago não era consequência do espancamento na prisão de Valparaíso nem dos pesadelos de batalhas e hospitais que me atormentavam durante a noite, mas sim do peso da incerteza. Eu era tentada pela ideia de ter aquele ruivo de bom coração como marido, mas não naquele momento.

Estava apaixonada, mas não o suficiente para calar a voz interna que me sussurrava uma dúvida atrás da outra. Cheguei a um acordo com Eric de trocarmos alianças de noivado na festa de Paulina, mas adiar o casamento até que pudéssemos fazê-lo na Califórnia. Redigimos juntos a carta para os meus pais. Eric lhes pediu minha mão formalmente, e eu lhes pedi que fossem preparando as núpcias na paróquia de La Misión, onde eu entraria de braço dado com o meu Papo, escoltada pela minha mãe e pelos três malandros dos meus irmãos. Meu Papo teria o gosto de convidar todo o bairro, como quis fazer quando foi publicado meu primeiro livro de dez centavos com o nome de Brandon J. Price.

A festa que Paulina del Valle organizou foi um sarau à chilena, nada de imitar Versalhes com um chef francês, como ela desejaria, porque teria sido mal interpretado. A moda era o patriotismo. Encheram de flores o palacete, que foi decorado com temas autóctones e bandeirolas tricolores, contrataram músicos que tocaram canções populares, houve dança e comilança: uma profusão de carnes assadas, mariscos frescos, guisados de milho tenro, queijos, doces, frutas e vinho tinto das vinhas de Paulina, servido pelos empregados da casa e por garçons contratados como reforço. Frederick Williams organizou com perfeição a noitada, que foi definitivamente chilena, mas sem alarde patrioteiro, abundante mas sem esbanjamento escandaloso, refinada, mas sem pretensão. Isso confirmou minha crença de que, em outra vida, aquele marido inglês tinha sido mordomo.

Os convidados encheram as salas de recepção e as duas salas de jantar da mansão. Paulina tinha conseguido mesas de diferentes tamanhos e formatos e mandou fazer toalhas de linho para cada uma. Eric e eu devíamos percorrer as mesas cumprimentando cada pessoa como se a conhecêssemos, enquanto Paulina presidia a festa sentada num sofá magnífico, que, segundo diziam, era cópia fiel do trono da rainha da

Hungria. Metade dos presentes lhe devia favores, a outra metade lhe tinha medo.

Um sacerdote rechonchudo e simpático nos impingiu um sermão, cujo principal mérito foi a brevidade, sobre os deveres do casal para com a família, a sociedade, os pobres e a Igreja. Depois, abençoou as alianças presenteadas por Paulina e apresentadas numa bandeja de prata pela pequena Aurora, e também abençoou a Eric e a mim. Estávamos noivos, e só faltava marcar a data do casamento. Enquanto isso, devíamos viver em castidade e dar exemplo de virtude e decência. Nessa parte da admoestação, Eric me lançou uma piscadela, e eu, tentando disfarçar o riso, soltei uma espécie de latido que foi acompanhado por Covadonga.

Os convidados beberam, comeram, dançaram e cantaram até meia-noite, já que o toque de recolher tinha terminado, e, quando finalmente todos se despediram, Paulina caiu extenuada na cama com os pés inchados, e nós, os noivos, fomos cada um para o seu quarto, como era devido. Uma hora depois, Eric percorreu silenciosamente aquela vasta mansão e se introduziu na minha cama. Fazia uma semana que a freira que cuidava de mim tinha voltado para seu convento, e pudemos nos abraçar com plena liberdade. O contraste entre aquela cama palaciana e o catre da pensão das pulgas era notável, mas não precisávamos de travesseiros de plumas para ajudar no prazer, a única coisa que importava era estarmos juntos. Fazia várias semanas que não nos tocávamos, mas a paixão exigente teve de ser mitigada, porque eu ainda estava fraca.

E foi ali, entre os lençóis bordados de Paulina, enquanto fazíamos amor com a delicadeza de um casal de idosos, que finalmente confessei a Eric minha aventura com seu irmão Owen. Ele ficou chocado, naturalmente, mas lembrei-lhe que naquela época eu era livre. Não dei detalhes, e ele não os pediu. Era história antiga.

No país vivia-se um delírio de bandeiras, marchas militares e atos solenes em homenagem aos mortos em batalha. Ou seja, os mortos dos vencedores, os outros não contavam, assim como havia uma ajuda generosa para os órfãos e as viúvas dos soldados congressistas, e nenhuma para os derrotados. A festa de Paulina saiu nas páginas sociais dos jornais como um exemplo da austera elegância da verdadeira aristocracia, em contraste com a breguice dos novos-ricos do salitre, que folheavam a ouro seus penicos. Tradicionalmente, na primavera as meninas eram apresentadas em bailes de debutantes, os apaixonados se casavam, havia exposições de flores, corridas de cavalos, rodeios e circos ambulantes, mas naquele ano toda e qualquer celebração estava amortecida pelo peso tremendo da guerra, por um secreto mal-estar coletivo pelas atrocidades cometidas. As almas dos mortos não tinham partido, ainda andavam pela terra à procura de seus ossos.

No final de setembro, esgotaram-se os pretextos para Eric e eu prolongarmos a permanência no Chile. Em São Francisco, o senhor Chamberlain começava a perder a paciência conosco. A guerra civil e os conflitos diplomáticos dos chilenos com os Estados Unidos tinham saído de moda; o jornal já não precisava das notícias enviadas por Eric. Minha crônica sobre a morte de Balmaceda e outra sobre minha experiência diante de um pelotão de fuzilamento foram as últimas publicadas. O editor enviou-me um telegrama exigindo que voltasse o mais depressa possível, se quisesse continuar trabalhando no *Examiner*. Eric não sofreu ameaça tão drástica, mas também foi intimado a voltar, porque seu papel como correspondente de guerra tinha terminado. A paz não interessava a ninguém.

Eric descobriu que o próximo navio de passageiros partia de Valparaíso para São Francisco dali a cinco dias; tínhamos o tempo justo para preparar a viagem e despedirmo-nos do clã Del Valle. Enquanto eu previa com angústia o momento de embarcar de volta à antiga vida que me esperava no norte, ele já estava mentalmente na Califórnia. Para mim, havia algo pendente. Claro que queria voltar à minha casa em La Misión, porque, depois de tudo o que tinha acontecido, eu precisava ver meus pais e meus irmãos. Sentia falta deles, não passava um dia sem pensar neles; no entanto, algo me retinha. Eu me debatia entre a saudade da minha vida lá e algo que não sabia nomear, algo mais forte do que minha habitual curiosidade, uma espécie de chamado urgente. Eu tinha alguma coisa a mais para fazer no Chile: precisava ir até a terra que meu pai me deixara. Sabia que era um desejo irracional e que seria quase impossível explicá-lo a Eric.

Nos escassos quatro meses que havia passado no Chile, senti que tinha envelhecido, que tinha me tornado frágil e vulnerável como se a pele já não pudesse me proteger. Os horrores que presenciara e a proximidade de minha própria morte tornaram-me sensível ao ruído e ao alvoroço que antes me impulsionavam e agora me esmagavam. Não me sentia capaz de voltar a escrever crônicas para entreter leitores frívolos, como os vícios do senador Cole assassinado ou as curvas indecentes da divina Omene. Precisava de solidão e silêncio. Precisava de tempo para assimilar os novos contornos do mundo tal como ele se revelara depois de eu ter enfrentado a morte cara a cara. Era um mundo desconhecido; eu tinha de encontrar meu lugar naquela estranha paisagem. Pressentia que naquela região misteriosa do sul do continente estava o que eu procurava. Nada sabia daquele território, nem sequer conseguia imaginá-lo, mas esperava livrar-me lá dos pesadelos e recuperar as forças. Eu nunca voltaria a ser a mesma de antes, mas talvez no sul nascesse uma versão nova e mais forte da mulher que fui.

Eric garantiu que no futuro voltaríamos ao Chile e iríamos juntos para o sul, mas eu tinha de fazer essa viagem sozinha. Sugeri que ele fosse para São Francisco acalmar o senhor Chamberlain; eu iria mais tarde, passaríamos juntos o Natal com os meus pais em La Misión.

— Não, Emilia, não me parece uma boa ideia. A gente faz planos, e a vida os desfaz. Por que arriscar uma separação? Seria tentar o azar.

Espero que não seja um pretexto para adiar o casamento. Ou que não seja um pretexto para se afastar de mim. Você não precisa dessas evasivas. Basta dizer a verdade, posso aceitá-la — replicou, irritado.

— Claro que não pretendo me livrar de você! Como pode acreditar nisso? Eu te amo. Sempre vou te amar, Eric. Quero ficar com você a vida toda. Até quero ter esses ruivinhos que você tanto deseja.

— Então não sei o que a impede de voltar para casa comigo.

— Irei, mas não agora. Preciso encontrar a mim mesma. Sei que isso é um clichê, mas não há outra forma de explicar esta sensação que tenho de estar incompleta. Algo me espera no sul. Não é uma fantasia louca, Eric. É uma certeza — disse-lhe.

— Nesse caso, vou junto — respondeu-me.

— Não. Você precisa voltar ao seu trabalho. Pensei muito sobre isso, Eric, e agora sei que tenho de ir sozinha. Esta é uma viagem espiritual para mim. Por favor, tente entender — pedi.

— Não consigo entender, mas tenho de confiar em você, Emilia. Amo a pessoa imbatível que você é. Vou respeitar essa decisão, embora ela me assuste terrivelmente e me parta o coração — respondeu, abraçando-me.

Senti seu soluço contido, o batimento de seu coração, a firmeza de seus braços, seu cheiro a fumo e lã, minhas próprias lágrimas na sua camisa.

Passamos o pouco tempo que nos restava fazendo planos durante o dia e amor à noite. Imagino que todos na casa, inclusive Paulina, estavam cientes do que ocorria naquelas noites de paixão, mas fingiram ignorar.

Por fim chegou o dia da partida. Fui deixar Eric na estação com um nó no peito e premonições no coração. Podia ser que ele tivesse razão, que a separação fosse como tentar o destino. Antes de nos despedirmos, entreguei-lhe uma carta para meus pais e uma cópia de meu retrato, que Paulina encomendara ao fotógrafo Juan Ribero. Falava-lhes da muita saudade que sentia deles, de como amava Eric e dizia que esperava ansiosamente o dia do casamento, mas que na verdade não ia voltar para casa ainda.

Eric viajou a Valparaíso para pegar o navio norte-americano com destino à Califórnia e, enquanto isso, organizei-me para viajar ao sul dentro de uns dias. Por que fiz isso? Porque sentia uma palpitação irresistível de inquietude.

Paulina del Valle ficou frenética ao saber de meus planos; considerou-os absolutamente estapafúrdios por muitas razões, mas sobretudo porque eu ainda não tinha recuperado de todo a saúde. É verdade que a doença me afetara muito, mas isso não me impediria de partir. Tive de ir sem seu consentimento. Calculei que poderia fazer a viagem em menos de três semanas e cumprir a promessa feita a Eric de passarmos juntos o Natal em São Francisco.

Preparei uma bagagem mínima e fui para o porto, onde consegui passagem numa sofrida escuna chilena de dois mastros. Claro que a Covadonga veio comigo, não podia deixá-la.

Mar e mais mar, dias curtos e noites longas, o sol despedindo-se no horizonte, crepúsculos dourados, a lua deslocando-se no céu negro, amanheceres avermelhados, meios-dias de radiante clareza, nuvens sepulcrais. Nas noites limpas, o capitão Janus apontava o Cruzeiro do Sul e Sírio, a estrela mais branca e brilhante do firmamento. Era um homem magro, que dizia ser descendente de piratas holandeses, com rugas profundas e barba branca, sem dúvida não tão idoso quanto parecia. Tinha feito aquela viagem mais vezes do que conseguia contar e era capaz de ler o mapa celeste como um alfabeto de estrelas.

As batidas rítmicas da água contra os costados da embarcação e a tremulação das velas ao vento cortavam o silêncio do oceano. Os golfinhos e, às vezes, também baleias monumentais nos acompanhavam ao longo de extensos trechos.

A escuna, que tinha o nome terno de *Niña Juanita*, percorria havia muitos anos aquela mesma rota com suas velas amareladas como asas de ave pré-histórica. Contava com seis tripulantes, além de um cozinheiro peruano e o capitão Janus, que, em caso de necessidade, funcionava como enfermeiro, porque na juventude tinha feito um curso de primeiros socorros na Armada. Numa tarde de tempestade, distribuiu entre os passageiros um chá amargo que, segundo ele, era um remédio da natureza para evitar o enjoo. Pelo cheiro de cânfora, pude identificar o láudano, porque o administrara no hospital de Valparaíso. Dormimos anestesiados durante doze horas, sonhando com trovões e relâmpagos.

— Diga-me, capitão Janus, alguma vez um dos seus passageiros teve uma reação indesejável ao seu remédio da natureza? — perguntei no dia seguinte, ainda um pouco aturdida pela droga.

— Como o quê, por exemplo?

— Como um ataque cardíaco — sugeri.

— Não, nunca nada tão grave. Apenas um pouco de dor no peito e suores frios, mas pior seria vomitar as tripas, não lhe parece, senhorita? — respondeu.

A missão da *Niña Juanita* era transportar carga, mas possuía quatro camarotes básicos para passageiros. A mim destinaram o menor, por ser eu a única mulher a bordo, os outros dormiam a dois. Sobre meu beliche havia um teto de lona alcatroada para acumular a água que se infiltrava quando as ondas se enfureciam; se inchasse demais, um dos tripulantes a esvaziava com um balde, porém mais de uma vez Covadonga e eu acordamos com um jato de água do mar caindo em cima de nós.

Passei grande parte da travessia no convés, apesar do frio e dos respingos de água salgada, porque minha diminuta cabine carecia de ventilação. O capitão Janus forneceu-me uma tábua que, apoiada na saia, me serviu de mesa, e assim pude continuar escrevendo no caderno que havia começado na casa de Paulina del Valle. Meu propósito era contar o que tinha vivido no Chile, para que aquilo não fosse levado pelo vendaval da má memória, mas, sem querer, comecei dezoito anos antes com uma das lembranças mais vívidas de minha infância: a de minha mãe me levando para ver a cabeça decapitada de Joaquín Murieta. A partir de então, não consegui imaginar meu pai biológico de outra maneira. Meu pai foi aquele infeliz de olhos costurados e um horrível sorriso de dentes expostos até quase três meses atrás, quando conheci Gonzalo Andrés del Valle em sua cama de moribundo.

Não havia nada que fazer a bordo. Enquanto os outros passageiros se entretinham com baralhos, discutindo política e planejando negócios, eu escrevia. Não lhes ocorreu convidar-me para a mesa de jogo, porque supuseram que apostar dinheiro era pouco apropriado para uma senhorita. Fizeram bem, porque eu os teria depenado, como fiz com os oficiais do *Charleston*, que teriam perdido até a camisa, se tivéssemos jogado com dólares em vez de fósforos.

— Estou vendo que o seu caderno está quase cheio — comentou Janus.

— Tenho mais dois em branco. Nunca me falta papel, capitão.

— O que escreve tanto, senhorita? — perguntou-me.

— Sobre a minha vida — disse-lhe.

— Não é um pouco prematuro? Sua vida mal começou. Eu, em contrapartida, tenho muito que contar e gostaria de escrever, mas não sei como. A senhorita não me ajudaria?

— Se voltarmos a nos ver e tivermos tempo, talvez, capitão Janus. Por enquanto, vá anotando o que lembrar, é assim que se começa a escrever a história de uma vida — aconselhei.

Minha experiência no *Charleston*, quando vim da Califórnia, foi em pleno oceano, sem ver terra nem outros navios durante dias seguidos, mas a *Niña Juanita* era um modesto barco de cabotagem, e nunca estávamos muito longe da costa. Aproximávamo-nos de pequenas enseadas, tão tênues e obscuras que pareciam despovoadas desde a manhã dos tempos, mas, assim que descíamos de bote à margem, entre rochas eternas, alvoroço de pássaros marinhos e gritos de focas, os habitantes se materializavam como por magia. Não eram muitos, apenas um punhado de homens e mulheres acabados, curiosos, cobertos com pesados ponchos e gorros de lã, pele escura de sol e sal, e crianças de olhos negros cheios de assombro e bochechas vermelhas açoitadas pelo vento. A *Niña Juanita* trazia-lhes o correio e os jornais atrasados e abastecia o único armazém da localidade.

Enquanto nossa tripulação esticava as pernas e bebia na taberna, que em geral era uma cabana insignificante, o capitão Janus distribuía desinfetante para feridas, óleo de fígado de bacalhau para fortalecer as crianças, pílulas do doutor Ross para todos os males, menos a epilepsia, e preservativos negociados às escondidas. Enquanto isso, eu fazia amizade com as mulheres. Falávamos dos filhos, do trabalho, dos homens que iam e não voltavam e dos outros perdidos pelo álcool, do mau tempo, da chuva e do frio, do verão que sempre se atrasava. Perguntavam-me como era a capital e se era verdade que as ruas tinham postes de luz e se por acaso eu tivera a oportunidade de experimentar sorvete, mas ninguém mencionava a guerra civil, como se esta tivesse ocorrido em outra época e em outro país.

Em algumas ocasiões, parávamos diante de uma costa de rochas milenares que pareciam cortadas a machadadas telúricas. Alguns tripulantes tenazes baixavam um bote e desafiavam a remo a força das ondas para se aproximarem da margem. Eu ia com eles. Era a única entre os passageiros que se atrevia a subir naquela pequena embarcação sacudida pelo oceano; os outros eram homens sérios: um engenheiro hidráulico, um dentista, dois empresários, um missionário protestante que ia competir com os jesuítas e um cientista belga que estudava as virtudes do solo e os caprichos do clima para uma companhia bananeira. O capitão Janus aconselhou-o a não perder tempo; o Chile não era e nunca seria uma república de bananas.

Tive a oportunidade de conhecer pioneiros estrangeiros, famílias que viviam isoladas durante meses, dependentes de seus próprios recursos e de seu esforço em condições muito mais precárias do que as dos imigrantes instalados em vilas e cidades. Algumas pessoas tinham chegado havia mais de trinta anos, tinham filhos e netos nascidos no Chile e ainda falavam apenas sua língua materna. As crianças estudavam durante nove meses do ano em austeros internatos religiosos do norte e passavam o verão com os pais, fartando-se de frutas e sol. Aquelas pessoas tinham chegado sob a proteção do governo chileno, que em muitos casos lhes dera as terras arrebatadas aos indígenas, nas quais estes haviam habitado durante séculos, condenando-os à miséria. Esse esbulho criava uma violência inevitável, mas, apesar da ameaça constante e das duras condições de vida, aqueles forasteiros estavam apaixonados pelo Chile e não o trocariam por nenhuma das vantagens da Europa. Para eles, aquela natureza magnífica, aquela fragrância de floresta e mar, aquele ar de cristal, aquele silêncio duro eram o Chile. O restante do país não existia.

Naqueles dias que passei na *Niña Juanita*, dediquei-me completamente a compilar memórias em meu caderno. Precisava anotar tudo o que havia vivido antes que me esquecesse. De repente, pensava em algo que deveria ter contado antes; então intercalava uma página ou duas entre as anteriores, ou tinha de cortar um parágrafo e colá-lo em outro lugar. Meu caderno foi-se enchendo de notas à margem e de pedaços de papel acrescentados aqui e ali. Era difícil de ler, mas eu conseguia porque conhecia cada palavra do conteúdo.

Às vezes, quando podia entregar o leme a seu subalterno, o capitão Janus sentava-se ao meu lado e falávamos da memória que ele desejava escrever. Dizia-me que recordar é importante, é preciso olhar o passado para entender o presente e enfrentar o futuro.

— A minha vida foi marcada por mudanças. Sempre fui inquieto, nisso a senhorita e eu nos parecemos. Inicio alguma coisa e já estou pensando em terminá-la para começar outra, acredito que por isso acumulei aventuras. Sou atraído pelo limiar de algo desconhecido. Já fui de tudo, até contrabandista durante algum tempo — contou.

— Mas está há muitos anos na *Niña Juanita*, não é?

— Sim, mas tiro férias. Navego oito meses por ano, quando o clima está bom, e no inverno vou terra adentro.

— Para onde vai? — perguntei-lhe.

— Antes ia para outros países, assim percorri a América, mas agora prefiro ir para as montanhas, para as florestas, para os lagos do Chile. Por que vou para longe se aqui está o melhor da Criação? Mas há uma coisa: é preciso saber se deslocar no inverno, conhecer o terreno, aguentar as tempestades, andar na neve, dormir debaixo de chuva — explicou.

— Por sorte, o clima está bom e não será tão duro para mim. Mas me preveniram contra os índios — disse-lhe.

— Se não se meter com eles, não acredito que eles se meterão com a senhorita, mas precisa tomar cuidado com os pumas e os bandidos. Os mapuches parecem hostis, são um povo guerreiro, detestam os brancos e com razão. Eles nos chamam *huincas*, que quer dizer ladrões e mentirosos, mas à senhorita não vão fazer mal porque irá recomendada e porque se atreve a andar sozinha; eles respeitam a coragem.

— Como é isso de que irei recomendada? — perguntei-lhe.

— Tenho conhecidos entre eles. Aceitam-me porque sou irmão de palavra do *toqui** Aliwenkura. Era um grande guerreiro, mas foi derrotado nas campanhas de ocupação da Araucânia, e o seu espírito nunca se recuperou. Visito-o quase todos os anos. Vou enviar-lhe uma mensagem sobre a senhorita. Estará protegida — respondeu-me.

Após vários dias de navegação, chegamos a Valdivia, o primeiro porto importante que me ocorria ver naquele trajeto, onde eu desembarcaria

* Entre os antigos mapuches, chefe em tempo de guerra. [*N. da T.*]

da escuna. Entramos numa baía ampla, onde se erguia uma cidade florescente. A alma do Chile está na água. Em toda a sua extensão, desde a fronteira do norte até a Patagônia, o oceano Pacífico o acompanha. Mar, lagos azuis, rios torrenciais, cascatas, cataratas, mananciais, chuvas persistentes, neve e lágrimas, água em todo lugar, menos naquele deserto tremendo do salitre.

Na cidade, notava-se a marca dos alemães; muitos colonos tinham prosperado com serrarias, indústrias de embutidos, peles e laticínios, além do comércio. Havia um clube, duas escolas e um hospital alemão, bem como várias tabernas que competiam com cerveja caseira. O capitão Janus convidou-me a tomar chá com *apfelstrudel*, e à noite fomos a um restaurante experimentar umas linguiças inesquecíveis com chucrute de repolho roxo.

Por onde passávamos, as pessoas cumprimentavam Janus; aquele homem conhecia todo mundo. Aconselhou-me a descansar alguns dias e a me abastecer do necessário para o resto da viagem. Aproveitei para mandar lavar minha roupa. Uma mulher de humildade absoluta, que ganhava a vida com uma bacia e sabão, contou cada peça de roupa ao recebê-las e as devolveu limpas e com aroma de carvão do braseiro onde as tinha secado.

Nos Estados Unidos e na Europa já havia algumas mulheres modernas que usavam calças para cavalgar e andar de bicicleta, mas não me atrevi a fazer isso no Chile. Das vivandeiras aprendi a vantagem de usá-las por baixo da saia, de modo que comprei duas de um alfaiate de homens, mas não pude experimentá-las na loja, teria sido escandaloso. A conselho do capitão, que naqueles poucos dias em que convivemos tinha me tomado sob sua asa protetora e me tratava com uma ternura brusca, substituí minhas botas, que já estavam esfrangalhadas, por outras feitas na Alemanha, botas folgadas de explorador, que eu podia usar com meias grossas de lã. Tinha contado ao capitão o meu plano de chegar até o lago Pirihueico em busca de umas terras que me pertenciam.

— Com os pés secos e quentes pode-se ir longe — disse-me, examinando o calçado com olho de especialista.

— Vou ter de andar bastante, capitão — indiquei, mostrando-lhe o mapa onde Frederick Williams tinha marcado o meu destino com tinta vermelha.

— Certo. Fica longe. Como pensa chegar lá e o que fará se chegar? — perguntou-me.

— Não sei. Veremos como me arranjo à medida que se apresentem os obstáculos, capitão.

— Muito corajoso da sua parte, Emilia. Não imagino uma mulher sozinha numa aventura assim.

— Por que não, capitão? Reconheço que seria muito mais fácil ser homem, mas não vou deixar que isso me impeça. Além disso, terei minha cadela comigo. Há tanto para ver no mundo! — falei.

— Vejo que anda com uma aliança no dedo. Está casada?

— Noiva apenas, mas planejamos nos casar em breve. Sinto falta dele — respondi.

— E por que o seu noivo não veio junto? — perguntou-me, espantado.

— Precisou voltar ao trabalho na Califórnia. E a verdade é que eu precisava fazer esta viagem sozinha — expliquei.

— Mau negócio. Não deveria ter feito isso. Se fosse minha filha, eu não a deixaria ir sozinha por esses confins — replicou.

— Se o senhor fosse meu pai, eu lhe pediria que me acompanhasse. Tem filhos, capitão? — quis saber.

— Tive uma filha. Agora ela teria quase quarenta anos... — respondeu-me.

— O que aconteceu com ela?

— Aos dezesseis anos foi embora com um santo.

— Com um santo, como assim? — perguntei.

— Era um santarrão do Brasil que andava anunciando a chegada do novo Messias, como São João Batista. Fazia milagres, diziam seus discípulos, mas por aqui ninguém viu nenhum. Um charlatão, é o que eu acho que era. A minha filha foi atrás dele e nunca mais eu soube dela — contou.

— Já a procurou?

— Estou sempre à procura dela, mas acho que, se estivesse viva, já teria entrado em contato comigo. Ela saberia onde me encontrar. Uma mulher sozinha corre muito perigo, por isso lhe digo que não siga em frente — insistiu o capitão Janus.

— Preciso ir, o risco não me assusta muito, capitão. O senhor me contou que foi caminhante e aventureiro antes de se tornar marinheiro, por isso entende melhor do que ninguém a vertigem de ir cada vez mais longe — respondi.

— Sim, Emilia, mas eu sou homem. Enfim, se não quer ouvir a razão, o que podemos fazer? Minha filha também era teimosa como uma mula. Vai precisar de um poncho quente e de uma arma. Vou arranjar-lhe um revólver.

— Obrigada, capitão, mas não se incomode, porque não sei usar. Seria um peso inútil.

Não sei quando nem por que o capitão Janus decidiu me acompanhar, mas não me anunciou até o momento da despedida. Quando fui pagar a conta do hotelzinho onde me hospedava, com minha mochila e a bolsa de lona que continham meus poucos pertences — a roupa elegante presenteada por Paulina del Valle havia ficado em Santiago —, ele estava à minha espera. Notei que tinha trocado o paletó azul e o boné de marinheiro que sempre usava por um paletó forrado de pele de ovelha e uma boina preta que lhe dava um ar de pastor basco. Tinha aparado um pouco a barba e parecia mais jovem. A seus pés havia um saco de marinheiro e um cesto grande, e ele se apoiava numa espingarda.

— A partir de agora a viagem não será muito confortável. Vamos ter de fazer um trecho de barco e o resto a cavalo e a pé — explicou-me.

— Vamos, o senhor disse? — perguntei, admirada.

— A *Niña Juanita* precisa de uns consertos, está fazendo água por várias fendas. Vamos aproveitar para consertá-la aqui, isso me dá tempo de lhe mostrar uma parte do caminho.

— Como pode ter essa ideia?! O senhor não pode perder seu tempo comigo, capitão! — exclamei.

— Não faço isso pela senhorita, faço-o porque gosto de explorar. Já andei por aqui antes e quero voltar a ver o lago — respondeu.

E nisso ficamos alguns minutos, como impõe a cortesia no Chile, ele me fazendo um favor e eu me recusando a recebê-lo para não incomodar, até eu fingir que tinha sido vencida por seus argumentos e ele fingir que aceitei para não o decepcionar.

Despedimo-nos dos tripulantes, que ficaram encarregados dos consertos de que a embarcação precisava até o regresso do capitão, e fomos para o cais do rio, onde éramos esperados pelo barqueiro que Janus tinha contratado, um homenzarrão moreno e quadrado como um armário, com um sorriso amável de poucos dentes, calçado com botas altas de pescador. Era dono de uma embarcação básica, mas em bom estado, equipada com um toldo para nos proteger do sol e da chuva. Acomodou nossa escassa bagagem e, antes que eu conseguisse protestar, ergueu-me nos braços sem esforço e depositou-me dentro do barco. Fez o mesmo com a Covadonga, que, depois de navegar no oceano, já não tinha medo da água. Janus instalou-se à minha frente para equilibrar o peso.

16

O barqueiro tinha crescido percorrendo o rio Calle-Calle em ambas as direções, conhecia cada recanto, cada obstáculo, sabia onde duplicar o esforço e onde permitir que a corrente o ajudasse. Teve de remar horas a fio até o sol se pôr e fez isso cantando em grande parte do percurso. Paramos três vezes, duas para aliviar o corpo e uma para comer. O capitão abriu o cesto e apresentou-nos uma inesperada riqueza de provisões: frango assado, frios, queijos, pão fresco, frutas, doces e duas garrafas de vinho tinto que foram uma bênção. Sentia-me mareada, apesar de o barco balançar muito pouco, e imaginei que ainda não havia terminado minha convalescença, e eu estava sofrendo as últimas sequelas do espancamento na prisão e das febres que me atormentaram na casa de Paulina del Valle.

Água, lagos, rios, charcos, floresta, montes, cumes distantes de montanhas e vulcões, o espetáculo soberbo da natureza em que íamos penetrando a cada remada. O capitão me explicou que há mais de dois mil vulcões no Chile, por isso ninguém se assusta com um tremor; as pessoas reservam o pânico para os terremotos de verdade, aqueles que ocorrem com certa frequência e em poucos minutos derrubam tudo, abrem fendas na terra, enchem o ar de poeira, e o solo, de escombros, matando humanos e animais por igual.

Não é possível descrever a paisagem com lápis e caderno, apenas um poeta poderia tentar. Vastidão de árvores milenares, *coigües*, cascas-de-anta, araucárias, aveleiras, ciprestes da cordilheira. Verde, cem tons de verde e, às vezes, na altura, a chama de um *copihue* vermelho, a flor emblemática do Chile. Aves de todos os tipos, coros de pássaros buliçosos e, de repente, o voo silencioso de um condor andino. O ar puro e frio como cristal infiltrava-se em cada recesso do corpo e da alma, lavando os caminhos secretos das veias e dos pensamentos. Eu aspirava aquele ar com o coração aberto, e meus olhos se enchiam de lágrimas; a gratidão era tão profunda que não me ocorriam palavras para expressá-la, e a cada momento eu me apanhava murmurando orações inventadas: "obrigada, obrigada, obrigada por não terem me matado, obrigada por estar viva e por estar aqui no fim do mundo, neste paraíso original, nesta natureza virgem, obrigada, mil vezes obrigada." O capitão Janus observava-me sem disfarçar, e creio que compreendia minha emoção diante de tanta beleza sagrada. Talvez também a sentisse.

— Nunca imaginei que existisse um lugar como este, capitão — confessei com a voz entrecortada.

— Espere, Emilia. Ainda não se aproximou do lago Pirihueico. Aquilo é o que há de mais belo, garanto, eu que já vi muito mundo — respondeu.

— Parece-me que já estive aqui antes, capitão. Em outro tempo, em outra vida. Gostaria de ficar aqui para sempre — disse-lhe.

— E o seu noivo? — perguntou-me com uma piscadela travessa.

Percebi que a lembrança de Eric não tinha se diluído naquela paisagem encantada e que sua ausência provocava em mim uma fisgada de angústia. Ele estaria viajando para a Califórnia e fazendo planos para nossa vida em comum enquanto eu me afastava cada vez mais.

O sol se pôs tarde, e chegamos com claridade ao ponto onde o barqueiro nos deixou num atracadouro de tábuas meio apodrecidas. Despediu-se com o enigmático conselho de que tomássemos cuidado com os *wekufes*. Janus explicou que, segundo a mitologia da região, são seres maléficos que podem causar danos. Não havia nenhum ser humano à vista, nem uma trilha, nada. Ali, naqueles ermos, deveria começar a última etapa de minha travessia.

Janus ajudou-me a levar minha bagagem e se pôs a andar, abrindo caminho entre os arbustos e, vinte minutos depois, chegamos a uma clareira onde se erguia um casario de quatro ou cinco choças de barro e palha. De algumas escapava uma frágil coluna de fumaça por um buraco no telhado. Vários cavalos, galinhas e um porco ocupavam a área central, pátio comum onde sem dúvida decorria a vida, porque vimos uma fogueira de brasas. Os latidos dos cães que saíram ao nosso encontro alertaram os habitantes.

Primeiro apareceram as crianças seguidas pelas mães, mapuches puros na sua roupa tradicional. Janus os cumprimentou na língua deles e ficamos ali à espera, enquanto eles nos observavam sem dizer nada, e os cães continuavam rosnando e latindo. Por fim, depois de um tempo que me pareceu muito longo, de uma das choças saíram dois homens bem mais velhos, com os rostos vincados por rugas e os cabelos pretos salpicados de fios grisalhos. Um trazia uma espingarda antiga de dois canos, e o outro, um machado curto. Sua atitude de altiva desconfiança mudou quando eles reconheceram o capitão.

Tal como Janus tinha adiantado, sua amizade com o *toqui* Aliwenkura era a melhor carta de apresentação, capaz de contornar o ódio contra o branco, iniciado durante a conquista dos espanhóis no século XVI e exacerbado pela recente guerra do governo chileno pelo controle e pela exploração da Araucânia. Aqueles anciãos eram parentes do *toqui*; os intrincados laços familiares uniam as tribos em todo aquele território. Convidaram-nos a entrar numa das choças, redonda, escura, sem janelas, com uma pequena fogueira sobre pedras no centro, com cheiro de fumaça, ervas e esterco, que usavam como combustível.

Janus sentou-se com os homens sobre peles de ovelha, e nós, mulheres, nos sentamos ao redor, no chão de terra batida. Os homens repartiram *muday*, e a mim, por ser visita e estrangeira, ofereceram o mesmo, mas as outras mulheres não receberam. Era uma bebida de milho ou trigo fermentado, servida numa tigela de barro, que me pareceu repugnante, mas engoli sem protestar porque Janus tinha me avisado que recusar uma oferta de comida ou bebida era um insulto. Depois fiquei sabendo que as mulheres mastigavam os grãos e os cuspiam num recipiente como parte do processo de fermentação. Comprovei que mesmo ali, entre aquelas pessoas que não se consideravam chilenas, mas sim filhas da terra, fomos recebidos com a hospitalidade habitual do país, característica comum a todos, ricos e pobres.

Era um pequeno clã de velhos, mulheres e crianças. Não entendi nada do que falaram, mas depois Janus contou-me que estavam passando por dificuldades, o inverno tinha sido dos piores, e os homens jovens que sobreviveram aos massacres dos militares tinham ido esconder-se nas montanhas para não serem apanhados. Tinham ouvido dizer que a guerra terminara, mas ainda não se atreviam a voltar. Lembravam-se muito bem da crueldade e do abuso das campanhas de pacificação nas quais haviam perdido tanto. Temiam o governo.

À tarde, as mulheres cozinharam uma papa de milho com pedaços de charque e abóbora, de aparência feia, mas saborosa. Quando o sol se pôs, a temperatura baixou, e, enquanto os homens continuavam bebendo *muday*, tão bêbados que já nem falavam, nós, mulheres, nos aconchegamos com as crianças, cobertas por pesadas mantas de lã. Sobre aquele chão duro, com minha mochila como travesseiro e minha cadela ao lado, dormi profundamente durante sete horas.

Ao amanhecer, Janus me esperava vestido e com o cabelo molhado. Tinha se lavado com água gelada e não apresentava sintomas da ressaca do *muday*, tinha entranhas de ferro. Conseguiu dois cavalos emprestados, com o compromisso de devolvê-los em bom estado, animais velhos, mas fortes e aptos para qualquer terreno e para suportar o frio. Informou-me que os cavalos nos levariam só até certo ponto, e a partir dali iríamos a pé. Calculei que não seria capaz de carregar minha bolsa durante muito tempo; coloquei na mochila apenas o indispensável, e o resto ficou a cargo da família mapuche. Eu já sabia que os indígenas estão habituados a dividir o que têm, por isso não respeitam a propriedade alheia, mas decidi que nada do conteúdo da minha bolsa era realmente necessário. Pode-se sobreviver com muito pouco.

Uma hora depois, iniciamos a marcha em fila, Janus à frente, indicando a rota, e eu atrás, hipnotizada pela paisagem. Na garupa do meu cavalo ia uma menina de cerca de doze anos, que depois levaria os animais de volta à sua família.

Percorremos durante várias horas uma trilha invisível para mim, mas evidente para Janus e os cavalos. Grandes árvores nativas guardavam nossa passagem, tão altas e frondosas que as copas mal deixavam passar a luz. Não cruzamos com nenhuma pessoa, a solidão era vasta, infinita; íamos calados, respeitosos, ouvindo a vida à nossa volta: trinados de pássaros, murmúrio da folhagem, canto de arroios e mananciais, cascos dos cavalos. Cavalgamos o dia todo, e a certa altura Janus avisou-nos que devíamos apressar o passo, porque em breve cairia a noite, e não podíamos continuar no escuro.

Chegamos a uma habitação primitiva de troncos e pedras, sem janelas e com uma porta larga e alta, que surgiu como que por encanto no meio da vegetação. Era um antigo abrigo de contrabandistas, conhecido apenas pelos homens desse ofício. O interior continha uma plataforma de tábuas que servia de beliche, uma mesa rústica, um fogão para cozinhar, uma pilha de lenha e um latão de metal com água; o necessário para passar algumas noites. Fazia muitos anos que Janus não andava por aquela rota que não figurava nos mapas nem estava marcada por uma trilha, existia apenas na memória de quem a usava, mas ele se lembrava dela sem hesitar. Contou-me que nos últimos tempos, além do contrabando de bens e animais, cruzavam a fronteira ilegalmente desertores do exército e pessoas que fugiam do Chile devido à repressão política, tal como em outras ocasiões eram da Argentina os fugitivos que entravam no Chile. Pensei em Rodolfo León e na sua morte tão cruel; se tivesse conseguido alcançar aquelas passagens secretas da cordilheira, estaria salvo.

Comemos charque, pão e queijo duro, que trazíamos nos alforjes, e regamos esse jantar frugal com mate e goles de aguardente para nos aquecer. Meu cavalo mostrou-se caprichoso, estacava ou começava a trotar por conta própria e uma vez virou a cabeça zangado, e achei que ia me morder. Não estou acostumada a cavalgar, minha família não podia dar-se ao luxo de ter cavalos, só tínhamos Alberto, um burrinho manco que minha mãe salvou do matadouro e se tornou nosso animal de estimação. Alberto passava a velhice bem tratado entre galinhas, cães e gatos da casa, e ninguém teria a ideia de montá-lo. Tantas horas a cavalo com uma manta como sela deixou meu traseiro esmagado e as coxas em carne viva por causa do atrito. Além disso, minhas costelas ainda não estavam totalmente curadas. A menina, que não tinha dito uma única palavra desde que saímos, começou a rir com gosto quando me viu andar como um pato. Ela deu feno e água aos animais, enquanto conversava com eles na sua língua; depois os introduziu na cabana. Então entendi o motivo da porta alta e larga. Os contrabandistas precisavam se esconder com seus cavalos.

— Para não serem roubados — disse a menina, mas, como ninguém andava por lá, acho que ela só queria protegê-los da intempérie.

Com os dois animais dentro, o espaço reduziu-se a menos da metade, mas me senti agasalhada por aqueles grandes companheiros, com o seu cheiro adocicado e seu calor. A menina e eu nos acomodamos no estreito beliche, e o capitão, no chão. Adormeci embalada pelos roncos do homem e pela respiração profunda dos cavalos. A menina cheirava a fumaça e falava em sonhos.

Amanheceu nublado, a luz filtrava-se através de um espumoso véu de noiva. A menina acordou primeiro, levou os cavalos para fora, e a vi na soleira murmurando algo que parecia uma oração, como se saudasse o dia. Janus e ela foram buscar água e cortar lenha, porque a norma era deixar o abrigo para o próximo viajante tal como o havíamos encontrado. Enquanto isso, limpei a bosta dos animais. Depois do desjejum de mate e pão, a menina preparou os cavalos e voltamos a montar. Perguntei-me se aguentaria mais um dia como o anterior; o descanso da noite não tinha atenuado a dor nos ossos nem a irritação nas pernas. Temi ficar achacadiça como minha mãe, que anotava seus mal-estares diários no mesmo caderno da sua contabilidade.

Naquele segundo dia, cavalgamos a passo lento durante muitas horas, seguidos pela Covadonga, que se revelou muito mais forte do que parecia. As nuvens se dissiparam cedo, e os raios de sol que atravessavam a folhagem nos aqueceram um pouco. O terreno estava semeado de obstáculos, em algumas partes a floresta era impenetrável, e tínhamos de dar voltas. Não havia trilha, apenas uma marca tênue que frequentemente desaparecia engolida pela vegetação. Achei que estávamos andando em círculos, mas a menina e o capitão pareciam muito seguros da direção a tomar. Ao longo de extensos trechos, contornávamos a bacia de rios e arroios pantanosos que as chuvas do inverno tinham inundado. Fiz as pazes com meu cavalo, que no início não me obedecia porque devia ter percebido que eu, como cavaleira, era um desastre. Talvez tenha ficado com pena de mim, o fato é que adotou um passo suave e deixou de me dar problemas.

Calculei que seriam três ou quatro da tarde quando nos vimos perto de um vulcão de encostas negras de lava antiga e cume resplandecente de neve. O capitão explicou-me que na verdade eram dois gêmeos, adormecidos havia mais ou menos vinte e cinco anos. A menina anunciou que parava por ali, precisava voltar com os cavalos. Disse que os vulcões têm péssimo caráter e ficam zangados por qualquer coisa, nunca se sabe quando vão expelir fogo pela boca. Acrescentou que um dos vulcões não tinha ponta porque a perdeu numa briga com outro e avisou-nos que por ali andavam *pillañes*, seres mágicos do trovão, dos relâmpagos e da lava ardente. Era conveniente fazer-lhes uma oferenda.

Janus determinou que acamparíamos ali mesmo e tentou convencer a menina a ficar conosco, mas ela decidiu ir embora, porque a menos de uma hora de distância tinha parentes com quem podia se abrigar. Temia os *pillañes*, mas cavalgar sozinha na floresta não a assustava.

O capitão Janus deu um jeito de montar um acampamento básico com um teto de galhos e uma fogueirinha, na qual aqueceu água para o mate. A dor que eu sentia em todo o corpo tinha aumentado, estava pior do que no dia anterior; cada movimento exigia esforço, cada inalação repercutia nas costelas. Embora eu tentasse disfarçar, Janus adivinhou meu estado, deu-me um trago de bebida e fez-me mascar fumo para relaxar os músculos, segundo disse. Também me ofereceu sebo de ovelha para a pele das coxas. Para me dar privacidade, afastou-se com o pretexto de instalar umas armadilhas. Tirei as calças e as calcinhas e apliquei aquela pomada espessa que cheirava a queijo.

Jantamos os restos do lanche trazido de Valdivia, charque, pão duro e um punhado de nozes, mas Janus não quis tocar nas quatro batatas que ainda nos restavam. Não parecia preocupado, estava seguro de que podia caçar ou pescar algo. Contou-me que nas suas viagens tinha andado durante meses sem mais bagagem do que a roupa que levava no corpo, uma manta, um machado e uma faca. Isso era suficiente para sobreviver, garantiu.

Passamos o restante da noite enroscados sob o abrigo improvisado de galhos, minhas costas contra as dele, agasalhados com toda a roupa que tínhamos. Algo cedeu dentro de mim, tinha entrado num estado misterioso no qual não imperavam as regras habituais. Adormeci colada àquele homem que dez dias antes eu nem sequer conhecia, com o calor de minha cadela do outro lado, recordando as noites maravilhosas de amor e confidências com Eric na pensão das pulgas e pensando em meus pais, em minha mãe assando pão ao amanhecer, em meu Papo com o seu cheiro de cigarro e suas mãos grandes trançando meu cabelo e falando-me de cometas e asteroides. O capitão era uma presença tranquilizadora, sólida e cálida; com ele, senti-me quase como se estivesse de volta ao amparo de meu lar em La Misión.

Assim que a alvorada despontou, o capitão saiu para verificar as armadilhas e voltou com uma lebre. Enquanto ele acendia o fogo, retirei a pele e as vísceras da lebre, como Angelita Ayalef tinha me ensinado no acampamento, e a cozinhamos nas brasas, temperada com sal. Era pequena e, depois de esfolada e assada, reduziu-se a quase nada, mas estávamos com fome e nos pareceu deliciosa. Antes de partirmos, Janus certificou-se de que não restavam brasas. Disse-me que todos os anos algumas florestas pegavam fogo por causa de tempestades com relâmpagos; era um processo natural e necessário, mas que um humano iniciar o fogo era pecado. Começamos a andar sem pressa, porque, tal como disse o capitão, devagar se vai ao longe.

Os tratamentos do capitão me ajudaram. À medida que avançávamos passo a passo, deixei de pensar no meu desconforto e consegui apreciar a beleza sobrenatural daquela paisagem intacta desde o começo do mundo. Não sei quantas horas andamos por um terreno de vegetação cerrada, onde os cavalos não teriam conseguido avançar, mas não devem ter sido tantas como me pareceram, porque o sol ainda estava alto quando, de repente, depois de uma curva, surgiu aos nossos pés o lago Pirihueico, longo e estreito, ondulante, cristalino, tranquilo, de um azul profundo, emoldurado ao longe por montanhas altas e de perto por florestas que chegavam até a margem. Janus explicou que era de origem glacial, um entre sete lagos da região, o mais belo de todos e o mais remoto. Seu nome significa lago de neve.

— Pouquíssimos viajantes vêm até aqui — comentou.

— Espero que nunca exista um caminho que lhes permita chegar — acrescentei.

— Exato, Emilia. Assim não podem vir cortar as árvores para criar animais, como fizeram em outros lugares.

Demoramos mais duas horas para descer até a margem e avançar pelo emaranhado da floresta até uma pequena enseada. O capitão anunciou que, de acordo com o mapa de Frederick Williams, eu teria de percorrer todo o lago até o extremo sul e, a partir dali, caminhar em direção à cordilheira para encontrar meu terreno.

— Temos de esperar — acrescentou, e começou a juntar paus para fazer outro fogo.

— O que esperamos? — perguntei-lhe.

— O barqueiro.

— Quanto tempo? Como pensa avisar esse barqueiro de que estamos aqui? — insisti.

— Não seja tão impaciente, Emilia. Aqui relógio e pressa não servem para nada, aqui não se pode medir o tempo nem fazer planos, vive-se apenas. Pode ser que esperemos vários dias, depende. Cedo ou tarde avisarão o barqueiro de que estamos à sua espera. Onde não há correio nem rádio, a palavra viaja de boca em boca — respondeu-me.

— Assim será, mas não vejo ninguém por aqui, capitão.

— Há pouquíssima gente, mas, segundo as lendas, no lago vive todo um povo de *sumpalles*, criaturas mitológicas que cuidam das águas.

Tomamos banho no lago com a nossa roupa de baixo para nos livrarmos da sujeira e do suor. O primeiro golpe da água gelada cortou minha respiração, mas, um minuto depois de mergulhar, senti-me lavada por dentro e por fora, purificada da guerra e dos pesadelos, reconciliada com a vida e com as recordações. De repente, a ideia de reivindicar a terra herdada de meu pai me pareceu tão absurda como tomar posse do ar ou da água. Meu propósito era ridículo, aquela natureza pristina pertencia aos deuses e aos espíritos. Eu não era proprietária, era visitante. Pedi permissão aos *sumpalles* do lago para ficar com eles um pouco mais, flutuando sem peso, com uma peruca de algas, uma saia de espuma e um colete de escamas. Assim devia ser a morte, silêncio, paz e frio.

Envolta no meu poncho, aqueci-me junto ao fogo que Janus fez para secar a roupa; ele também improvisou duas varas de pescar e plantou-as na margem. Passamos o resto do dia montando um abrigo de galhos, como o que nos protegera na noite anterior, tomando mate e conversando. Não conseguimos nem um peixe e nos conformamos com as batatas assadas nas brasas, porque o pouco charque que nos restava era para a Covadonga. O capitão ensinou-me a comer bem devagar, para enganar a fome. Mais tarde, enquanto ele fumava seu cachimbo com tranquilo deleite, comecei a mascar fumo para aliviar a dor nas pernas. Ele tinha cavalgado e caminhado tanto quanto eu e devia ter quarenta anos a mais, mas era imune à fadiga.

Ficamos muito tempo conversando junto ao fogo, único vislumbre de luz na escuridão absoluta que nos envolvia. Se havia lua, devia estar coberta pelas nuvens. Contei-lhe da guerra, e ele me falou de outras guerras de que tinha participado na juventude. Perguntei-lhe sobre suas viagens, e ele me falou das lendas e da magia que tinha visto. Disse-me que existem muitas realidades e muitos mundos paralelos, que nossos sentidos não são suficientes para captá-los, mas que às vezes é possível atravessar o véu que nos cega e vislumbrar brevemente outras dimensões. Em busca dessa vivência, ele tinha experimentado drogas poderosas, cerimônias e rituais de povos antigos, jejum extremo, hipnose e meditação; tinha submetido o corpo e a mente ao limite da resistência.

— Mas nunca tive uma verdadeira revelação, porque isso não se encontra quando procuramos, mas chega como um presente — concluiu.

Então lhe confessei minha estranha experiência na cela da prisão de Valparaíso naquela noite em que esperava ser executada ao amanhecer, quando vieram os fantasmas dos vivos e dos mortos para se despedirem, e a Virgem de Guadalupe para me consolar.

— O medo transtornou-me, capitão — disse-lhe.

— Não tente entender o que lhe aconteceu, minha amiga. É um enigma. Guarde esse momento na memória como um tesouro — respondeu.

Como na noite anterior, deitamo-nos vestidos, até com as botas calçadas, o mais próximos possível para nos aquecermos mutuamente. Acho que o capitão dormiu muito pouco, porque se levantava frequentemente para alimentar o fogo que nos proporcionava algum calor e cujo brilho dissuadia os pumas. Eu também não consegui dormir devido ao frio e à umidade tenaz que penetravam até os ossos. Antevi com ansiedade a saída do sol, mas ao amanhecer vimos que havia caído uma névoa densa como merengue. As montanhas e a floresta tinham desaparecido, e a margem do lago mal se distinguia como uma linha de aço. Achei que, naquelas circunstâncias, ninguém viria nos buscar, resignando-me a esperar por tempo indefinido, e essa possibilidade não me pareceu demasiado grave. "Não há pressa", tinha dito o capitão.

Parece que a névoa se instalou com a intenção de ficar. Estou me acostumando à fome. Às vezes sinto náuseas e, se não estivesse certa do contrário, acharia que estou grávida; costuma bastar um único descuido, como o que tivemos Eric e eu em agosto, para que isso aconteça e a vida de uma mulher mude para sempre. Também estou me acostumando à dor nas pernas, que se espalhou pelo resto do corpo, mas diminui quando estou distraída. "Dor é só dor, aguenta-se", dizia Angelita Ayalef.

O capitão avisou-me de que só me acompanhará até aqui, este é o limiar; continuando, viajarei sozinha até encontrar o que procuro. Ele precisa voltar à *Niña Juanita*, à sua tripulação e à sua vida, mas me garantiu que não estarei desamparada, porque o barqueiro que virá me buscar vai me levar para o sul do lago, e lá haverá alguém à minha espera.

Graças a este caderno, que me mantém entretida, as horas deslizam com leveza, e assim se vai a manhã. Escrevo o tempo todo, embora mal distinga as letras na penumbra algodoada da névoa. Até aqui chega meu relato, porque meu caderno está cheio, e, quando eu chegar ao pé desta última página, não poderei acrescentar mais nenhuma palavra, porém continuarei anotando minha vida em outros, até que se acabem minhas recordações.

O capitão tem o hábito da quietude, imagino que é necessário em seu ofício do mar. Na escuna, eu o via grande parte do dia à frente do leme, com o olhar no horizonte, imóvel e calado. Assim esteve toda a manhã. Tem ótima visão, apesar da idade, e adivinhou a presença do bote quando ele era apenas uma pincelada na névoa.

— Aí vem o barqueiro, menina Emilia. Ainda é tempo de voltar comigo à civilização. Estive observando-a, e tenho a impressão de que não está bem, o que está acontecendo? — quis saber.

— Nada sério, acho que me resfriei um pouco, só isso — respondi, mas na verdade me sentia fraca e febril.

— Não deve continuar — disse-me.

— Será por poucos dias, não se preocupe, capitão.

— Como pensa voltar? Acha que é capaz de refazer o caminho que acabamos de percorrer? — perguntou-me.

— Não — admiti.

— Já se banhou no lago Pirihueico, o que mais quer? Do outro lado é igual a aqui, volte comigo — repetiu-me.

— Quero terminar esta odisseia no Chile como deve ser, capitão. Não posso me dar por vencida no último momento, não acha? — respondi.

— Lá não há nada para ver, a sua propriedade é uma ilusão. Não está demarcada e, se estivesse, de que lhe serviria? — insistiu.

— Tem razão. Não sou dona de nada, mas preciso ir um pouco mais longe para contar à minha mãe que estive lá. Não importa se nunca mais voltar a ver este lago — disse a Janus.

No entanto, sei que um dia voltarei, porque pertenço a este lugar, aqui gostaria de viver meus últimos anos, aqui gostaria de morrer, e que o meu corpo desintegrado fertilizasse o solo. Mas, enquanto minha mãe e meu Papo viverem, quero estar perto deles. E Eric? Rogo que venha comigo e que também queira envelhecer e morrer aqui. Neste lugar mágico do sul do Chile estão minhas raízes mais antigas, raízes de antepassados indígenas, espanhóis e mestiços, raízes mais profundas do que as de minha mãe na Irlanda ou as de meu nascimento na Califórnia; essa é a única explicação que me ocorre para a irresistível atração deste distante território ao pé dos vulcões. A herança de meu pai não é um terreno de cinquenta hectares, são minhas raízes.

Epílogo de Eric Whelan

Uma das decisões mais difíceis da minha vida foi deixar Emilia e voltar a São Francisco. Pareceu-me muito arriscado criar cada vez mais distância entre nós, ela em direção ao sul, e eu ao norte. O fio que nos unia ia-se afrouxando à medida que nos afastávamos, mas sempre senti que ele estava ali, mantendo-nos juntos.

Os pais de Emilia me acolheram com afeto, quando me apresentei com a última carta que ela lhes tinha escrito, e começaram a planejar nosso casamento, tal como a filha tinha pedido. Esperamos notícias dela durante meses, cada vez mais ansiosos, porque ela costumava escrever à família pelo menos uma vez por semana. Comuniquei-me com Paulina del Valle e com o embaixador Patrick Egan no Chile, mas eles também não sabiam de Emilia e, embora tenham prometido investigar seu paradeiro, não obtive resposta.

Emilia não voltou à Califórnia para o Natal, como tínhamos combinado. Não era possível que minha futura esposa tivesse desaparecido da face da Terra. Em fevereiro de 1892, depois de sofrer mais noites de insônia do que consigo contar, não pude esperar mais. Despedi-me do senhor Chamberlain e de meus colegas e preparei-me para viajar ao Chile à procura dela.

Pouco antes de minha partida, chegou ao *Examiner* um envelope com selos do Chile. Continha uma carta escrita em espanhol e datada de cinco semanas antes. Os pais da Emilia traduziram-na para mim. Dizia assim:

Distinto Sr. Eric Whelan:

Rogo que me desculpe por lhe escrever sem termos sido apresentados, e, embora esta carta possa parecer-lhe uma grave intromissão em seus assuntos particulares, tenha a certeza de que tomei esta iniciativa de boa-fé e com o maior respeito.

Sou proprietário da escuna comercial *Niña Juanita*. Tive a honra de conhecer recentemente a senhorita Emilia del Valle quando ela embarcou comigo para ir à província de Valdivia, no sul do Chile. Durante a travessia tornamo-nos amigos, e ela falou do senhor.

Como sabe, ela desejava chegar a um terreno que lhe pertence, perto do lago Pirihueico. O lago é muito extenso, de formato irregular, com inúmeros meandros e recantos, mas ela tinha uma ideia bastante clara da localização da propriedade. Acompanhei-a até a margem norte do lago, onde nos separamos no dia 28 de outubro porque eu precisava retornar às minhas obrigações.

O dia em que ela seguiu em frente sem mim foi de uma névoa opressiva, como costuma acontecer por aqueles lados. Aguardamos na margem do lago até perto das duas da tarde, quando chegou para pegá-la o barqueiro a quem eu tinha mandado recado de que precisávamos dos seus serviços. É um homem de inteira confiança, que encarreguei de cuidar da senhorita. O que me tranquilizou foi o fato de que ela ia acompanhada por uma cadela que permanecia sempre ao seu lado.

Não sou sentimental, mas confesso que me emocionei ao nos despedirmos e creio que ela sentiu o mesmo. Abraçou-me longamente e assegurou-me que voltaríamos a nos ver em poucas semanas; queria que eu a conduzisse a Valparaíso, onde embarcaria rumo à Califórnia. Deu-me a entender que planejava casar-se pouco tempo depois.

A última coisa que vi dela foi sua silhueta no barco esfumando-se na neblina até desaparecer completamente.

Não deixei de pensar na senhorita Emilia, e, quando se passaram semanas sem que ela regressasse, tentei descobrir o que havia acontecido. Graças a meus contatos na região, soube que estava gravemente doente. Isso me motivou a lhe escrever. Creio que o senhor tem o direito de saber sobre sua noiva. Enderecei esta carta ao seu jornal em São Francisco com a esperança de que chegue às suas mãos sem demora.

A senhorita Emilia del Valle causou-me vívida impressão pela sensibilidade, determinação e coragem. Na probabilidade de que o senhor decida vir ao Chile, ponho-me à sua inteira disposição para apoiá-lo nesse propósito.

Seu atento e seguro servidor,

CAPITÃO MARTÍN JANUS.

Quando dom Pancho terminou de traduzir a carta, olhamo-nos sem necessidade de falar: ambos temíamos o pior. A mãe de Emilia cobriu o rosto com as mãos e começou a rezar em voz alta. Ambos estavam habituados ao desejo de aventura da filha e à sua tendência de explorar lugares distantes, mas era a primeira vez que ela parecia ter se perdido além do horizonte.

Enviei um telegrama ao capitão Janus anunciando minhas intenções e embarquei num vapor rumo ao Chile. A travessia me pareceu eterna, porque cada dia que passava poderia ser o último de Emilia neste mundo. Mil vezes roguei ao céu que me permitisse chegar a tempo de ajudá-la, salvá-la, se fosse possível.

Cheguei a Valparaíso em meados de março, e o capitão Janus recebeu-me no cais. Nunca tínhamos nos visto, mas, por instinto, nos reconhecemos imediatamente. Embarquei na *Niña Juanita*, e o capitão me guiou pelo mesmo percurso que tinha feito com Emilia no ano anterior até o lago Pirihueico, onde o mesmo barqueiro nos apanhou. O homem conhecia o capitão Janus desde a juventude, quando ambos faziam contrabando de prata no norte, na fronteira com a Bolívia. Disse-nos que tinha levado Emilia ao extremo sul do lago e lá ela se reuniu com uma mulher indígena, que tinha sido avisada de sua chegada e aceitou acompanhá-la. Não soube nos dizer mais nada.

Navegamos no bote, seguindo os contornos do lago, que serpenteia como uma fabulosa fita azul entre montanhas cobertas de árvores majestosas, e desembarcamos mais tarde numa praia estreita. Janus conhecia a existência de um assentamento mapuche e para lá fomos andando, confiando em sua bússola e na boa sorte.

Janus e eu falamos muito pouco, porque as palavras que sei em espanhol só chegam para as necessidades básicas, e ele não fala inglês, mas deu um jeito de me dizer que era responsável pelo que pudesse ter acontecido a Emilia, pois não deveria ter permitido que ela continuasse o trajeto sozinha. Assegurei que o responsável era eu. Caminhamos muitas horas. Segundo o capitão, não devíamos nos preocupar, porque, se não encontrássemos os mapuches, eles nos encontrariam. Assim foi. Ao anoitecer, quando eu já imaginava que íamos passar a noite ao relento, em nosso caminho apareceram duas mulheres que, de alguma maneira, tinham sabido de nós. Janus se entendeu com elas em sua língua, e nós as seguimos até um assentamento de algumas choças habitadas por uma família, que aparentemente consistia em um ancião, dois adolescentes, várias mulheres e meia dúzia de crianças de diferentes idades. Acredito que seus únicos bens eram umas lhamas, galinhas e uma horta.

Eu estava desmaiando de cansaço, mas, depois de entregar ao velho a bebida e o saco de fumo que levava como presente, o capitão se sentou para fumar, beber e conversar com ele, sem nenhuma pressa. Falavam com pausas eternas, pareceu-me que repetiam as mesmas palavras ou talvez as mesmas ideias, como se se movessem em círculos, devagar. Depois de muito tempo, Janus traduziu que, algum tempo atrás, aquelas pessoas tinham acolhido uma forasteira, uma *newen zomo*, mulher forte que se atrevia a viajar sozinha.

Mostrei-lhes a fotografia de Emilia, que seus pais haviam me dado e sempre levo junto ao coração, mas eles não deram mostras de reconhecê-la. Janus disse-me que também não conseguia reconhecer aquela mulher hierática, com roupa elegante e penteado complicado, olhando fixamente, com expressão assustada. Não se parecia com a Emilia que ele conhecia.

Disseram-lhe que esteve muito doente, chegou mesmo à beira da morte e espreitou o outro lado, mas veio uma *machi** de longe para lhe fazer uma cura com ervas, rituais e cantos. Embora a visitante fosse branca, as cerimônias curaram seu corpo, e, quando ela voltou à vida, estava transformada. Todos puderam ver a luz que tinha por dentro, por isso lhe deram um novo nome: Ailen, que significa claridade e

* Curandeira com poderes mágicos. [*N. da T.*]

transparência. Quando recuperou a vontade de falar e comer, Ailen anunciou que tinha chegado a hora das despedidas e lhes deu como recordação a única coisa de valor que tinha. Depois pegou sua mochila e foi andando em direção à floresta com a sua cadela.

Ailen, a *newen zomo*, tinha sido escolhida por Ñuke Mapu, a mãe terra; ela a trouxe de volta do abismo e encarregou os espíritos do ar, da água e do solo de protegê-la. Mostraram-me o que Ailen lhes deixara como agradecimento: era a medalha que Emilia sempre usava presa ao sutiã. Ao vê-la, tive a horrível suspeita de que tinha morrido ou sido assassinada, mas Janus me garantiu que a versão dos acontecimentos que nos tinham dado era verdadeira.

— Volte para seu país, senhor Whelan. Não se pode encontrar quem não quer ser encontrada. A senhorita Emilia tem alma de nômade, e ninguém poderá prendê-la — disse-me Janus.

— É verdade que ela tem vocação de exploradora e não descansaria até encontrar aquele lugar, onde acredita que estão fincadas suas raízes. Mas também tem vocação para o amor e só aceitará uma vida em que ambas as coisas sejam possíveis — expliquei-lhe.

No entanto, entendi o que o capitão tentava me dizer. Tal como sem dúvida acontecera com Emilia, eu senti que estava num mundo encantado, no Jardim do Éden, que persiste como um sonho eterno na memória coletiva da humanidade. Apesar da angústia que me atormentava, a extraordinária beleza daquela paisagem tinha me cativado. Durante meses vivi com um nó no estômago, pensando nas piores razões para a ausência e o silêncio da mulher que amo, mil acidentes, mil mortes, e a única coisa que não me ocorreu foi que ela simplesmente quisera continuar andando, andando. Talvez precisasse exorcizar as lembranças terríveis da guerra ou estivesse à procura de Deus. Não sei, mas em algum momento o chamado de sua família e de nosso amor seria mais poderoso do que a atração magnética daquele paraíso. Decidi que, quando isso acontecesse, eu estaria com ela para pegar sua mão e ajudá-la a retornar à vida anterior.

Expliquei ao capitão Janus que, se tinha chegado até ali, deveria seguir em frente. Se Emilia era capaz de se aventurar sozinha na imensidão daquelas florestas sombrias e daquelas altas montanhas envoltas em brumas, eu poderia fazer o mesmo.

— Prepare-se para a possibilidade de que a senhorita não tenha sobrevivido — advertiu-me o capitão.

Acrescentou que ali o longo braço do governo e a polícia não chegavam, que também não havia assentamentos de colonos estrangeiros e que os mapuches detestavam os brancos. Disse-me que tinha tentado explicar ao nosso velho anfitrião que eu não era como outros *huincas*, que não vinha ofender Ñuke Mapu nem roubar nada, vinha à procura da minha mulher.

— Preciso voltar ao meu barco, mas o senhor pode ficar aqui. Os maridos destas mulheres, quando voltarem, talvez possam guiá-lo.

— Quando será isso, capitão?

— Não sei. Aqui o tempo é relativo e de nada serve a impaciência — respondeu.

Despedimo-nos com um abraço, e, quando o vi afastar-se pelo caminho por onde tínhamos chegado, senti o peso opressivo da solidão. Aquele bom homem era meu único elo com o mundo exterior. Fiquei à mercê de uns indígenas sem cuja ajuda nunca encontraria Emilia, e a cada hora que passava ela se afastava mais. Esperar, só podia esperar.

Ao anoitecer do terceiro dia, período que para mim durou como três anos, chegaram dois homens a cavalo. Estavam cobertos com ponchos de lã e usavam faixas vermelhas na testa, eram sólidos, pareciam esculpidos em pedra escura, tinham longos cabelos pretos e rosto severo. Um tinha uma lança, e o outro, um velho fuzil. Ao me verem, ergueram suas armas, mas o ancião os acalmou com um gesto e começou a dar-

-lhes uma longa explicação, que ouviram com expressão hostil, mas por fim apearam. As mulheres descarregaram os alforjes, que continham grandes pedaços de carne defumada. Tinham caçado um puma.

Naquela noite até os cães se fartaram de carne. Os homens, bêbados de *muday*, manifestaram espanto diante de minha capacidade de ingerir álcool, herança de meus antepassados irlandeses. Consideraram aquilo uma prova de minha masculinidade. Isso os tornou mais amistosos e, por meio de gestos, fizeram-me saber que me ajudariam, mas entendi que precisaria esperar até que eles se recuperassem dos efeitos do *muday*.

Por fim, no dia seguinte, saímos cedo. Um dos caçadores acompanhou-me levando um cavalo pelas rédeas. Estranhei que fôssemos a pé, mas não tinha como lhe fazer perguntas e simplesmente o segui em silêncio até que escureceu e tivemos de parar. Passamos a noite perto de um riacho, revezando-nos para alimentar uma pequena fogueira destinada a manter longe os animais selvagens. Meu guia não dava sinais de cansaço, mas eu estava extenuado e faminto, porque só tínhamos comido um pouco de charque e pão duro de milho. Foi uma noite longa e fria. Com a primeira luz da manhã seguimos em frente.

Após várias horas chegamos ao pé de uma colina escarpada e começamos a subir. O homem e o cavalo conheciam o terreno e contornavam os obstáculos sem dificuldade, enquanto eu arranhava as mãos nas rochas afiadas. Tínhamos subido um bom trecho quando ouvi latidos furiosos. Meu acompanhante respondeu com um longo assobio, e pouco depois vi descer em nossa direção, saltando entre as pedras, um cão amarelo. Soltei um grito incontrolável de alívio ao reconhecer a Covadonga.

Após alguns minutos, Emilia apareceu mais acima. Escalei os últimos metros, abri os braços repetindo o seu nome, e ela se apertou contra o meu peito. Estava tão magra! Ao abraçá-la, senti uma onda de amor e compaixão por aquela mulher abatida que cheirava a fumo, tão diferente da Emilia de que me lembrava. Mas estávamos juntos, eu a tinha nos braços e nunca mais a soltaria. Ela ergueu o rosto, tocou minhas lágrimas e beijou-me nos lábios, então voltou a ser a de antes, a minha noiva indomável.

— Estava te esperando — anunciou-me.

A notícia de minha chegada tinha chegado até ela quando Janus e eu fomos recebidos no assentamento mapuche, ou seja, já fazia seis dias. Nunca saberei como as palavras viajam naqueles ermos.

— Por que não foi me encontrar, Emilia? Foi um inferno pensar que nunca mais te veria... — repreendi.

— Queria que você visse onde vivi estes meses — replicou.

Mostrou-me com um gesto a vasta paisagem: florestas, montanhas e, ao longe, o contorno brilhante do lago. Conduziu-me a uma caverna na encosta da colina que, segundo me explicou, era um refúgio de contrabandistas e índios, que não respeitavam as fronteiras entre o Chile e a Argentina. Tinham protegido a entrada com pedras e galhos, de modo que era invisível para quem não soubesse a sua localização.

O mapuche dirigia-se a Emilia como Ailen, e tratavam-se com uma espécie de afeto brusco; presumi que se viam com frequência. A caverna continha o necessário para sobreviver com o mínimo, inclusive forragem para cavalos e lenha. Duas peles de ovelha e algumas mantas serviam para dormir; havia alguns utensílios de barro, alhos e cebolas pendurados em ganchos. Uma tábua entre duas pedras formava uma mesa. Era muito frio e úmido, perigoso para ela, que estivera tão doente. Contou-me que provavelmente sofrera uma recaída de pneumonia, mas tinha se recuperado por completo e, embora tivesse perdido muito peso, sentia-se forte.

— O que você faz aqui, Emilia, por Deus?! — exclamei espantado.

— Escrevo. Não se assuste, não estou louca — disse, adivinhando meu pensamento.

Explicou-me que, quando chegou à terra de seu pai, percebeu que tinha outra tarefa pela frente: completar a história que tinha começado. Em seu retiro, tinham estado a salvo e em paz. Covadonga era uma fiel companheira, e os mapuches a protegiam e lhe levavam provisões: milho, batatas-doces, batatas, carne defumada e fruta seca. Ninguém a incomodara. Tinha dedicado os meses do verão a escrever, mas o clima estava mudando, e ela teria de abandonar seu refúgio antes que caíssem as geadas do outono. Mostrou-me os três cadernos que tinha preenchido até as margens com letra miúda e me contou que era uma memória de suas experiências, mas também o romance que sempre quis escrever. Imaginei que seria o primeiro de muitos mais, ela estava destinada à escrita.

Emilia é um espírito selvagem e brilhante. Nunca poderei retê-la, mas espero poder acompanhá-la, e que o amor nos mantenha sempre juntos.

— Terminei minha história. Estou pronta para voltar para casa — disse-me.

Agradecimentos

Juan Allende pela sua incansável investigação.
Johanna Castillo, minha feroz agente e carinhosa amiga.
Jennifer Hershey, minha meticulosa e sábia editora americana.
David Trías, meu querido editor espanhol.
Elizabeth Subercaseaux, minha amiga literária e paciente leitora.
À minha pequena família: Roger, Nico e Lori, por me suportarem.

Este livro foi composto na tipografia Adobe Garamond Pro,
em corpo 12,5/17, e impresso em
papel off-white no Sistema Cameron da
Divisão Gráfica da Distribuidora Record.